Jörg W. Gronius

Ein Stück Malheur

Roman

Büchergilde Gutenberg

1. Kapitel

Tante Lucie

Tante Lucie starb an Leberzirrhose. Natürlich dachte ich, das hätte etwas mit Hose zu tun. Mir Tante Lucie in Hosen vorzustellen gelang erst nach Minuten. »Was gibt's da zu lachen?« Das war keine Frage, sondern eine Drohung. Immer wurde mir gedroht. Meist wurde die Drohung wahr gemacht. Prügel oder Einsperren oder beides. Der Grundkonsens war meine Demütigung. Der Grundkonsens der zwei Frauen, denen ich ausgeliefert war: meiner Mutter und meiner Großmutter mütterlicherseits. Sie haßten einander. Ihren Haß verbargen sie voreinander aus Feigheit. Jede fürchtete die andere und ihre Gemeinheiten. Sie kannten sich gut und fürchteten einander. Mich hatten sie nicht zu fürchten. An mir konnten beide ihren Haß austoben. Das ließen sie sich nicht nehmen. Meine Zuflucht war immer Tante Lucie. Jetzt war sie tot. Ich war ohne Hoffnung.

Die Bernauer Straße war eine des Unglücks für Berlin. Während des Mauerbaus seilten sich hier alte Frauen in Kittelschürzen ab, um im letzten Moment Westboden unter die Füße zu bekommen. Eine kriegte der Vopo am Arm zu packen, als sie schon unterm Fensterbrett hing. Er riß sie wieder hoch, zurück in den Osten. Aus die Maus. Vom Westen kuckten alle zu. Auch die Photographen und das Fernsehen. Im Radio brüllten die Reporter wie beim Fußball. Aber es half alles nichts. Als ich hörte, Tante Lucie sei in das Krankenhaus in der Bernauer Straße eingeliefert worden, wußte ich, daß sie keine Chance hatte. Wir fuhren das erste Mal hin. U-Bahnhof Holzhauser Straße. Wir gingen an grünen Vorgärten entlang. Weit und breit keine Mauer. Ich dachte: Hier muß es doch gewesen sein. Aber wir waren in der Bernauer Straße in Tegel. Die Straße des Unglücks war im Wedding.

Im Krankenhaus wurde ich beim Pförtner abgegeben. Meine Mutter und meine Großmutter mütterlicherseits gingen über eine Straße des Krankenhausgeländes zur Station. Ich hatte Angst vor dem Pförtner. Er hatte nur einen Arm. Auf dem Tisch lag eine Illustrierte, die er mit seiner einen Hand umblätterte. Ich setzte mich auf einen Stuhl und sah aus dem Fenster. Draußen schlurften Männer in Bademänteln, aus denen unten Schlafanzughosen hervorkuckten. Manche hatten Stöcke. Ich wartete ewig.

Tante Lucie war ja immer in Krankenhäusern gewesen. Sie hatte Wasser. Tante Lucie war »eine Maschine«. Das sagte mein Vater. Eine Maschine war eine sehr dicke Frau. Niemals sagte man von einem sehr dicken Mann, er sei »eine Maschine«. Ein Mann war stattlich und untersetzt und kaufte seine Hosen bei Arthur Krause. Aber eine Frau war eine Maschine. Manchmal mußte das Wasser abgepumpt werden aus der Maschine. Dann lag Tante Lucie in einem Krankenhaus und hatte einen Schlauch im Bauch. Daraus lief das Wasser. »Man kann es plätschern hören«, sagte Tante Lucie, lachte und zeigte auf den Schlauch und den Eimer, der unter dem Bett stand. Tante Lucie ging es gut im Krankenhaus. Sie war unter Menschen. Tante Lucie liebte die Geselligkeit. Aber Tante Lucie lebte allein. Wenn sie im Krankenhaus war, war sie nicht allein. Sie freundete sich mit jedem an. Nur eins war schlimm für Tante Lucie, wenn sie im Krankenhaus war. Sie durfte nicht rauchen. Tante Lucie rauchte leidenschaftlich. »Wie ein Schlot«, sagte meine Mutter.

Tante Lucie rauchte Astor. Das war eine elegante braune Pakkung. Die Zigaretten hatten einen schmalen goldenen Ring über dem Mundstück aus Kork. Das Mundstück war nicht aus Kork. Aber es sah so aus. Astor mit Korkmundstück, das war ein Begriff. Manchmal durfte ich für Tante Lucie Zigaretten holen. Zigaretten kaufte man nicht, man »holte« sie. Man kaufte auch nicht ein. Man »holte ein« oder »ging einholen«. Man kaufte nicht Wurst, sondern »holte Belag«. Das G von Belag sprach man wie CH. Man holte Belach. Vorher holte man Schrippen. Aber nur am Sonnabend.

Die Astor-Packung hatte auf braunem Grund ein Medaillon, das George Washington zeigte. Oder Wilhelm Friedrich Astor. Oder Heinrich von Waldorf-Astoria. Oder Friedrich Wilhelm Heinrich Allotria. Jedenfalls einen Mann mit weißen Haaren und einer Frisur, wie sie sonst nur Frauen hatten. Tante Lucie sagte, das sei eine Perücke und früher hätten Männer solche Perücken getragen. Wenn ich heute Dollar-Noten sehe, denke ich an Tante Lucie und ihre Zigaretten.

Aber Tante Lucie rauchte nicht immer dieselbe Marke. Manchmal rauchte sie auch Gold-Dollar. Auf einer großen, stehenden Zigarettenpackung saß ein Mann, ein Seemann, und spielte Akkordeon. Tante Lucie sagte dazu Schifferklavier. Er hatte eine Seemannsmütze im Genick und die Beine übereinandergeschlagen. Das war die Reklame für Gold-Dollar. Es war eine Zigarette ohne Filter, also auch ohne Mundstück. Der Akkordeonspieler auf der Reklame hatte die Schiffermütze so weit im Nacken, daß man sein blondes Haar sehen konnte. Tante Lucie sagte, das sei der blonde Hans. Woher wußte sie seinen Namen?

Aber Tante Lucie rauchte auch Peer Export. Diese schlanken, eleganten, horizontalen E-Vokale liebte ich besonders. Das war die Welt, die endlos weite Welt. Diese E-Reihe konnte an Internationalität nur noch überboten werden durch die holländisch anmutende Folge von U und Y. Darum rauchte Tante Lucie später Stuyvesant. Das war der Duft der großen weiten Welt. Und das stimmte. Ich kann das bezeugen. Denn weder meine Mutter noch meine Großmutter mütterlicherseits rauchten. Und diese beiden hatten nichts mit der großen Welt, schon gar nichts mit der weiten, zu tun. Sie beherrschten die Stube, patrouillierten durch den Korridor und rumorten in der Küche. Sie beherrschten die Wohnung, in der ich aufwuchs. Ich wuchs auf in Stube und Küche. Nur wenn Tante Lucie kam, empfing ich den Duft der großen weiten Welt.

Tante Lucie war die Schwester meiner Großmutter mütterlicherseits. Tante Lucie war meine Großtante mütterlicherseits. Meine

Großmutter mütterlicherseits haßte ihre Schwester genauso wie ihre Tochter. Meine Großmutter mütterlicherseits hat alle Menschen gehaßt. Zuerst haßte sie ihren Mann, meinen potentiellen Großvater mütterlicherseits, weil er sie verlassen hatte. Das muß ein vernünftiger Mann gewesen sein. Eine Frau wie meine Großmutter mütterlicherseits konnte man nur verlassen. Man mußte sich in Sicherheit bringen. Auch ich hätte die Flucht ergreifen sollen. Aber wie und wohin?

»Diese Lucie!« Das war abschätzig, voller Verachtung. Meine Großmutter mütterlicherseits sprach von ihrer Schwester nur als von »dieser Lucie«. So, wie man sagt: »Dieses Schwein!« Oder: »Dieser Verbrecher!« Manchmal sagte meine Großmutter mütterlicherseits: »Dieser Adolf!« Das sagte sie so wie: »Diese Lucie!« Tante Lucie war lebenslustig. »Tante Lucie ist ausgesprochen lebenslustig«, sagte meine Mutter. Das war als Entschuldigung gemeint. Aber meine Großmutter mütterlicherseits wußte es besser. Sie haßte Tante Lucie. Und mehr noch. Sie verachtete sie. Denn Tante Lucie freundete sich mit allen schnell an. Tante Lucie war beliebt. Tante Lucie war ausgesprochen lebenslustig.

Mit Tante Lucie war die Falsche gestorben. Meine Mutter und meine Großmutter mütterlicherseits kamen zurück von der Station, um mich wieder in die Mitte zu nehmen. »Gehen Sie in ein Sargmagazin«, sagte der Pförtner. Ich wußte nicht, was ein Sargmagazin war. Meine Mutter und meine Großmutter mütterlicherseits führten mich aus dem Pförtnerhäuschen des Krankenhauses. »Tante Lucie ist tot.« Das sagte meine Mutter nach einer Weile. Wir waren schon fast wieder am U-Bahnhof Holzhauser Straße. Und ich hatte es doch gewußt: die Bernauer Straße war eine des Unglücks.

Kurz vor ihrem Tod hatte Tante Lucie bei uns zu Hause das Lesen eingeführt. Bis dahin war nicht gelesen worden. Höchstens die Einkaufsliste, die meine Großmutter mütterlicherseits in steilem Sütterlin auf abgerissene Zeitungsränder krakelte. Ja, Zeitungen wurden manchmal gelesen und QUICK. Bücher gab es nur bei Tante Lucie. Denn Tante Lucie war Mitglied im Bertelsmann-Lesering. Sie lieh meinen Eltern so lange Bücher, bis diese auch Mitglied im Bertelsmann-Lesering wurden und Tante Lucie die Prämie für ein neu geworbenes Mitglied bekam. Die Bücher des Bertelsmann-Leserings hießen MONPTI, DREI MÄNNER IM SCHNEE oder DAS EI UND ICH. Es waren Bücher mit bunten Pappdeckeln und ledernen Rücken. KEINE ANGST VOR GROSSEN TIEREN las mein Vater oder DIE NACKTEN UND DIE TOTEN. Meine Mutter las SO GRÜN WAR MEIN TAL. Weil meine Eltern schlecht oder eigentlich fast gar nicht lesen konnten, brauchten sie lange für die Lektüre. Sie lasen auch jedes Buch mehrmals, vielleicht weil sie beim ersten Mal nicht alles verstanden hatten. Aber sie lasen selten, denn vor dem Lesen kam das Kreuzworträtselraten.

Weil meine Eltern beim Kreuzworträtselraten das meiste nicht wußten, war die erste Bestellung beim Bertelsmann-Lesering das BERTELSMANNS VOLKSLEXIKON. Das BERTELSMANNS VOLKSLEXIKON war in graue Pappe gebunden und hatte einen schwarzen Lederrücken mit goldener Schriftprägung: BERTELSMANNS VOLKSLEXIKON. Es war ein Band von fast tausend Seiten, die zweispaltig mit kleiner Schrift bedruckt waren. Gezählt wurden aber nicht die Seiten, sondern die Spalten. So konnte man auf den ersten Blick denken, das BERTELSMANNS VOLKSLEXIKON hätte fast zweitausend Seiten. Die meisten Bilder darin waren Paßbilder von berühmten Dichtern, Komponisten und Politikern, die schon lange tot waren. Aber ein Photo von Willy Brandt war auch dabei. Es war das einzige Bild von einem, der noch lebte, und gehörte deshalb eigentlich gar nicht in das VOLKSLEXIKON. Beim Kreuzworträtselraten half es aber auch nicht weiter.

Anders der Atlas. Der alte, fettfleckige Schulatlas meiner Mutter war in dunkelgrüne Pappe gebunden und hatte einen schwarzen, völlig zerfetzten Leinenrücken. Im Atlas konnte ich versinken.

Überall, wo Meer war, hatte meine Mutter als Kind Schiffe eingezeichnet. Natürlich wollte meine Mutter von Kind an immer eine Seereise machen. Dabei sind Seereisen Männersache. Alle Frauen schwärmen von Seereisen. Daran hat sich bis heute nichts geändert.

Tante Lucie hatte einmal eine Seereise gemacht. Davon erzählte sie oft. Wahrscheinlich war alles, was meine Mutter über Meer und Seereisen wußte, aus den Erzählungen von Tante Lucies Seereise. Es war eine Reise nach Skandinavien. Tante Lucie sagte, es war eine Nordlandfahrt. Nordlandfahrten wurden mit einem Schiff gemacht, das hieß Wilhelm Gustloff. Die ganze Reise, also die Nordlandfahrt auf der Wilhelm Gustloff, hieß »Kraft durch Freude«. Und wenn man mit »Kraft durch Freude« in das Nordland fuhr, wurde es niemals mehr dunkel. Alles war ein einziger Tag. So erzählte Tante Lucie. Immer schien die Sonne. Am Tag sowieso und sogar in der Nacht, die natürlich gar keine Nacht mehr war. Wo keine Nacht war, mußte man auch nicht ins Bett. Niemand mußte im Nordland ins Bett. Alle blieben immer auf, und das machte ihnen soviel Freude, daß sie davon Kraft kriegten. Deshalb hieß das ganze Unternehmen »Kraft durch Freude«. Und deshalb waren alle, die so eine Nordlandfahrt mitgemacht hatten, genauso begeistert davon wie Tante Lucie. Meine Mutter hätte auch gern so eine Nordlandfahrt gemacht. Aber es gab keine Nordlandfahrten mehr. Vielleicht gab es nicht mal mehr das Unternehmen »Kraft durch Freude«. Man darf eben nicht die ganze Nacht aufbleiben. Selbst wenn die Sonne scheint.

Tante Lucie arbeitete im Büro. Das Büro war ein Laden, in dessen Schaufenstern nichts ausgestellt war. In den Schaufenstern hingen Gardinen wie bei uns vor den Fenstern in der Stube. Auf dem Boden standen ein paar Blumentöpfe mit großblättrigen dunkelgrünen Pflanzen. Jeder, der draußen vorbeiging, konnte sofort erkennen, daß es in diesem Laden nichts zu kaufen gab. Dieser Laden war ein Büro. Aber Tante Lucie sagte nicht, sie arbeite im Büro. Tante Lucie sagte, sie arbeite bei der Synode.

Ich wußte nicht, was eine Synode war. Tante Lucie erklärte mir, daß die Synode das Büro der Kirche wäre. Die Kirche bestand eben nicht nur aus den Kirchen, in die manche Leute gingen, wenn sonntags die Glocken läuteten. Die Kirche bestand auch aus solchen Büros, die in irgendwelchen Läden untergebracht waren, in deren Schaufenstern nichts als Gardinen und Blumentöpfe mit großblättrigen dunkelgrünen Blattpflanzen ausgestellt waren. In einem dieser Büros arbeitete Tante Lucie. Jedenfalls zuletzt. Tante Lucie wechselte ebensooft die Wohnung wie die Arbeitsstelle. Oft die Arbeitsstelle und die Wohnung zu wechseln war irgendwie unanständig. Ein anständiger Mensch machte das nicht. Jedenfalls fanden meine Mutter und meine Großmutter mütterlicherseits das unanständig. Wenn Tante Lucie mal wieder die Arbeitsstelle oder die Wohnung oder beides gewechselt hatte, verzog meine Großmutter mütterlicherseits das Gesicht und sagte: »Diese Lucie!«

Bevor Tante Lucie bei der Synode arbeitete, war sie Bibliothekarin, Milchverkäuferin im Kuhstall, beim Amerikaner, und ich weiß nicht, wo noch.

In Berlin gab es mitten in der Stadt auf Hinterhöfen Kuhställe mit drei bis einem Dutzend Kühen, die in Remisen standen und niemals das Tageslicht sahen. Aber sie gaben Milch. Und damit wurde Geld verdient. Um so mehr, als die Leute, die die Kühe molken und den Stall ausmisteten, Schwachsinnige waren. Es waren arme Irre, die man aus der Irrenanstalt Wittenau holte, um sie für ein paar Groschen am Tag arbeiten zu lassen. In einem solchen Kuhstall in Neukölln war Tante Lucie Milchverkäuferin. Leute aus den umliegenden Häusern und Straßen kamen mit ihren Milchkannen und holten Milch. Meine Großmutter mütterlicherseits nahm mich einmal mit zu Tante Lucie in den Kuhstall. Im Kuhstall stank es grausam, und Schwachsinnige mit Schubkarren und Milchkannen kamen mir entgegen, fletschten die Zähne und sabberten aus den Mündern. Ich hatte Angst vor diesen Irren, und ich war sicher, daß sie die Kühe nicht gut behandelten. Die Kühe sah ich nur von hinten. Ihre langen Schwänze pendelten hin und her. Zwischen den Hinterbeinen waren große rosa Fleischsäcke, die die Schwachsinnigen mit den Händen kneteten. Milch spritzte in Blecheimer, die unter den Kühen standen. Die Milch, die in den Eimern schwappte, sah grau aus, und es schwamm ein trüber Schaum darauf, von dem Tante Lucie sagte, das sei das Fett. Die Vorstellung, daß die Milch, die ich manchmal trank, irgendwas mit dieser grauen Fettbrühe zu tun haben sollte, flößte mir Ekel ein. Aber vielleicht war es ja nur diese Milch aus dem Neuköllner Hinterhof, die so aussah. Tante Lucie machte das nichts aus. Sie störten weder die Kühe noch die Schwachsinnigen und auch nicht der bestialische Gestank. Als Tante Lucie sah, daß ich Angst hatte vor den Irren, sagte sie: »Die Bekloppten tun dir nichts. Die arbeiten wie die Kümmeltürken.« Meine Großmutter mütterlicherseits sagte gar nichts. Sie trank ein Glas Milch und wischte sich danach den Mund ab. Ich wollte keine Milch. Als wir draußen waren, sagte meine Großmutter mütterlicherseits: »Diese Lucie!«

Tante Lucie arbeitete nicht nur in dem Kuhstall, sie wohnte auch in einer Wohnung darüber. Meine Großmutter mütterlicherseits zeigte nach oben über die Kuhstalltür. Dort waren zwei kleine Fenster mit Gardinen dahinter und roten Blumen in Kästen davor. »Da hat der Palumski seine Bude«, sagte meine Großmutter mütterlicherseits. Und als ich fragte: »Wohnt denn da auch Tante Lucie?«, sagte meine Großmutter mütterlicherseits, indem sie sich noch einmal den Mund von der Milch abwischte: »Diese Lucie!«

Irgendwann muß Tante Lucie von dem Kuhstall, den Schwachsinnigen, der grauen Milch und womöglich auch von dem Palumski die Nase voll gehabt haben. Dann wurde sie Bibliothekarin in der Amerika-Gedenkbibliothek. Dabei wurde die Amerika-Gedenkbibliothek erst gebaut. Noch bevor die Amerika-Gedenkbibliothek fertig war, machte Tante Lucie dort Notstandsarbeit. Ich wußte nicht, was Notstandsarbeit war, stellte mir aber etwas Schlimmes darunter vor.

Die Arbeit in der Amerika-Gedenkbibliothek war aber noch nicht die Arbeit beim Amerikaner, die Tante Lucie auch eine Zeitlang machte. Da wohnte sie in Zehlendorf, wo in Neubauten, deren Fenster mit Drahtnetzen verdunkelt waren, Amerikaner wohnten. Die Drahtnetze sollten die Amerikaner davor bewahren, daß Fliegen in die Wohnungen hineinflogen. So erklärte Tante Lucie die Drahtnetze vor den Fenstern. Für Amerikaner, die zum Teil sogar Neger waren, mußten Fliegen in der Wohnung das schlimmste sein. Ich verstand das nicht, denn in unserer Stube flogen im Sommer immer Fliegen den ganzen Tag um die Lampe, die in der Mitte der Stubendecke hing, herum. Weder mein Vater noch meine Mutter und auch nicht meine Großmutter mütterlicherseits waren deshalb auf die Idee gekommen, graue Drahtnetze vor die Fenster zu spannen. Wahrscheinlich konnten sie sich das nicht leisten. Nur die Amerikaner waren reich genug, sich auf diese Weise die Fliegen vom Leib und aus der Stube zu halten.

Reich waren die Amerikaner, das war klar. Denn Tante Lucie bekam von ihnen alle möglichen Sachen, von denen ich keine Ahnung hatte, daß es sie überhaupt gab. Da gab es Schokoladentafeln, die so dick waren, daß ich es nicht schaffte, ein Stück davon abzubrechen. Tante Lucie brach mir dann ein Stück davon ab, verzog aber auch das Gesicht dabei vor Anstrengung. Die Schokolade war so hart und so dick, daß man sie kaum kauen konnte. Sie schmeckte bitterer als die Schokolade, die ich kannte. Die einzige Schokolade, die ich kannte, waren Katzenzungen, die mir manchmal Tante Thiel mitbrachte. Katzenzungen waren dünne, längliche Schokoladenstücke mit Streifen. Unten waren sie ganz glatt. Sie hießen Katzenzungen, weil auf der Schachtel, in der sie sich befanden, eine Katze abgebildet war. Tante Lucie nannte die Schokolade, die sie von den Amerikanern hatte, »Kettbörrie«. Wenn ich zwei Stücke davon gegessen hatte, taten mir die Zähne weh vom Kauen, so hart war diese Schokolade. Und dunkelbraun war sie, im Gegensatz zu den hellbraunen Katzenzungen.

Als Tante Lucie beim Amerikaner arbeitete, wohnte sie zusammen mit einer Frau, die genauso dick, aber viel kleiner war als sie. Tante Lucie nannte diese Frau »die Fiedlern«. Meine Großmutter mütterlicherseits sagte, das sei Frau Fiedler. Mit der Fiedlern, sagte Tante Lucie, wenn Frau Fiedler nicht dabei war, hätte sie »ein ganz dickes Ei«. Als ich meine Großmutter mütterlicherseits fragte, was denn »ein dickes Ei« sei, wischte sich meine Großmutter mütterlicherseits den Mund ab und sagte mit Wut in der Stimme: »Diese Lucie!«

Meine Großmutter mütterlicherseits besuchte Tante Lucie während ihrer Zeit beim Amerikaner nur, wenn die Fiedlern nicht da war. Ich wurde mitgenommen, und als Tante Lucie die Tür aufmachte, sagte sie: »Die Fiedlern ist nicht da.« Dann gingen wir in die Wohnung, die aus zwei Zimmern und einer Küche bestand. In Tante Lucies Zimmer war ein Balkon. Draußen standen Kiefern, und es roch nach Wald, wenn man auf den Balkon ging. Zwischen den Kiefern standen amerikanische Straßenkreuzer. Manchmal sah man Amerikaner mit bunten Hemden ein- und aussteigen. Manche waren Neger und hatten sogar Kinder.

Wir saßen auf dem Balkon, und Tante Lucie servierte Russische Eier. Das waren hartgekochte Eihälften mit Mayonnaise drauf, die aus einer Tube herausgekringelt war. Auf der Mayonnaise war noch ein Klacks aus winzigen schwarzen Perlen. »Kaviar«, sagte Tante Lucie. Dazu gab es Kaviarbrot. Das war ein langes, dünnes Weißbrot, das in kleine Scheiben geschnitten wurde. Meine Großmutter mütterlicherseits aß nichts. Meine Großmutter mütterlicherseits sagte: »Ich esse am liebsten Pellkartoffeln und weißen Hering.« Mir schmeckten die Russischen Eier. Ich dachte: Das also ist »das dicke Ei«, das Tante Lucie mit der Fiedlern hat. Tante Lucie sagte: »Der Junge schnabuliert.« Meine Großmutter mütterlicherseits sagte: »Bloß gut, daß die Fiedlern nicht da ist.« Ich fragte: »Wo ist denn die Fiedlern?« Da kriegte ich von meiner Großmutter mütterlicherseits eine geknallt. Es hatte sich ausschnabuliert.

In ihrem Zimmer hatte Tante Lucie ein kleines Bücherregal. Ich zog ein Buch heraus, das hieß SINUHE DER ÄGYPTER. Es war ein dickes Buch. Vorne war ein Gesicht aus Stein abgebildet. »Das ist Tut Ench Amun«, sagte Tante Lucie. »Faß da nichts an«, sagte meine Großmutter mütterlicherseits, »wir gehen.«

Natürlich war das auch ein Buch aus dem Bertelsmann-Lesering. Mit diesen Büchern sorgte Tante Lucie für die Bildung meiner Eltern. So lernte mein Vater zwei Fremdwörter: frappant und imposant. Er gebrauchte sie aber nur, wenn Besuch kam. Der einzige Besuch, der solche Fremdwörter verstand, waren Onkel und Tante Thiel. Deshalb benutzte mein Vater diese Wörter auch nur, wenn Onkel und Tante Thiel da waren. Und das war ganz selten. Tante Lucie verstand diese Fremdwörter auch. Sie kannte auch noch andere. Aber wenn Tante Lucie da war, sagte mein Vater niemals »frappant« oder »imposant«.

Ein Junge durfte nicht lesen. Statt dessen mußte man 24 Stunden schwimmen und nachts auf Eisschollen sich die Memel hinuntertreiben lassen. Danach gab es von Frauen in weißen Kitteln ein heißes Bad und Stullen mit Margarine und Honig. So war das, als mein Vater so alt war wie ich. Trommeln, Fanfaren, Geländespiele. Ich wußte nicht, was Geländespiele waren. Im Treppenhaus kuckte ich mir das Geländer an. Darauf runterrutschen, ist das ein Geländespiel? Die Vorwürfe, die mein Vater mir machte, begannen immer mit: »Junge, als ich so alt war wie du ...« Als mein Vater so alt war wie ich, muß er doppelt so groß gewesen sein. Aber lesen hat er erst spät gelernt. Erst Tante Lucie hat ihm das Lesen richtig beigebracht, und gekonnt hat er es dann nur mit Mühe. Kein Wunder, daß er neidisch war, weil ich schon vor der Schule lesen konnte. Als ich in BERTELSMANNS VOLKSLEXIKON las, kam mein Vater in die Stube und sagte: »Du liest? Hast du nichts zu tun?«

Am Ende wurde Tante Lucie verbrannt. Zur Urnenbeisetzung durfte ich nicht mit. Meine Mutter sagte: »Das ist nichts für Kinder.« Das Grab, das ich später mit meiner Großmutter mütterlicherseits besuchte, war winzig klein. Meine Großmutter mütterlicherseits pflanzte Stiefmütterchen darauf. Auf dem ungeschliffenen Grabstein waren die Buchstaben des Namens von Tante Lucie aus Metall angebracht, in einer Zeile. Darunter war noch Platz. »Hier komm ich auch hin«, sagte meine Großmutter mütterlicherseits, »wenn ich mal nicht mehr bin.« Und als ich mit meiner Großmutter mütterlicherseits wieder einmal zum Grab ging, um die Stiefmütterchen zu gießen, hatten sich zwei der Buchstaben ihres Nachnamens gelöst. Nach einigem Suchen fanden wir sie neben dem Stein zwischen den Stiefmütterchen. Meine Großmutter mütterlicherseits sagte: »Diese Lucie!«

2. Kapitel

In Stube und Küche

Ich konnte die Wörter Fortschritt und Foxtrott nicht voneinander unterscheiden. Wahrscheinlich bedeuteten sie so ziemlich das gleiche. Foxtrott, das war Borgward, Bosch und Benger Ribana. Manchmal wurde im Radio ein Marschfox angesagt. Das war natürlich das beste.

Benger Ribana war eine Unterwäsche, die ich nur von der Reklame kannte. Zwei Männer mit Zylinderhüten ritten nebeneinander auf Pferden. Sie hatten Fräcke an. Ihre Unterwäsche konnte man nicht sehen. Meine Unterwäsche war überall kaputt. Das machte nichts, denn die Unterwäsche sah ja keiner. Was keiner sah, konnte ruhig kaputt sein. Das sah ja keiner. Borgward war Luxus. »Luxus können wir uns nicht leisten«, sagte meine Mutter. Damit war auch die Unterwäsche gemeint. Bosch war solide. Den Kühlschrank konnte man sich als erstes leisten. Tante Lucie hatte schon immer einen Kühlschrank gehabt. Wahrscheinlich vom Amerikaner. Der Kühlschrank kam auf einem Tempo-Dreiradwagen. Der Tempo-Dreiradwagen konnte in der Kurve umkippen. Deshalb mußte jemand oben drauf sitzen und den Kühlschrank festhalten. Aber die Unterwäsche sah kein Mensch.

Als meine Eltern heirateten, war von Wirtschaftswunder keine Rede. 1950 wollte man raus aus dem Osten. Es war ein Wunder, wenn man im Westen war. Meine Eltern heirateten, damit mein Vater aus dem Osten rauskam. Als die Ehe geschlossen war, war er aus dem Osten raus, für immer. Das war der Sinn der Sache. Auf dem Hochzeitsphoto blickt er unter der Hutkrempe streng geradeaus, wahrscheinlich nach Westen. Im Westen wohnten sie in Stube und Küche mit meiner Großmutter mütterlicherseits. So entstand in Stube und Küche ein Kind. Das war ich. Meine Großmutter mütterlicherseits schlief sowieso in der Küche. Als ich da war, wurde ich einfach dazugepackt. So entstanden Himmel und Erde.

Mein Vater ging zur Schicht. Meine Mutter ging arbeiten. Meine Großmutter mütterlicherseits machte die Wirtschaft. Meine Großmutter mütterlicherseits sagte: »Ich habe die ganze Wirtschaft.« Wir aßen, und meine Großmutter mütterlicherseits hatte die Wirtschaft. Die Wirtschaft, das war der Abwasch. Wir aßen schnell, denn meine Großmutter mütterlicherseits wollte abwaschen. Kochen, essen, abwaschen, das war alles schon schlimm genug. Es durften keine Spuren hinterlassen werden. Wenn meine Mutter arbeiten war, war ich mit meiner Großmutter mütterlicherseits ganz allein.

Wenn meine Mutter nicht arbeiten war, machte sie sauber, während meine Großmutter mütterlicherseits kochte. Meine Großmutter mütterlicherseits kochte Eintopf. In der Stube wurde nie etwas schmutzig. Dennoch machte meine Mutter sauber. Was sollte sie auch sonst machen, wenn sie nicht arbeiten war? Meine Mutter machte jeden Tag sauber und jeden zweiten Tag gründlich sauber. Manchmal wurde auch ganz gründlich saubergemacht. Das machte meine Großmutter mütterlicherseits. Wenn ganz gründlich saubergemacht wurde, wurde oben und dahinter saubergemacht. Oben und dahinter, das hieß auf und hinter den Möbeln. Es gab viele Möbel. Die meisten Möbel waren sehr groß. Die Stube war so voller Möbel, daß man kaum treten konnte.

Das größte Stück Möbel war die Doppelbettcouch meiner Eltern. Auf ihr konnte man sitzen oder liegen. Wenn die Doppelbettcouch ausgezogen war, war sie das Bett, in dem meine Eltern schliefen. Tagsüber bildeten zwei große Polsterwürste links und rechts die Armlehnen. Rechts, wo, wenn die Doppelbettcouch ausgezogen war, mein Vater schlief, stand ein Photo hinter Glas. Das Photo war so groß wie eine Postkarte und steckte in einer

Holzleiste mit Schlitz. Das Photo zeigte die Familie. Es war zwischen den beiden Fenstern der Stube aufgenommen worden. Vor der Gardine, die vor beiden Fenstern hing, stand ein Sessel, den man eigens für das Photo dahin gewuchtet hatte, denn normalerweise stand der Sessel nicht zwischen den Fenstern. Auf dem Photo saß meine Mutter in dem Sessel, mein Vater daneben in der Hocke, dazwischen ich. Rechts neben meiner Mutter stand meine Großmutter mütterlicherseits in ihrer geblümten Kittelschürze. Meine Großmutter mütterlicherseits trug immer eine geblümte Kittelschürze. Meine Eltern hatten sich und mich für das Photo gut angezogen. Gut angezogen hieß, man hatte Sachen an wie am Sonntag, wenn Besuch kam. Aber meine Großmutter mütterlicherseits hatte sich auch für das Photo nicht gut angezogen, denn sie zog sich auch an Sonntagen, wenn Besuch kam, nicht gut an. Meine Großmutter mütterlicherseits trug immer eine geblümte Kittelschürze, auch an den Sonntagen, wenn Besuch kam. Hinter der Gardine auf dem linken Fensterbrett stand Tante Lucies Tropfenflasche. Zu den unzähligen Medikamenten, die Tante Lucie in ihren letzten Lebensjahren über Wasser hielten, gehörten Tropfen, die eine bestimmte Temperatur nicht überschreiten durften. Das Fensterbrett war genau der richtige Ort dafür.

Auf der linken Seite der Doppelbettcouch stand der Rauchverzehrer. Der Rauchverzehrer war ein Hexenhäuschen aus Keramik. Im Innern des Hexenhäuschens war eine Kerze, die man anzünden konnte. Auf diese Weise sollte der Zigarettenrauch meines Vaters und der von Tante Lucie, wenn sie zu Besuch war, verzehrt werden. Ich weiß nicht, ob das funktionierte. Vor der Doppelbettcouch stand der Couchtisch. Wenn Besuch kam, wurde am Couchtisch gegessen. Dann saßen alle auf der Doppelbettcouch und den beiden Sesseln. Wenn die Doppelbettcouch ausgezogen wurde, mußte der Couchtisch weggerückt werden.

Neben der Doppelbettcouch stand die Wäschetruhe. Die Wäschetruhe war aus geflochtenem Pettigrohr und hatte oben einen gepolsterten Deckel. An jedem Ende waren mit Bast umwundene

Griffe. Diese Wäschetruhe wurde Wäschetruhe genannt, obwohl gar keine Wäsche darin war. Mir diente sie als Motorrad. Ich setzte mich rittlings darauf, legte die Hände auf die bastumwundenen Griffe und machte das Motorengeräusch dazu. So fuhr ich in der Stube durch die Welt.

In der Ecke stand der Glasschrank. In der Schranktür war ein Fenster. Das Fenster war mit einer violetten Gardine bespannt. Im Glasschrank war die Wäsche. Aber nur die Wäsche meiner Mutter. In einem Fach unter der Wäsche waren die alten Kinderbücher meiner Mutter. Immer wenn meine Mutter an den Glasschrank ging, um Wäsche herauszunehmen oder hineinzulegen, versuchte ich einen Blick auf diese Bücher zu erhaschen. »Du kannst ja doch noch nicht lesen«, sagte meine Mutter und machte die Schranktür zu. Hinter der violetten Gardine waren die Bücher. Wie kam sie darauf, daß ich noch nicht lesen könnte?

Kein Mensch weiß, was ein Traubenspüler ist. Wir aber besaßen einen. Aus Kristall, das so schwer war, daß man es Bleikristall nannte. KRISTALL hieß auch eine Zeitschrift, die Tante Lucie manchmal mitbrachte. Sie war dick und aus schwerem, glänzendem Papier, weshalb sie eben auch so hieß. Ich sah mir gern in KRISTALL die Bilder an. Auf einem war ein Berg, der oben ganz flach war. So flach wie der Himmel darüber. Das war in Australien.

Natürlich brauchten wir den Traubenspüler nicht zum Traubenspülen. Dazu wäre er viel zu schwer gewesen. Er stand auf der Anrichte, auf der selbstverständlich nichts angerichtet wurde. Niemand richtete bei uns etwas an, es sei denn, ich hatte etwas angerichtet und wurde dafür eingesperrt. Der Traubenspüler war nur zur Zierde. Wenn etwas besonders wertvoll war, dann benutzte man es nicht, sondern es war nur zur Zierde. Nur zur Zierde stand also der Traubenspüler auf der Anrichte, auf der nichts angerichtet wurde. Der Form nach unterschied sich der Traubenspüler nicht von einem kleinen Wassereimer, wie ihn meine Mutter zum Aufwischen benutzte. Ein kleiner Wassereimer aus Bleikristall, dem nur der Tragegriff fehlte. So stand der Traubenspüler auf der Anrichte nur zur Zierde.

Die Anrichte war das größte Möbelstück in der mit Möbeln überfüllten Stube. Aus Eichenholz, die Türen bestimmt fünf Zentimeter dick, schwarz furniert. In den enormen Ausmaßen wuchtig geschwungen, wirkte die Anrichte wie ein herrschaftliches Haus. Ich blickte an ihr hoch wie an einem Palast. Oben trug die Anrichte noch einen gläsernen Aufsatz. Wie die Kanzel eines Aussichtsturms krönte diese Vitrine das ausladende Holzgebäude und barg die bunten Likörgläser, die Bakelituntersetzer und die Weingläser mit dem langen grünen Stiel, die nur Weihnachten und Silvester benutzt wurden.

Als sei die Anrichte mit ihrem gläsernen Aufsatz nicht hoch genug, stand auf der Vitrine noch die Uhr. Eine Wohnzimmeruhr mit dem Zifferblatt zwischen den zu kurzen Schultern wie ein halsloser Kopf. Um sie aufzuziehen, mußte meine Mutter auf einen Stuhl steigen. Das runde Glas vor dem Zifferblatt mußte geöffnet und die Uhr mit einem großen Aufziehschlüssel aufgezogen werden. Rechts wurde das Uhrwerk, links das Schlagwerk aufgezogen. Meine Mutter zog nur das Uhrwerk auf, denn das Schlagwerk schlug jede halbe Stunde einmal und jede volle Stunde so oft, wie es spät war. Das machte meine Mutter nervös. Meine Großmutter mütterlicherseits sagte zu meiner Mutter: »Du bist übernervös.« Darum zog meine Mutter nur das Uhrwerk auf. Dabei ging mir das Rascheln ihrer Perlonstrümpfe durch und durch.

An Winterabenden gab der Lampentisch ein warmes Licht. Es war ein quadratischer Holztisch mit einer eingebauten Stehlampe, die ihren runden Lampenschirm über die Tischplatte neigte. An diesem Tisch drehte mein Vater manchmal Zigaretten, während meine Mutter im Schein der Lampe Strümpfe stopfte. Bevor Tante Lucie die fertigen Filterzigaretten im sogenannten Königsformat einführte, rauchte mein Vater selbstgedrehte Zigaretten aus einem Tabak namens Türkenkost. Auf der Tabaksdose war ein Mann im Profil abgebildet mit Schnurrbart und rotem Fez, der sich eine Handvoll Tabakblätter unter die Nase hielt. Das war ein Türke, und von der täglichen Handvoll Tabak lebte er. Daher der Name. Wenn mein Vater die Zigarette anzündete, roch es scharf nach verbranntem Heu.

In der Küche war der Herd, daneben der Ausguß, unter dem Fenster das Fensterspind, gegenüber vom Ausguß stand der Küchentisch mit der emaillierten Zinkwanne darunter. Daneben war eine Nische, und vor der Nische hing ein bunter Vorhang aus rauhem Stoff. Hinter dem Vorhang stand das Bett, in dem meine Großmutter mütterlicherseits und ich schliefen. Am Fußende des Bettes wurde auch alles mögliche, was man nicht mehr brauchte, aber noch nicht wegschmeißen wollte, abgestellt. Wurde etwas nicht mehr gebraucht, war aber zum Wegwerfen zu schade, sagte meine Mutter: »Stell es doch hinter den Vorhang.«

Der Nische gegenüber stand der Küchenschrank. Ein mächtiges Gebäude mit hellgrünen Gardinen hinter den Glastüren und einem umlaufenden Sims, der mit grünem Linoleum bedeckt war. Darauf stand ein Wecker, dessen Ticken die ganze Küche erfüllte. Die Zeiger des Weckers und seine Ziffern glimmten im Dunkeln, wenn man vorher mit der Taschenlampe auf das Zifferblatt geleuchtet hatte. Die Taschenlampe gehörte meiner Großmutter mütterlicherseits und war kein Spielzeug.

Von dem kleinen Korridor war die Küche durch eine Schiebetür getrennt. Zwischen Schiebetür und Küchenschrank stand der Mülleimer. Der Mülleimer war weiß emailliert und innen mit Zeitungspapier ausgelegt. Darauf war ein Deckel mit einem Griff. Wenn ich mich auf den Mülleimer setzte, drückte der Griff des Deckels zwischen die Pobacken. Wenn ich allein war, saß ich manchmal ganz gern auf dem Mülleimer.

Meine Mutter aß gern Ölsardinen. Am liebsten aß sie eine Büchse Ölsardinen mal so zwischendurch. Wenn meine Großmutter mütterlicherseits nicht da war, holte meine Mutter aus dem Fensterspind eine Büchse Ölsardinen, öffnete sie mit dem daran befindlichen Büchsenöffner und verzehrte mit einer Kuchengabel die Ölsardinen. Danach setzte meine Mutter die Büchse an den Mund und trank das Öl aus. Dann nahm sie Bullrich Salz. Das Glas mit dem Bullrich Salz befand sich auf dem Sims des Küchenschranks an der Seite, wo der Mülleimer stand. Sie nahm einen oder zwei Teelöffel Bullrich Salz, trank ein Glas Wasser hinterher und ging in der Küche auf und ab. Nach vier- oder fünfmaligem Aufundabgehen blieb sie mitten in der Küche stehen und stieß einen Laut aus: »Böööh!« Dann ging sie noch ein paarmal hin und her und machte ein zweites Mal: »Böööh!« Danach verließ sie die Küche und setzte sich in der Stube auf die Couch.

Wenn in der Küche gekocht wurde, tat das meine Großmutter mütterlicherseits. Beim Kochen schimpfte und fluchte meine Großmutter mütterlicherseits vor sich hin. Sie haßte das Kochen. Nach dem Kochen mußte gegessen und danach abgewaschen werden. Das haßte meine Großmutter mütterlicherseits, denn sie hatte die ganze Wirtschaft. Meine Großmutter mütterlicherseits kochte Eintöpfe. Am Montag kam ein großer Eintopf auf den Herd. Der reichte für die ganze Woche. Meistens bestand der Eintopf aus kleingehackten Kohlrüben. Überhaupt wurde alles kleingehackt. Es konnte gar nicht kleingehackt genug sein. Was meine Großmutter mütterlicherseits nicht kleinhacken konnte, drehte sie durch den Fleischwolf. Weil es Fleisch, das man durch den Fleischwolf hätte drehen können, nur an Sonntagen gab, drehte meine Großmutter mütterlicherseits das gesamte Gemüse für die Eintöpfe durch den Fleischwolf. Kohlrabi wurde grundsätzlich durch den Fleischwolf gedreht. Auch Wirsing, Weiß- und Rotkohl, nur grüne Bohnen schnitt sie mit dem Messer so klein es irgend ging. Kein Gemüse behielt seine eigentliche Form. Im Kleinschneiden und Kleinhacken vernichtete meine Großmutter mütterlicherseits das Gemüse, das sie danach mit all ihrem Haß im

Eintopf verrührte. Tag für Tag gab es also diese Eintopf genannte Breikost, die, montags für die ganze Woche gekocht, mir mittwochs oder spätestens donnerstags zuwider wurde. Beim Kochen kannte meine Großmutter mütterlicherseits zwei Gewürze: Pfeffer und Salz. Nur an den Wirsingbrei, der schon dienstags begann, ekelhaft zu stinken, rieb meine Großmutter mütterlicherseits eine Muskatnuß. Meine Mutter und mein Vater mochten keine Muskatnuß und ich schon gar nicht, und meiner Großmutter mütterlicherseits war das Essen sowieso egal. Aber an den Wirsingbrei gehörte nun mal, behauptete meine Großmutter mütterlicherseits, Muskatnuß. Schließlich kochte sie nicht, was schmeckte, sondern wie es sich gehört.

Beim Essen mußte immer alles aufgegessen werden. Auf den Tellern durften keine Reste bleiben. Nur im Topf blieb noch Eintopf übrig, weil der für die ganze Woche reichen mußte. »Iß deinen Teller leer!« sagte meine Mutter beim Essen. Meine Großmutter mütterlicherseits sagte: »Was nicht aufgegessen wird, gibt's abends auf Brot.« Ich stellte mir vor, wie meine Großmutter mütterlicherseits den kalten Eintopf auf eine Stulle schmierte. Davon wurde mir schlecht. »Iß, iß«, sagte meine Großmutter mütterlicherseits, »damit ich abwaschen kann.« Ich aß alles auf.

Der Sonnabend war der Wochentag ohne Eintopf. Da gab es Würstchen und Schrippen mit Schabefleisch und italienischem Salat. Italienischen Salat holte meine Großmutter mütterlicherseits beim Schlächter. Italienischer Salat bestand aus Wurstresten, die mit Gurkenstücken und Mayonnaise vermengt waren. Der Sonnabend war der einzige Tag, an dem zum Essen etwas getrunken wurde. Zu den Würstchen und den Schrippen mit Schabefleisch und italienischem Salat wurde Tee getrunken. Zum Eintopf an den anderen Tagen gab es nichts zu trinken. Morgens gab es Muckefuck und abends Himbeerwasser. Zwischen den Mahlzeiten durfte nicht getrunken werden. Wenn ich Durst hatte, sagte meine Großmutter mütterlicherseits: »Du sollst essen und nicht immerzu trinken.« Am Sonnabend gab es schwarzen Tee.

Der schwarze Tee wurde aus einem dünnen, rotgeränderten Porzellangeschirr getrunken, das nur sonnabends auf den Tisch kam. Bunte Japanerinnen waren darauf abgebildet, Vögel und Blumen. Die Tassen waren flach, so daß immer die Gefahr des Überschwappens bestand. Das Porzellan war so dünn, daß der Tee in der Tasse hellbraun hindurchschien. Meine Mutter sagte von dem Teegeschirr, es sei von früher. An den Tagen außer Sonnabend stand das Teegeschirr in der Anrichte. Aber weil es nicht in dem gläsernen Aufsatz der Anrichte stand, sondern unten hinter den bestimmt fünf Zentimeter dicken Türen der Anrichte, konnte man es nicht sehen. Darum war es nicht nur zur Zierde.

Nur sonnabends wurde in der Stube gegessen. Vor der Doppelbettcouch stand der Couchtisch. Die Platte des Couchtischs konnte man so weit hochkurbeln, daß meine Großmutter mütterlicherseits auf einem Stuhl daran sitzen konnte, während meine Mutter und mein Vater auf den Sesseln saßen. Ich saß auf der Doppelbettcouch und durfte nicht krümeln. Meine Augen reichten gerade auf die hochgekurbelte Tischplatte. Die war abwaschbar. Das war praktisch, hätte man doch Flecke von aus den flachen Tassen geschwapptem Tee einfach abwischen können. Aber über der abwaschbaren Tischplatte lag ein Tischtuch. Schwappte Tee aus meiner Tasse, weil ich schlecht an den Tisch kam aus meiner niedrigen Couchposition, gab es was hinter die Ohren. Hatte es was hinter die Ohren gegeben, war für mich das Essen beendet. Dann gab es weder Würstchen noch Schrippen mit Schabefleisch und italienischem Salat. Statt dessen wurde ich in die Küche gesperrt und mußte dort ins Bett.

Ausnahmsweise gab es sonnabends auch Butter. Sonst gab es Margarine. Die Margarine hieß Sanella und hatte die Form eines Würfels: ein halbes Pfund Sanella. Auf das Brot zum Abendessen kam Sanella. In den Kinderbüchern meiner Mutter kamen Butterbrote vor. Butterbrote kannte ich nicht. In den Kinderbüchern meiner Mutter wurde den Kindern, die darin vorkamen, auch Brot in die Milch gebrockt. Dazu bekamen sie Birnenschnitze. Das war eine fremde Welt. Bei uns wurde weder Brot in die Milch gebrockt noch wurden Birnen geschnitzt. Bei uns gab es Sanella.

Zum Braten nahm Tante Lucie Palmin. Wenn sonntags etwas gebraten wurde, war Tante Lucie da. Meine Großmutter mütterlicherseits konnte nur Eintöpfe kochen. An Sonntagen, wenn Tante Lucie zu Besuch kam, nahm sie das Kochen selber in die Hand. Sie nahm Palmin dazu, das aussah wie eine riesige, weiße Tafel Schokolade. Auf dem Herdrand lag die brennende Astor, denn Tante Lucie rauchte beim Kochen. Neben der brennenden Astor stand ein Glas mit Scharlachberg, denn Tante Lucie trank auch beim Kochen. Ab und zu goß sie aus der Flasche Scharlachberg ins Glas. Ich dachte, von Scharlachberg würde man Scharlach kriegen, eine Krankheit mit roten Flecken im Gesicht. Aber Tante Lucie bekam keinen Scharlach. Sie brachte jedesmal eine Flasche Scharlachberg mit, die sie während des Kochens trank, denn das Kochen dauerte den ganzen Vormittag.

In der Küche wurde Eintopf gekocht, Wäsche gewaschen, geschlafen und sich gründlich abgeseift. Einmal die Woche, Freitag abends, wurde sich gründlich abgeseift. Ich wurde in die Stube geschickt, und die Schiebetür zur Küche wurde abgeriegelt. Zuerst wollten ja meine Mutter und meine Großmutter mütterlicherseits sich vollständig ausziehen und gründlich abseifen. Ich kuckte in der Stube aus dem Fenster und wartete darauf, von meiner Mutter und meiner Großmutter mütterlicherseits gründlich abgeseift zu werden. Das Wasser zum gründlichen Abseifen war vorher in dem großen Waschtopf auf dem Herd heiß gemacht worden und wurde dann in die Zinkwanne gegossen. Der heiße Waschtopf war schwer wie Blei. Meine Mutter und meine Großmutter mütterlicherseits mußten den Topf zu zweit vom Herd heben und das heiße Wasser in die am Boden stehende Zinkwanne gießen. Dabei füllte sich die Küche mit Dampf. Während meine Mutter aus dem Wasserkessel, in dem normalerweise Wasser heiß gemacht wurde, kaltes Wasser in die Zinkwanne dazuschüttete, schloß meine Großmutter mütterlicherseits die Schiebetür zur Küche und verriegelte sie von innen. So konnte ich nicht weiter beobachten, was in der Küche geschah. Nur soviel war sicher: meine Mutter und meine Großmutter mütterlicherseits zogen sich vollständig aus und seiften sich gründlich ab.

In der Stube kuckte ich aus dem Fenster, nur um mich abzulenken. Denn das Hantieren meiner Mutter und meiner Großmutter mütterlicherseits mit Waschtopf und Zinkwanne in der dampfenden Küche machte mir angst. Nicht, daß Wasser mir unangenehm war oder ich das gründliche Abseifen fürchtete. Es war der Anblick des schwappenden, dampfenden Wassers in diesen schweren und nur zu zweit regierbaren Gefäßen. Alles Große und Schwere machte mir angst. Wenn ich zusah, wie meine Mutter und meine Großmutter mütterlicherseits mit den gewaltigen Wassermassen umgingen, war die Angst nicht so groß wie danach, wenn ich, allein für mich, mich daran erinnerte. Je größer die Angst war, die diese Bilder mir verursachten, desto schwerer waren sie zu vergessen. Der Waschtopf, die Zinkwanne mit der schwappenden Seifenlauge darin und meine Mutter und meine Großmutter mütterlicherseits, die in gemeinsamer Anstrengung die Wassermassen von dem einen in das andere Großgefäß gossen. Das klebte mir geradezu im Kopf und war nicht aufzulösen, so angestrengt ich auch in der Stube aus dem Fenster kuckte und mich in irgendwelche Vorgänge auf der Straße zu vertiefen versuchte. Doch andererseits versuchte ich auch wieder nicht, mich in irgendwelche Vorgänge auf der Straße zu vertiefen, sondern rief mir wieder die Bilder aus der Küche vor Augen. So ging es hin und her, und jedesmal, wenn die Küchenbilder kamen, brach auf meiner Stirn kalter Schweiß hervor, ich atmete schneller und spürte mein Herz klopfen. Dann hörte ich, wie der Riegel zurückgeschoben und die Schiebetür zur Küche geöffnet wurde. Aus einer Wolke aus Wasserdampf und Seifenlauge näherte sich meine Großmutter mütterlicherseits, um mich beim Arm zu packen und in die Küche zu führen.

Meine Mutter und meine Großmutter mütterlicherseits hatten frische Sachen an. Meine Mutter ein frisch gewaschenes und gebügeltes Kleid und meine Großmutter mütterlicherseits eine frische geblümte Kittelschürze. Ich wurde vollständig ausgezogen und in die Wanne gestellt, in der noch das Wasser vom gründlichen Abseifen meiner Mutter und meiner Großmutter mütterlicherseits war. Grau und trübe schwappte die Brühe in der Wanne, in die ich nackt hineingestellt wurde. Das Wasser ging mir bis zu den Waden und war lauwarm. Mit einem Seiflappen, der mit Kernseife eingeseift war, wurde ich von oben bis unten gründlich abgeseift. Besonders gründlich wurde mein Geschlechtsteil abgeseift, das durch die Operation gezeichnet war. Hier mußte ganz besonders gründlich und vor allem genau geseift werden. Mit Hingabe und unter Verrenkungen betrachtete und betastete meine Mutter, aber mehr noch meine Großmutter mütterlicherseits, den Penis, von dessen Ende die Vorhaut entfernt worden war. An diese Vorhaut konnte ich mich nicht erinnern. Ich konnte mich nicht erinnern, jemals eine sogenannte Vorhaut am Penis besessen zu haben, obwohl ich mich an den Krankenhausaufenthalt, der zu der Operation der Vorhautentfernung notwendig war, sehr genau erinnern konnte. Diesem entvorhäuteten Penis widmete meine Mutter, aber mehr noch meine Großmutter mütterlicherseits, ihre ganze Aufmerksamkeit und die meiste Zeit des gründlichen Abseifens. Nach dem gründlichen Abseifen wurde ich aus der Wanne gehoben und auf den Küchentisch gesetzt, der mit einem großen Handtuch abgedeckt war. Mit diesem Handtuch trockneten meine Mutter und meine Großmutter mütterlicherseits mich ab. Danach, während ich meine neuen, frisch gewaschenen Sachen anzog, hoben meine Mutter und meine Großmutter mütterlicherseits die Wanne an den Ausguß, der sich an der Wand neben dem Herd befand, um die Seifenlauge mit dem gründlich von den Körpern meiner Mutter, meiner Großmutter mütterlicherseits und mir abgeseiften Schmutz wegzukippen. Starr vor Angst, aber unfähig, den Blick davon abzuwenden, sah ich das trübe Wasser, das sich während meines gründlichen Abseifens endgültig abgekühlt hatte und kein bißchen mehr dampfte, wie es in der von meiner

Mutter und meiner Großmutter mütterlicherseits geschleppten Wanne hin und her schwappte, um endlich mit einem großen Platschen in den Ausguß gegossen zu werden.

Danach wurde die Wanne ausgescheuert. Dazu wurde sie auf den Küchentisch gestellt, es wurde Scheuersand überall an ihre Innenwände und den Boden gestreut, und mit einer Scheuerbürste scheuerte meine Großmutter mütterlicherseits die Wanne innen aus. Unter dem fließenden Wasser des Ausgußhahns wurde die Wanne dann ausgespült und anschließend mit einem Küchentuch getrocknet. Komisch, die leere Wanne machte mir nicht soviel entsetzliche Angst.

Stube und Küche wurden nicht nur durch eine Schiebetür voneinander getrennt, sondern eigentlich von einem kleinen Flur, in den man trat, wenn man in die Wohnung kam. Kam man von draußen herein, war links die Stube und rechts die Küche. Der Flur war so klein, daß man sich eben darin umdrehen konnte. Dieser kleine Flur hieß der Korridor. Gegenüber der Wohnungstür, zwischen Schiebetür zur Küche und Stubentür, war eine winzig kleine Kammer. In diese Kammer wurde ich gesperrt, wenn ich etwas angestellt hatte. Das kam, ohne daß ich es wollte oder auch nur darauf anlegte, ja meist ohne zu wissen, was es denn überhaupt gewesen war, das ich angestellt haben sollte, fast täglich vor. Eingesperrt wurde ich mindestens für eine Stunde, meist für mehrere Stunden, so daß ich nahezu jeden Tag einige Stunden in dieser Kammer verbrachte. Als ich später in der Zeitung das Wort Strafkammer entdeckte, wußte ich genau, was gemeint war. Es gab, wie ich der Zeitung entnahm, auch eine große Strafkammer. Ich jedoch mußte, wenn meine Mutter oder meine Großmutter mütterlicherseits über mich in Wut gerieten, mit der kleinen Strafkammer vorliebnehmen.

Meine Mutter war oft wütend über mich. Das lag daran, daß sie übernervös war. Meine Großmutter mütterlicherseits war ständig wütend auf mich, weil sie mich haßte. Sie haßte aber auch meine

Mutter, meinen Vater, die Nachbarn und die Leute, die man auf der Straße treffen konnte, wenn man einholen ging, und denen man deshalb aus dem Weg gehen mußte. Meine Mutter und meine Großmutter mütterlicherseits zankten ständig miteinander. Das taten sie laut schreiend. Meine Großmutter mütterlicherseits trompetete mit triumphaler Stimme und meine Mutter mit der schrillen Stimme der Übernervösen. Einig waren sie sich nur in der Wut über mich. Nichtsnutz, Dreckbengel und Biest waren die Bezeichnungen, die sie in ihrer Wut für mich hatten. Wurde ich Nichtsnutz oder Dreckbengel genannt, ging der Wutanfall vorbei, ohne daß ich bestraft wurde. Wenn jedoch das Wort Biest fiel, wußte ich, daß ich eingesperrt werde. Wurde ich eingesperrt, sollte ich von meinem Vater, wenn der abends nach Hause kam, noch ein paar hinter die Ohren kriegen. Aber meist kam mein Vater so spät nach Hause, daß ich schon im Bett war. Mich dann zu wecken, um mir ein paar hinter die Ohren zu geben, war ihm wahrscheinlich zu mühsam. Deshalb bekam ich nur an wenigen Tagen ein paar hinter die Ohren. Vielleicht aber fand mein Vater es auch gar nicht so wichtig, mir ein paar hinter die Ohren zu geben, oder nicht gerechtfertigt. In der Kammer eingesperrt jedenfalls, hoffte ich, daß mein Vater abends spät genug nach Hause kam, um mir keine paar hinter die Ohren geben zu können.

Ein paar hinter die Ohren kriegte ich blitzartig schnell, und ohne daß ich mich darauf vorbereiten konnte. Mein Vater verfügte über einen harten und kurzen Schlag. Wenn ich ein paar hinter die Ohren bekam, taumelte ich, vom Schlag und vom Schrecken gleichermaßen getroffen, zurück und mußte mich irgendwo festhalten. Meist fiel ich rückwärts gegen die Anrichte, an deren Kante ich mir den Hinterkopf stieß. Das tat noch mehr weh als die paar hinter die Ohren. Weil die Stelle am Hinterkopf, mit der ich gegen die Anrichte prallte, wenn ich ein paar hinter die Ohren bekam, wirklich hinter den Ohren lag, dachte ich lange, ein paar hinter die Ohren zu kriegen bedeutete, mit dem Hinterkopf gegen die Anrichte geschmettert zu werden. Tatsächlich aber war der Schlag mit der Hand, den mein Vater mir blitzschnell mitten ins

Gesicht verpaßte, das eigentliche paar hinter die Ohren und der Aufprall an der Anrichte nur die Folgeerscheinung, die von meinem Vater nicht mal beabsichtigt war. So vor die Anrichte geschmettert, konnte ich nicht anders als zu heulen anfangen.

Das brachte meinen Vater, der mir die paar hinter die Ohren eher unaufmerksam und routinemäßig verabreicht hatte, erst richtig in Fahrt. »Hör auf zu plinsen!« brüllte mein Vater und holte langsam und mit Bedacht mit der rechten Hand aus, um mir noch ein paar hinter die Ohren zu geben. Diesem zweiten paar hinter die Ohren versuchte ich durch freiwillige Flucht in die Strafkammer zu entkommen. Von der Anrichte bis zur Strafkammer waren es nur wenige Schritte, dennoch schaffte es mein Vater meist durch seine blitzschnelle Schlagtechnik, mir in dem Moment, wo ich die Tür der Strafkammer schon offen und diese schützende Dunkelheit vor Augen hatte, noch ein paar hinter die Ohren zu geben, was mich in die Kammer hineinstürzen ließ, so daß ich, diesmal mit der Stirn, gegen irgendeinen Gegenstand stieß, der in der Kammer aufbewahrt wurde. Immerhin konnte ich mich dann auf die Fußbank setzen, die in der Strafkammer stand, und in Ruhe weinen. »Hör bloß auf zu plinsen!« brüllte mein Vater mir nach und schloß die Kammer von draußen ab.

Die Kammer hatte weder Licht noch Fenster. Die Kammer war auch gar nicht als Kammer gedacht, sondern von dem kleinen Korridor zwischen Stube und Küche abgeschlagen, als Stauraum für allerhand Haushaltskram. Brauchte man etwas aus der Kammer, mußte man mit einer Kerze oder einer Taschenlampe hineinleuchten. Wenn ich zur Strafe in die Kammer gesperrt wurde, hatte ich natürlich weder Kerze noch Taschenlampe. Meine Strafe vollzog sich in der Dunkelheit. Wenn ich keine Tränen mehr zum Weinen hatte, sah ich mich in der Dunkelheit um. Mit der Zeit gelang es mir, mit den Augen die Schwärze zu durchdringen und verschiedene Gegenstände zu erahnen und zu erkennen. Allerdings betrat ich die Kammer auch freiwillig, wenn meine Mutter mich irgendein Putzmittel oder den Staubwedel zum täglichen

Saubermachen aus der Kammer holen ließ. Dann leuchtete ich mit der Taschenlampe in die Kammer hinein und konnte mir die Ordnung der Dinge darin einprägen. Konnte ich also wirklich die Gegenstände in der Kammer auch in der Dunkelheit erkennen, oder stellte ich sie mir in der Schwärze nur an ihren Plätzen vor, um aus ihrer Anwesenheit Trost zu gewinnen?

Dabei war die Kammer nicht nur ein Ort des Schreckens. Im Dunkeln war auch Geborgenheit. Hier, in der Finsternis meiner Strafkammer, war ich allein und wurde in Ruhe gelassen. War ich einmal eingesperrt, wurde ich nicht mehr angebrüllt, beschimpft, niedergeschrien oder von irgendwas weggezerrt, weil ich beim Saubermachen im Wege war. Hier konnte ich meinen Gedanken nachgehen oder meinen Träumen, und erstaunlicherweise wurde ich hier nicht von den Bildern gewaltiger Wannen, Eimer oder Wolldecken heimgesucht, die mich in diese entsetzliche Angst tauchten. Waren Schmerz und Wut über die Bestrafung, deren Anlaß und Ursache mir meist nicht einsichtig und nachvollziehbar waren, erst einmal überwunden und verflogen, überkam mich in der Dunkelheit der Kammer ein Gefühl wohlig trauriger Zufriedenheit. In meiner Phantasie entwarf ich das Innere der Kammer, belebte die Dinge, die mich umgaben, freundete mich mit ihnen an und verwickelte sie in stumme Gespräche. All diese Putzmittel und Besen, diese alten Lampenschirme und Glühbirnen zum Auswechseln, die Schuhe und der Werkzeugkasten litten ja wie ich unter dem Zwang, diesen Leuten da draußen in Stube und Küche zu Willen zu sein. Die, die mich hier einsperrten, hatten auch die anderen Dinge unter ihrer Gewalt, bedienten sich ihrer, ohne zu fragen, ohne sie zu schonen. Die Schuhbürste, die meine Mutter in ihrer Wut nach mir geworfen hatte, oder der Kleiderbügel: jetzt waren sie hier mit mir in der Kammer und entschuldigten sich für den Mißbrauch, den man mit ihnen getrieben hatte. Hier in der Kammer versammelten sich die Leidtragenden, die Gedemütigten, die Opfer von Stube und Küche.

Wenn ich eingesperrt war, herrschte Ruhe in Stube und Küche. Meine Mutter und meine Großmutter mütterlicherseits schrien sich nicht an, und meiner Großmutter mütterlicherseits fiel auch nichts aus der Hand. Meine Großmutter mütterlicherseits warf, wenn sie wütend war, Abwaschbürsten oder Topfdeckel nach mir und brüllte: »Wenn ich den Dreckbengel schon sehe, fällt mir alles aus der Hand!« Meine Mutter konnte ungestört saubermachen und meine Großmutter mütterlicherseits in Ruhe im Eintopf herumrühren oder irgendwelche Lebensmittel durch den Fleischwolf drehen. Und mein Vater konnte, wenn er da war, Radio hören, ohne daß immer jemand dazwischenquatschte.

Zwischen Bett und Gerümpel hinter dem Vorhang stand mein Spielschrank. Der Spielschrank war eigentlich der Nachttisch meiner Großmutter mütterlicherseits. Deshalb waren in der Schublade ihre Sachen, und nur die zwei Fächer darunter gehörten mir. Die Sachen meiner Großmutter mütterlicherseits, die sich in der Schublade befanden, waren Abführpillen, ein paar kaputte Brillen und die Taschenlampe. Aber die Taschenlampe war kein Spielzeug. Mein Spielzeug bestand aus einem Baukasten, gelblichen Margarinefiguren und den Zigarettenbildern von Onkel Willi.

Der Baukasten war eigentlich gar kein Baukasten, sondern ein Karton mit 20 buntbeklebten Würfeln, die, wenn sie richtig zusammenlagen, ein Bild ergaben. Auf jede Seite eines Würfels war ein Teil eines Bildes geklebt, so daß man mit den Würfeln sechs verschiedene Bilder legen konnte. An einigen Würfeln hatte sich das Papier schon abgelöst. Darum waren die Bilder nicht mehr komplett. Das einzige, was noch komplett war, zeigte eine Kuh auf der Weide. Ich kannte die Bilder in- und auswendig und benutzte die Würfel als Bauklötze, um damit Türme und Mauern zu bauen. Die Mauern bildeten ein Rechteck, in dem ich die Margarinefiguren versammeln konnte.

Natürlich waren die Margarinefiguren nicht aus Margarine, sondern aus Plastik. Die Margarinefiguren hießen Margarinefiguren, weil sie als Beigaben in Margarinepackungen waren, aber nicht in Sanella. Bei uns gab es ja nur Sanella. Also hatte ich die Margarinefiguren geschenkt bekommen von Tante Erna. Die meisten Margarinefiguren waren Tiere. Ich hatte ein Kamel, das eigentlich ein Dromedar war, weil es nur einen Höcker hatte. Aber meine Eltern und meine Großmutter mütterlicherseits sagten dazu Kamel, weil sie nicht wußten, daß Kamele zwei, Dromedare aber nur einen Höcker haben. Daneben gab es eine Kuh, ein Schwein, ein Pferd, einen dazu übergroßen Hahn und eine winzige Giraffe. Auf einem Sockel waren sieben Männer mit Hüten und Federn daran, die gemeinsam einen Spieß trugen. Tante Lucie sagte, das seien die Sieben Schwaben. Ich wußte nicht, was die Sieben Schwaben waren, und weil meine Mutter und meine Großmutter mütterlicherseits auch nicht wußten, was die Sieben Schwaben waren, brachte Tante Lucie bei einem ihrer Sonntagsbesuche ein Buch mit und las mir daraus die Geschichte von den Sieben Schwaben vor. So erfuhr ich, daß die Sieben Schwaben nicht sehr vertrauenerweckende Kerle waren, baute aus den bunten Würfeln eine Mauer um die Tiere und stellte die Sieben Schwaben nach draußen. So konnten sie keine Dummheiten mit ihrem Spieß machen und den Tieren nichts anhaben.

Die Zigarettenbilder waren von Onkel Willi. Onkel Willi war der Mann von Tante Erna. Während ich von Tante Erna jedesmal, wenn ich sie mit meiner Großmutter mütterlicherseits besuchte, ein oder zwei Margarinefiguren geschenkt bekam, die sich beim Margarineverbrauch angesammelt hatten, bekam ich die Zigarettenbilder von Onkel Willi alle auf einmal. Es war ein hübscher Stapel Zigarettenbilder, auf denen natürlich gar keine Zigaretten zu sehen waren. Die Zigarettenbilder gab es, genauso wie die Margarinefiguren, zu den Zigaretten dazu. Das war aber längst vorbei. Inzwischen gab es zwar zur Margarine, wenn auch nicht zur Sanella, noch Margarinefiguren, aber zu den Zigaretten gab es schon längst keine Zigarettenbilder mehr. Die Zigarettenbilder hatte Onkel Willi gesammelt, als es zu den Zigaretten noch Zigarettenbilder gab, und mir eines Tages den ganzen Stapel geschenkt.

Die Zigarettenbilder waren so groß wie eine Zigarettenschachtel und zeigten Schlachten, Kaiser, Könige und Feldherrn. Welche Schlacht, welcher Kaiser, König oder Feldherr abgebildet war, stand jeweils auf der Rückseite des Zigarettenbildes. Bei den Schlachten stachen auf freiem Feld unter blauem Himmel, an dem sich lila Wolken türmten, Soldaten mit Tschakos aufeinander ein. Die Messer, mit denen sie aufeinander einstachen, waren an die Enden ihrer Gewehre gebunden. Als ich von meiner Mutter wissen wollte, warum diese Soldaten sich nicht einfach gegenseitig totschossen, wo sie doch Gewehre hatten, sondern mit diesen an die Gewehre gebundenen Messern aufeinander einstachen, zuckte meine Mutter nur mit den Schultern und sagte, das seien eben Bilder von früher. Früher also, dachte ich mir, waren die Gewehre nicht zum Schießen, sondern dazu da, Messer daran festzubinden, mit denen man sich im Nahkampf gegenseitig erstechen konnte.

Mit den Zigarettenbildern konnte man nicht spielen. Man konnte sie sich nur ankucken. Ich kuckte mir jedes Bild genau an. Stundenlang versank ich manchmal in einem dieser Zigarettenbilder, besonders wenn sie eine Schlacht zeigten. Ich malte mir alles, was das Bild nicht zeigte, in Gedanken aus. Man sah Verwundete, die bestimmt ins Krankenhaus mußten. Ich stellte mir vor, wie ihnen im Krankenhaus die bunten Tschakos abgenommen und die komisch gestreiften Uniformen ausgezogen wurden. Ein Nachteil solcher Schlachten, wie sie auf den Zigarettenbildern zu sehen waren, bestand darin, daß man von den Messern, die an die Gewehre gebunden waren, gestochen werden konnte und ins Krankenhaus mußte. Die Kaiser, Könige und Feldherrn trugen lange Bärte, die bei manchen in zwei Zipfeln weit über den Kragen herunterhingen. Auf die Kragen der blauen oder roten Uniformen waren kleine Brettchen genäht, auf denen dicke goldene Sterne prangten. Einen Feldherrn in weißer Uniform mit einem gezwirbelten Schnurrbart mochte ich besonders. Onkel Willi hatte gesagt, das wäre der alte Papa Wrangel. Eine Straße ganz in der Nähe des Lausitzer Platzes hieß Wrangelstraße. Da mußte also Papa Wrangel einmal gewohnt haben. Vielleicht hatte er sie auch entdeckt. Denn die Straßen, so hatte mir Tante Lucie erzählt, waren oft nach Entdeckern benannt oder nach Leuten, die da gewohnt hatten und inzwischen gestorben waren. Ich ging gern durch die Wrangelstraße und dachte mir jedesmal: »Ich kenne dich, alter Papa Wrangel.«

In der kleinen Strafkammer hatte ich keine Spielsachen, sondern nur mich selbst und die Gegenstände des täglichen Gebrauchs, die dort warteten. Aber das waren keine Spielsachen, genausowenig wie die Taschenlampe meiner Großmutter mütterlicherseits. In der Kammer herrschte völlige Dunkelheit. Draußen in Stube und Küche herrschte Ruhe, und hier drinnen konnte ich denken, was ich wollte. Ich wünschte mir dann zu verschwinden. Meine Mutter, die mich jedesmal aus der Kammer befreite mit der Drohung: »Das nächste Mal kriegst du von mir noch eine Wucht dazu!«, würde die Kammer leer finden. Was würden sie dann machen, mein Vater, meine Mutter und meine Großmutter mütterlicherseits? Wäre die Ruhe dann endlos?

Wäsche gewaschen wurde in der Küche, aufgehängt wurde sie hinter dem Vorhang in der Bettnische. Die Wäsche hing dann eine Nacht über dem Bett und verbreitete einen angenehm frischen Geruch. Ich konnte vor dem Einschlafen zu den hängenden Wäschestücken hinaufkucken und denken, es sind dunkle Regenwolken am Himmel. Ich steckte den Kopf unter die Bettdecke und hatte einen Unterschlupf gefunden vor dem heraufziehenden Unwetter.

Der Küchenfußboden war mit Linoleum ausgelegt. Das Linoleum hatte da, wo es noch nicht abgetreten und schwarz war, bunte Ornamente wie auf einem Perserteppich. Das Linoleum sollte einen Perserteppich darstellen. Perserteppiche waren Teppiche mit bunten Quadraten und Ornamenten. Ich stand gern lange vor Schaufenstern von Teppichläden und kuckte mir Perserteppiche an. Ich wußte nicht genau, wo Persien lag, aber ich stellte mir vor, daß es dort warm war und unter blauem Himmel rote Perserteppiche mit bunten Quadraten und Ornamenten auf sandigem Boden lagen. Manchmal saß ich lange auf dem Küchenstuhl und schaute mir einfach das Linoleum auf dem Küchenfußboden an. Ich verlor mich in den bunten Quadraten und Ornamenten, sah mich selbst unter dem blauen Himmel, umgeben von freundlichen Persern.

Auf den Zigarettenbildern gab es Perser. Sie trugen Turbane und krumme Dolche und saßen auf Dromedaren unter blauem Himmel. Vor ihnen lagen Perserteppiche auf dem gelben Sandboden. Aber das waren eben, wie meine Mutter abschätzig sagte, Bilder von früher.

Wenn meine Großmutter mütterlicherseits sich auf den Küchenstuhl an den Küchentisch setzte, einen Arm auf die Tischplatte, den anderen in den Schoß auf die dunkelgeblümte Kittelschürze gelegt, dann erzählte sie von früher. Aber dieses Früher war nicht das Früher der Zigarettenbilder. Das Früher meiner Großmutter mütterlicherseits bestand aus Kapputsch, Inflation und Luftschutzkeller. Am besten gefiel mir der Kapputsch, von dem ich natürlich dachte, daß es der Zustand war, in dem alles kaputt ist. Meine Großmutter mütterlicherseits erzählte, daß sie mit dem Fahrrad mitten durch gefahren sei, mitten durch den Kapputsch. Ich sah meine Großmutter mütterlicherseits vor mir, wie sie in der geblümten Kittelschürze auf ihrem Damenfahrrad mit Netzbespannung über dem hinteren Schutzblech einen großen Platz überquerte, auf dem nur Trümmer, Autowracks und Löcher in den Straßen waren. Alles kaputt eben. Wenn alles kaputt ist, ist das der Kapputsch. Dennoch hatte ich Zweifel. Als ich meine Großmutter mütterlicherseits fragte, ob beim Kapputsch alles kaputt war, hob sie die Hand aus dem Schoß der geblümten Kittelschürze, winkte damit ab und sagte: »Das kann sich heute kein Mensch mehr vorstellen.«

Unter Inflation konnte ich mir überhaupt nichts vorstellen und fragte gleich. »Da haben sie uns alles weggenommen«, sagte meine Großmutter mütterlicherseits, »alles, bis auf den letzten Pfennig.«

Inflation hieß also, nur einen einzigen Pfennig noch zu besitzen, weil alles andere weggenommen worden war. »Und dann?« fragte ich meine Großmutter mütterlicherseits. »Währungsreform«, antwortete meine Großmutter mütterlicherseits, und sie wiederholte, starr geradeaus blickend, nur dieses eine Wort: »Währungsreform«. Ich dachte, das hätte irgendwas mit dem Reformhaus zu tun, das es am Kottbusser Damm gab und an dem wir manchmal vorbeigingen. Es roch eigenartig streng und süßlich aus dem Reformhaus, wenn im Sommer die Ladentür offenstand. »Und dann«, sagte meine Großmutter mütterlicherseits, »dann waren alle arbeitslos, und es gab nüscht. Nüscht. Nüscht mit Jarnüscht.« Dann erhob sie sich und schob den Küchenstuhl unter den Küchentisch und beschloß das Erzählen von früher wie jedesmal mit den Worten: »Aber dann kam ja der Adolf.«

Im Luftschutzkeller, sagte meine Großmutter mütterlicherseits, waren das Schlimmste die Russen. Die rissen die Kellertür auf, kamen zu mehreren die Kellertreppe runter und riefen »Uri, Uri!« und »Frau komm!«. Wenn meine Großmutter mütterlicherseits das erzählte, ging meine Mutter aus der Küche und sagte: »Aber doch nicht vor dem Jungen!«

Wenn meine Großmutter mütterlicherseits und meine Mutter sich anschrien, dann meistens meinetwegen. Meine Großmutter mütterlicherseits zeigte mit dem ausgestreckten Finger auf mich und sagte: »Det müßte meiner sein!« Damit meinte sie, wenn ich ihr Sohn wäre, würde sie irgend etwas mit mir tun, das schlimmer wäre als schlagen oder einsperren oder beides. »Wir waren drei Kinder«, rief meine Großmutter mütterlicherseits und drohte dabei meiner Mutter mit der Faust, »da hätte mal eener sollen, den hätte unser Vater aber scheene jebracht!« Was hieß das: »scheene jebracht«? Hieß »scheene bringen« umbringen?

In der Dunkelheit der Strafkammer sah ich der Wahrheit ins Auge. Meine Großmutter mütterlicherseits wollte, daß meine Mutter mich umbringt. Wäre meine Großmutter mütterlicherseits meine Mutter gewesen, hätte sie es selbst getan. In der Dunkelheit der Strafkammer wußte ich, daß mein Vater mich nicht würde schützen können, wenn meine Großmutter mütterlicherseits meine Mutter soweit hatte, daß sie mich umbrachte. Mein Vater war ja nicht da. Der war ja arbeiten. Der war auf der Tankstelle, in diesem wundervollen Geruchsgemisch aus Benzin, Bier und Auspuffgasen, unter freiem Himmel an der frischen Luft. Auf der Tankstelle waren die Freiheit und das Leben, in Stube und Küche aber war der Tod.

Auf einem der Zigarettenbilder lagen links alle Soldaten tot auf einer Wiese, bis auf einen. Von rechts kamen andere mit Ranzen, Trommeln und Gewehren, die auch noch den letzten erschießen wollten. Der aber stand, mit goldenen Querstreifen auf der Brust, allein gegen alle. Er hatte seine rechte Hand erhoben und wollte wahrscheinlich etwas sagen. Immer wieder habe ich mir dieses Bild angesehen. Ich dachte, sie müssen ihm zuhören. Sie müssen ihm zuhören, denn alle anderen sind schon tot. Aber vielleicht konnte er ja gar nichts sagen vor lauter Angst und ist erschossen worden wie alle anderen auch.

Jedes Jahr wurde renoviert. Das war der Urlaub meines Vaters. Wenn mein Vater Urlaub hatte, wurde erst die Küche, dann die Stube renoviert. Von der Tankstelle hatte mein Vater eine Luftmatratze mitgebracht. Die Luftmatratze war ein Werbegeschenk der Reifenfirma Continental, und man konnte sie aufpusten. Den Namen Continental betonte mein Vater auf der zweiten Silbe, so wie man sagt: »Kantinenfraß«. Wenn die Küche renoviert wurde, schliefen meine Großmutter mütterlicherseits und ich in der Stube auf der Luftmatratze am Fußende der ausgezogenen Doppelbettcouch auf dem Boden. Vorher mußte mein Vater die Luftmatratze aufpusten. Das dauerte ziemlich lange, und er wurde dabei knallrot im Gesicht. Aber wenn mein Vater die Luftmatratze aufgepustet hatte, war sie steinhart. Rings um die Doppelbettcouch und die am Boden liegende Luftmatratze standen dicht aneinandergedrängt die Küchenmöbel. Über der geflochtenen Truhe stand der

Küchentisch, so daß ich nicht Motorrad spielen konnte, solange renoviert wurde. Das Bett meiner Großmutter mütterlicherseits war auseinandergenommen und stand hochkant gegen die Anrichte gelehnt. Der Küchenstuhl lag auf dem Küchentisch, und im Korridor stand der Küchenschrank, an dem man sich vorbeiquetschen mußte, wenn man aus der Wohnung aufs Klo wollte. Unter dem Couchtisch, der in der Stube seitlich an die Wand geschoben war wie immer, wenn die Doppelbettcouch zum Schlafen ausgezogen war, stand der Mülleimer. Daß der Mülleimer in der Stube stand, war das Schlimmste, fand meine Mutter. Aber es ging ja nicht anders, wenn renoviert wurde. Nur der Herd blieb in der Küche und war zugedeckt mit Zeitungspapier. Solange die Küche renoviert wurde, gab es nur Stullen, die auf dem Couchtisch geschmiert wurden.

Zum Renovieren setzte sich mein Vater eine weiße Mütze auf, die er irgendwann von der Tankstelle mitgebracht hatte. Sie war von Farbe und Schlämmkreide ganz hart und starr. Er nannte diese Mütze sein Malerkäppi. Er trug das Malerkäppi, ein altes Unterhemd und eine weite, mit Farbe bespritzte Hose. Das älteste, kaputteste Paar Schuhe, in dem keine Schnürsenkel mehr waren, trug er immer zum Renovieren. So gekleidet stand er auf der Leiter, hatte eine riesige Bürste in der Hand und bürstete damit die Decke, wobei er sich von oben bis unten bespritzte. Wenn man die Küchentür einen Spalt öffnete, war der ganze Raum ein Spritzen, Tropfen und Herabklatschen von Farbe und Wasser auf den mit Zeitungspapier ausgelegten Fußboden. Wenn die Decke in der Küche fertig war, wurden die Wände mit einer hellgrünen Ölfarbe gestrichen. Zum Schluß kroch meine Großmutter mütterlicherseits auf allen vieren am Fußboden und strich die Scheuerleisten mit blutroter Farbe.

Wenn die Küche fertig renoviert war, wurden alle Möbel, auch die aus der Stube, in die Küche geräumt bis auf die Doppelbettcouch und die Anrichte. Auch der große rote Teppich wurde zusammengerollt und in der Küche vor dem Küchenschrank auf den

Fußboden gelegt. Die Anrichte und die Doppelbettcouch waren so schwer, daß auch mein Vater, meine Mutter und meine Großmutter mütterlicherseits zusammen sie beim besten Willen nicht aus der Stube tragen konnten. Wahrscheinlich hätte die Anrichte auch, und die Doppelbettcouch schon gar nicht, durch die Küchentür gepaßt. Mit allen gemeinsamen Kräften meines Vaters, meiner Mutter und meiner Großmutter mütterlicherseits wurden die Anrichte und die Doppelbettcouch in der Mitte der Stube zusammengerückt und mit Zeitungspapier zugedeckt. Dann wurde ein Eimer mit Wasser gefüllt, und mein Vater, meine Mutter und meine Großmutter mütterlicherseits nahmen jeder eine dicke Bürste und machten die Tapete an der Wand klitschnaß. Der erste Tag des Renovierens der Stube bestand darin, die alte Tapete abzukratzen. Dabei durfte ich mithelfen. Wenn man Glück hatte, fuhr man mit dem Küchenmesser – mein Vater kratzte die Tapete mit dem einzigen Spachtel ab, den er in seinem Werkzeugkasten hatte, meine Mutter, meine Großmutter mütterlicherseits und ich kratzten mit alten, verbogenen Messern aus der Küche – unter die Tapete und hob ein großes Stück von der Wand ab, das dann herunterfiel und den Blick auf den kahlen Putz freigab. Das war für mich immer ein aufregender Augenblick: zu sehen, was unter der Tapete verborgen war. Diese verputzte Wand mit zugegipsten Löchern und dunklen und hellen Flecken, mit überstrichenen Unterputzleitungen, die wie Adern die Wände durchzogen, kam mir vor wie die Landkarte eines unbekannten Erdteils, der in dem alten Schulatlas meiner Mutter nicht verzeichnet war. Das Abkratzen der Tapete brachte diese unentdeckten Länder für einen Tag ans Licht. Ich versank in der Betrachtung dieser Linien und Flächen, die mich Meere, Seen und Gebirge, Wälder und Steppen erahnen ließen. Dann schrien mein Vater, meine Mutter oder meine Großmutter mütterlicherseits mich an, ich sei zu gar nichts nütze, stünde nur faul herum und glotzte Löcher in die Luft.

Ich wußte nicht, wie man wirklich Löcher in die Luft kuckte. Denn ich kuckte mir ja die Wand an, und weder dort noch in der Luft entstanden Löcher durch mein Kucken. Ich wurde oft angeschrien, daß ich Löcher in die Luft kuckte, auch wenn nicht gerade renoviert wurde. Manchmal in der Dunkelheit der Strafkammer versuchte ich, Löcher in die Dunkelheit zu kucken. Ich riß dann die Augen weit auf und zwang mich, die Augenlider auch nicht für den kleinsten Moment zu schließen. Dann leuchteten weiße, zittrige Punkte in der Schwärze auf. Waren das Löcher in der Luft?

Wenn die Tapete an allen vier Wänden abgekratzt war, wollte ich abends, im Licht der kahlen Glühbirne, die an Stelle der Lampe während des Renovierens von der Stubendecke hing, am liebsten stundenlang die Wände betrachten. Aber ich mußte ins Bett, also auf die Luftmatratze, die jetzt in der Küche vor dem Fensterspind auf dem Fußboden lag. Denn im Bett meiner Großmutter mütterlicherseits schliefen, wenn die Stube renoviert wurde, mein Vater und meine Mutter.

Wenn die Decke in der Stube gestrichen und die Tapeten abgekratzt waren, wurde neu tapeziert. Dazu wurden zwei Stühle in großem Abstand mit den Rückenlehnen gegeneinandergestellt und über die Rückenlehnen Bretter gelegt. Die Bretter wurden mit Zeitungspapier, das mit Reißnägeln befestigt wurde, zugedeckt. So entstand ein hoher, langer und schmaler Tisch. Darauf wurde die neue Tapete mit der Musterseite nach unten ausgerollt, in Bahnen geschnitten, die so lang waren wie die Stube hoch, und mit Kleister eingeschmiert. Die eingekleisterten Tapetenbahnen wurden dann in der Mitte zusammengelegt und liegen gelassen.

Das Tapezieren war ein schwieriger Vorgang, zu dem mein Vater eine Hilfe brauchte, die er weder von meiner Mutter noch meiner Großmutter mütterlicherseits und schon gar nicht von mir bekommen konnte. Zum Tapezieren kam Onkel Emil. Onkel Emil war der Mann der besten Freundin meiner Mutter und hatte ein steifes Bein. Das steife Bein steckte in einem speziellen Schuh, den er sich selbst anfertigte, denn er war von Beruf Schuhmacher. Trotz des steifen Beines war er sehr behende und konnte genausoschnell die Leiter rauf- und runtersteigen wie mein Vater. Dabei stand das steife Bein immer etwas ab, was so aussah, als sei er so geschickt und schnell auf der Leiter, daß er das andere Bein dazu gar nicht brauchte. Weil Onkel Emil alles genausogut mit einem Bein konnte, wozu mein Vater zwei brauchte, mochte ich Onkel Emil, besonders beim Tapezieren, lieber als meinen Vater. Onkel Emil schrie und schimpfte auch nicht. Ihm machte das Tapezieren Spaß, und das Einkleistern und Zusammenlegen der Tapetenbahnen machte er ganz genau und mit Hingabe. Mein Vater sagte, er macht das »akkurat«. So akkurat wie Onkel Emil konnte nicht mal mein Vater die Tapetenbahnen einkleistern und zusammenlegen, geschweige denn meine Mutter oder meine Großmutter mütterlicherseits. Und akkurat mußte das Tapezieren sein. Deshalb brauchte mein Vater zum Tapezieren Onkel Emil als Hilfe.

Das Muster der Tapete war fast immer das gleiche: kleine bunte Blumen auf einem braunen Grund, der mit kurzen, weißen, krummen Linien durchzogen war. Eigentlich hätte man dieses Muster gar nicht gebraucht, denn wenn alle Möbel wieder in der Stube an den Wänden standen, zumal die hohe Anrichte und die riesige Doppelbettcouch, sah man von der Tapete nicht mehr viel. Und in den Ecken, wo keine Möbel standen, war es auch am Tag so dunkel, daß man das Muster der Tapete nicht erkennen konnte. Höchstens wenn man mit der Taschenlampe meiner Großmutter mütterlicherseits in eine Ecke hineinleuchtete, aber die war ja kein Spielzeug.

An den Rändern der Tapetenbahnen waren schmale Streifen, auf denen Zahlen zu sehen waren und kleine Pfeile. An einer Seite wurde dieser Rand abgeschnitten. Das machte meist meine Mutter oder eben auch Onkel Emil. Beim Ankleben der Tapete wurden diese Ränder von der jeweils nächsten Tapetenbahn überklebt. Diese Ränder dienten dazu, daß man die Tapete akkurat ankleben konnte. Das Muster war dann an der ganzen Wand regelmäßig. Das war eigentlich unnötig, weil man, wenn die Möbel alle an der Wand standen, gar nicht mehr sehen konnte, ob die

Tapete akkurat geklebt war. Aber bevor die Möbel wieder an die Wand und in die Stube gerückt wurden, konnte man das genau sehen. Dazu brauchte mein Vater Onkel Emil als Hilfe.

Onkel Emil hatte, im Unterschied zu meinem Vater, schlanke Hände und dünne Finger und keine schwarzen Ränder unter den Fingernägeln. Auch waren seine Fingernägel viel länger als die meines Vaters und vorn etwas spitz zugeschnitten. Dann trug Onkel Emil neben seinem Trauring am Ringfinger noch einen Ring mit einem kleinen schwarzen Stein am kleinen Finger. Ich kuckte gern zu, wenn Onkel Emil ganz akkurat die Tapetenbahnen einkleisterte und in der Mitte zusammenlegte.

Zum Schluß wurden Fensterrahmen und Türen gestrichen. Auch das mußte akkurat passieren, was bedeutete, daß die Fensterscheiben nicht unnötig mit Farbe beschmiert werden und keine Nasen herunterlaufen durften. Natürlich war es manchmal, wenn mein Vater selbst an den Fensterrahmen strich, nötig, die Fensterscheiben mit Farbe zu beschmieren. Dann mußten meine Mutter und meine Großmutter mütterlicherseits die Farbe, wenn sie getrocknet war, mit einer alten Rasierklinge von der Scheibe kratzen. Nasen liefen herunter, wenn die Farbe auf der Tür oder dem Fensterrahmen Tropfen bildete. Ich sah gerne zu, wenn die Nasen erst schnell und dann immer langsamer liefen, bis sie stehenblieben, weil die Farbe beim Trocknen dicker wurde. Wenn ich dann einen Fingernagel auf den Tropfen drückte, entstand ein kleiner Schlitz, und der Tropfen sah aus wie der Kopf einer Schraube. Wenn ich den Fingernagel einmal quer und einmal längs in den Tropfen drückte, entstand ein Kreuz. Wenn mein Vater das sah, schrie er mich an, ich bekäme gleich ein paar hinter die Ohren. Er stieß mich weg und zog mit dem Farbpinsel über den Tropfen, damit dieser samt Kreuz oder Schraubenschlitz verschwand. Entdeckte er eine heruntergelaufene Nase, die schon richtig fest getrocknet war – ob mit oder ohne Schlitz oder Kreuz –, dann mußte meine Mutter oder meine Großmutter mütterlicherseits die getrocknete Nase mit derselben alten Rasierklinge, mit der sie vorher die Farbe von der Scheibe gekratzt hatte, abkratzen, und mein Vater strich die Stelle mit der abgekratzten Nase noch einmal mit frischer Farbe über. So gab es an Fensterrahmen und Türen in Stube und Küche keine Nasen, und alles war akkurat gestrichen.

Oft, wenn ich in der Stube spielte, zum Beispiel Motorrad auf der Wäschetruhe, oder ich hatte die Margarinefiguren und die Bauklötze auf dem Fußboden aufgebaut, hörte ich draußen in der Küche meine Mutter mit meiner Großmutter mütterlicherseits zanken. Sie schrien sich an, und manchmal schepperten Töpfe dabei, oder es klirrte Geschirr. Dann war ich ganz still und versuchte zu hören, was sie schrien. Aber sie hatten die Küchentür zugemacht. Und die Stubentür war auch zu, so daß ich zwar das Schreien hören konnte, aber nicht verstand, was sie schrien. Manchmal gingen dann plötzlich die Türen auf, und meine Großmutter mütterlicherseits kam in die Stube, ließ sich in den Sessel fallen, in dem sie immer saß, und sagte voller Wut: »So ein Stück Malheur!« Ich wußte nicht, was ein Stück Malheur war, und stellte mir vor, es wäre so etwas wie ein Stück Kuchen oder ein Stück Wurst. Vielleicht war es ja gar nicht irgendwas zum Essen, aber wozu sagte man sonst noch Stück? Manchmal hatte ich gehört, wie meine Mutter zu meiner Großmutter mütterlicherseits sagte, sie hätte irgend jemanden behandelt wie ein Stück Vieh. Damit war dann wohl eine Kuh gemeint oder ein Schwein, denn zu Tieren, die auf einem Bauernhof vorkamen, sagte man wohl Vieh. Ich kannte ja einen Bauernhof nur aus einem alten, zerfledderten Bilderbuch meiner Mutter. Darin waren Kühe und Schweine abgebildet und eine Bäuerin mit einer großen Milchkanne. Diese Kühe und Schweine waren das Vieh. Also waren ein Schwein und eine Kuh Stücke Vieh. Meine Großmutter mütterlicherseits hatte also irgend jemanden behandelt wie so ein Stück Vieh. Dabei war meine Großmutter mütterlicherseits keine Bäuerin und, soweit ich wußte, niemals eine gewesen. Aber wenn sie im Winter sich manchmal ein Kopftuch umband und mit der kleinen Milchkanne in die Halle Milch holen ging, dann sah meine Großmutter mütterlicherseits ein bißchen aus wie die Bäuerin in dem Bilderbuch, nur daß die Milchkanne meiner Großmutter mütterlicherseits längst nicht so groß war. Was aber war ein Stück Malheur? Ich traute mich nicht, meine Mutter zu fragen und meine Großmutter mütterlicherseits schon gar nicht. Irgendwie ahnte ich, daß es etwas Schlimmes sein mußte.

Wenn meine Großmutter mütterlicherseits nach dem Zanken und Schreien mit meiner Mutter aus der Küche in die Stube kam und sich in ihren Sessel fallen ließ und »So ein Stück Malheur!« sagte, wußte ich auch nicht genau, wen sie damit meinte. War meine Mutter das Stück Malheur, oder war ich es, der in der Stube spielte und ihr beim Herauskommen aus der Küche auf dem Weg zu ihrem Sessel im Weg war? Oder meinte sie die Tatsache, daß es wieder mal Zank und Schreierei gegeben hatte, daß dieses Gezänk und Geschrei das Stück Malheur waren, so wie man sagte: »So ein Unglück«?

Einmal, nachdem ich etwas angestellt hatte und eingesperrt worden war, sagte meine Großmutter mütterlicherseits zu mir, als ich aus der Strafkammer wieder heraus durfte: »Du bist auch so ein Stück Malheur.« Da wußte ich also genau, daß sie mich damit meinte. Ich war ein Stück Malheur. Aber sie hatte ja gesagt, daß ich auch so ein Stück Malheur wäre. Also war ich nicht das einzige Stück Malheur. Dann meinte meine Großmutter mütterlicherseits, wenn sie nach Gezänk und Geschrei mit meiner Mutter aus der Küche in die Stube kam, sich in ihren Sessel fallen ließ und sagte: »So ein Stück Malheur!«, vielleicht doch meine Mutter. Wenn aber meine Mutter ein Stück Malheur war und ich auch so ein Stück Malheur, dann waren meine Mutter und ich beide Stücke Malheur. Dann hätte meine Mutter doch aber auch in die Strafkammer gesperrt werden müssen oder irgendwo anders hin.

Als ich beim Renovieren irgend etwas falsch gemacht hatte, vielleicht weil ich in den Anblick der Linien und Flächen auf der abgekratzten Wand vertieft war, schrie mich mein Vater an: »Weißt du, was du bist?«, und ehe ich antworten konnte oder anfangen zu heulen, denn ich wußte, daß jede Antwort nur ein paar hinter die Ohren zur Folge gehabt hätte und gar keine Antwort erst recht, antwortete mein Vater selbst. »Du bist ein Nichtsnutz!« schrie er. Als entgegen meiner Erwartung keine hinter die Ohren kamen, sagte ich, ohne in diesem Augenblick zu wissen, warum ich das sagte: »Ich bin doch ein Stück Malheur.« Meinem Vater fiel der Pinsel, der Zollstock, der Hammer oder was immer er in diesem Moment in der Hand hielt zu Boden. Dann kriegte ich ein paar hinter die Ohren, ohne daß er noch etwas sagte oder schrie. Ich versuchte aus der Stube und weiteren hinter die Ohren zu entkommen, stieß mir furchtbar den Kopf dabei an der Klinke der Stubentür und fiel im Korridor hin. Natürlich fing ich an zu heulen und wollte schon von selbst in die Strafkammer kriechen, nur um Ruhe zu haben. Da fing mein Vater in der Stube an zu brüllen. Er brüllte nach meiner Mutter und nach meiner Großmutter mütterlicherseits. Die kamen aus der Küche gerannt, stolperten fast über mich, der ich auf dem Fußboden des Korridors versuchte aufzustehen, und kaum waren sie in der Stube, knallte mein Vater die Stubentür zu, und es begann eine furchtbare Brüllerei, in der immerzu das Wort »Stück Malheur« vorkam. Ich machte die Strafkammer auf und kuckte hinein. Es war alles dunkel. Dunkel und ruhig. Hinter mir brüllte es. Ich ging in die Strafkammer und machte die Tür hinter mir zu. Ich konnte nichts verstehen von dem, was mein Vater da brüllte und meine Mutter keifte und meine Großmutter mütterlicherseits schrie. Die Dunkelheit war eine Stille. Und diese Stille war viel lauter als alles da draußen, ob in der Stube oder in der Küche.

Fast den ganzen Tag über war meine Großmutter mütterlicherseits in der Küche, wenn sie nicht unten war. Nur abends war sie in der Stube. Dann saß sie in ihrem Sessel, und meine Mutter saß mit hochgelegten Beinen auf der Couch. Wenn meine Großmutter mütterlicherseits tagsüber in die Stube ging, dann nur, um Nachrichten zu hören. Die Nachrichten kamen aus dem Radio. Das Radio stand auf dem Radiotisch neben dem Sessel, auf dem abends mein Vater saß. Meine Großmutter mütterlicherseits setzte sich auf den Sessel meines Vaters und machte das Radio an. Man hörte ein bißchen Musik, und wenn die Musik zu Ende war und eine Frau gesagt hatte, was für eine Musik das gewesen war, hörte man eine kleine Melodie, die etwa so ging: »Dum didel dum dim dum dim dum.« Dann hörte man Pieptöne, und eine Stimme sagte: »Beim letzten Ton des Zeitzeichens war es fünfzehn Uhr.« Die Nachrichten wurden von einem Mann gesprochen, der am Anfang sagte: »Hier ist RIAS Berlin, eine freie Stimme der freien Welt. Sie hören die Nachrichten und anschließend den Kommentar.« Zum Schluß der Nachrichten sagte er: »Das waren die Nachrichten, gesprochen von Heinz Petruo.« Den Namen Petruo sprach er mit Betonung auf dem letzten Buchstaben, also: Heinz Petruó. Dann sagte er: »Es folgt die Sendung ›Aus der Zone für die Zone‹.« Die Sendung »Aus der Zone für die Zone« hörte meine Großmutter mütterlicherseits nicht mehr. Kaum hatte die Stimme eines anderen Mannes angefangen zu sprechen, stellte meine Großmutter mütterlicherseits das Radio ab. Das Wichtigste an den Nachrichten war für meine Großmutter mütterlicherseits der Wetterbericht. Deshalb sagte sie auch selten, sie wollte jetzt die Nachrichten hören, sondern sie sagte: »Wir müssen Wetter hören.« Ich wußte nicht, warum meine Großmutter mütterlicherseits gezwungen war, den Wetterbericht, oder, wie sie sagte, das Wetter zu hören. Aber es war schlimm, wenn sie das Radio zu spät angemacht hatte und die Nachrichten vorbei waren und nur noch zu hören war: »Sie hörten die Nachrichten, gesprochen von Heinz Petruo.« Dann hob sie wie in Verzweiflung die Arme hoch und sagte: »Jetzt haben wir das Wetter verpaßt!«

An Sonntagen wurden in den Nachrichten auch die Lottozahlen angesagt. Heinz Petruo sagte: »Und nun die Gewinnzahlen der Ziehung im deutschen Lottoblock.« Mein Vater und, wenn sie da war, auch Tante Lucie schrieben die Lottozahlen auf einen Zeitungsrand. Danach holte mein Vater aus seiner Brieftasche und Tante Lucie aus ihrer Handtasche einen kleinen gelben Schein mit Löchern darin. Sie verglichen die Löcher mit den aufgeschriebenen Lottozahlen. Mein Vater sagte: »Dicht daneben ist auch vorbei.« Tante Lucie sagte. »Drei Richtje!« Meine Mutter sagte: »Tante Lucie hat drei Richtige!« Tante Lucie sagte: »Drei Richtje sind besser als in die leere Hand gespuckt.« Meine Großmutter mütterlicherseits sagte: »Ach du Schande.«

Einmal in der Woche durfte ich für mich allein Radio hören, und zwar den Kinderfunk. Der Kinderfunk bestand aus der Sendung »Onkel Tobias«, die man jeden Sonntag um zehn Uhr vormittags hören konnte. Die Sendung hieß eigentlich: »Der RIAS-Kinderchor zu Gast bei Onkel Tobias.« Sie bestand darin, daß ein Mann bei sich zu Hause ein paar Kinder empfing, ihnen Geschichten erzählte und sich mit ihnen über alle möglichen Sachen unterhielt. Er hatte eine Gitarre, und ab und zu sang er mit den Kindern Lieder, die ich alle nicht kannte, aber sehr schön fand. Zum Anfang der Sendung wurde immer dasselbe Lied gesungen:

Der Onkel Tobias vom RIAS ist da,
was wird er wohl heute uns bringen?
Er bringt uns zum Lachen,
will Freude uns machen,
erzählen und spielen und singen.

Manche Lieder, die der RIAS-Kinderchor mit Onkel Tobias sang, fand ich so schön, daß mir beim Zuhören die Tränen kamen. Ich wußte nicht, warum ich weinen mußte, wo es doch nicht nur keinen Grund »zum Plinsen« – wie mein Vater sagte – gab, sondern im Gegenteil die Sendung mit den Kindern, den Liedern und dem Onkel Tobias das Schönste war, das es an den Sonntagen, an denen Tante Lucie nicht zu Besuch kam, gab. Der Onkel Tobias war natürlich nicht der richtige Onkel dieser Kinder, sondern sie nannten ihn nur so. Es waren fünf Kinder, zwei Mädchen und drei Jungen, und einer der Jungen hieß Wölfchen. Wölfchen war etwas zu dick und wurde von den anderen gehänselt. Das war aber kein schlimmes Hänseln, so wie ich es vom Stottern kannte, sondern nur ein Hänseln, über das auch das Wölfchen manchmal lachen mußte.

An manchen Sonntagen war bei Onkel Tobias zusammen mit den Kindern auch eine Frau dabei. Die hieß Tante Erika. Auch Tante Erika unterhielt sich mit den Kindern und sagte manchmal komische Sachen zu Onkel Tobias, worüber die Kinder lachen mußten. Ich war gar nicht erstaunt darüber, daß die Kinder so viel reden konnten, daß sie niemals angeschrien wurden und beschimpft und sogar über Onkel Tobias, der ja zu den Erwachsenen gehörte, lachen durften. Ich durfte, wenn ich bei Onkel Emil und Tante Ilse allein zu Besuch war, auch reden und lachen, ohne daß ich angeschrien und beschimpft wurde oder ein paar hinter die Ohren kriegte. Schade war nur, daß ich nicht jeden Sonntag bei Onkel Emil und Tante Ilse allein zu Besuch sein durfte, sondern höchstens zwei- oder dreimal im Jahr. Da hatten es die Kinder vom RIAS-Kinderchor viel besser als ich, und ich habe mir immer gewünscht, zum RIAS-Kinderchor zu gehören und jeden Sonntag Onkel Tobias besuchen zu dürfen. Dann hätte ich auch diese schönen Lieder mitsingen dürfen, von denen ich eins am liebsten hatte und davon bald die erste Strophe auswendig und mitsingen konnte, wenn die Kinder im Radio das Lied sangen. Wahrscheinlich hatten auch die Kinder des RIAS-Kinderchors dieses Lied am liebsten, denn sie sangen es in fast jeder Sendung, die ich hörte, und ich wartete immer darauf, daß dieses Lied kam, und war immer etwas enttäuscht, wenn es einmal nicht gesungen wurde. Es war das Lied der chinesischen Seeräuber, und die erste Strophe, die ich auswendig konnte, ging so:

> Tschung quai
> quanne manne denne manne
> nosti tschung quai qua
> tschung quai qua.

Obwohl das Lied schnell gesungen wurde und lustig war, hätte ich jedesmal dabei fast weinen müssen, wenn ich nicht ganz laut vor dem Radio mitgesungen hätte. Wenn meine Großmutter mütterlicherseits das Lied hörte, sagte sie: »So ein Quatsch, das versteht doch kein Mensch.«

Onkel Tobias dauerte eine halbe Stunde. Dann verabschiedeten sich die Kinder vom RIAS-Kinderchor vom Onkel Tobias, indem sie immer dasselbe Gedicht aufsagten:

Vielen Dank, es war sehr schön,
drum sagen wir auf Wiedersehn.
Am nächsten Sonntag pünktlich dann
stellt wieder ihr das Radio an
und seid mit uns im RIAS
zu Gast bei Onkel Tobias.

Das Radio hatte links und rechts zwei Knöpfe zum Drehen. Links stellte man laut und leise, rechts suchte man den Sender. In der Mitte war der Lautsprecher, der mit einem Stoff bespannt war, der aussah wie ein Kissenbezug von den Kissen, die auf der Couch links und rechts in den Ecken steckten. Darunter waren die Sender zu lesen, die man aber alle nicht hören konnte, wie mein Vater mir erklärte. London, Budapest, Frankfurt, Hilversum, Beromünster – aber das alles konnte man nicht hören, sondern nur RIAS oder Ostsender. Ostsender aber durfte niemand hören, denn die machten »Propaganda«. Ich wußte nicht, was Propaganda war, aber es mußte etwas Schlimmes sein, das es früher sehr viel gegeben hatte und deshalb heute nicht mehr gehört werden wollte, sollte und durfte. Meine Großmutter mütterlicherseits sagte: »Propaganda hatten wir jenucht!« In dem mit Kissenbezugstoff bespannten Lautsprecher war ein magisches Auge. Das war grün und zwinkerte, wenn man am Senderwahlknopf drehte. Wenn man den Sender, den man hören wollte, genau richtig eingestellt hatte, ging das magische Auge weit auf und kuckte einen an. Dann sah das ganze Radio aus wie ein Gesicht, das eben nur ein Auge hatte, was ihm aber gar nichts ausmachte, denn es war ja ein magisches Auge.

Meine Eltern hörten am Samstagnachmittag die RIAS-Kaffeetafel. Da waren sehr viele Leute, die offenbar Kaffee tranken und Kuchen aßen, dabei gab es Musik, es wurde gesungen, und ab und zu erzählten Männer Witze. Dann hörte man die Leute lachen.

Nach jeder Musik, nach jedem Lied und jedem Witz wurde geklatscht. Ein Mann sagte alles an, der hieß Hans Rosenthal. Meine Eltern lachten auch über die Witze, aber sie klatschten nicht. Ich hätte gerne geklatscht, aber das durfte ich nicht. Lachen konnte ich nicht, weil ich nicht wußte, was an den Witzen komisch war. Auch meine Großmutter mütterlicherseits lachte nicht oder nur ganz selten.

Für meine Eltern mußte das Radio überhaupt lustig sein. Wenn sie das Radio anmachten, um Musik zu hören, dann sagte eine Frau: »Hören Sie nun unsere Sendung ›Froh und heiter‹.« Wenn irgendwann später eine andere Stimme sagte: »Hören Sie jetzt von Johann Sebastian Bach ...« oder »Wir bringen Ihnen jetzt von Ludwig van ...«, dann machten meine Eltern sofort das Radio aus und sagten: »Jetzt kommt Trauermusik. Bloß keine Trauermusik!« Weil meine Eltern das Radio immer sofort ausmachten, wenn solche Trauermusik angesagt wurde, und niemals warteten, bis sie angefangen hatte, habe ich niemals im Radio Trauermusik hören können. Ich wußte also nicht, was Trauermusik war. Aber es mußte etwas Schlimmes sein.

Außer am Sonntagvormittag durfte ich das Radio selbst niemals anmachen. Ich hätte es schon gern gewollt, allein schon um einmal diese Trauermusik zu hören. Aber was ich wollte, durfte ich meist nicht. Wäre es nur nach meiner Großmutter mütterlicherseits gegangen, hätte ich nicht mal wollen gedurft. »Ein Kind hat keinen Willen«, sagte meine Großmutter mütterlicherseits, wenn ich irgendeinen Willen äußerte. »Ein Kind hat überhaupt nichts zu wollen«, sagte meine Großmutter mütterlicherseits zu meiner Mutter, wenn mir irgendwas erlaubt wurde, was meiner Großmutter mütterlicherseits nicht paßte. »Ein Kind«, sagte meine Großmutter mütterlicherseits bei jeder Gelegenheit, »hat zu gehorchen«. Danach folgte meist der Hinweis darauf, wie es früher bei meiner Großmutter mütterlicherseits zugegangen war: »Wir waren drei Kinder, da hätte mal eener sollen, den hätte unser Vater aber scheene jebracht!«

Mitten in den Nachrichten rief meine Großmutter mütterlicherseits manchmal voller Empörung: »Bei Adolf hätt's das nicht gegeben!« Ich wußte nicht, wer dieser Adolf war, der dann irgendwann kam, wenn meine Großmutter mütterlicherseits mit dem Erzählen von früher an dem Punkt angelangt war, wo es nichts mehr gab. Nichts mit gar nichts. Dann war der Adolf gekommen. Und dann hatte es bestimmte Sachen nicht mehr gegeben. Aber vorher hatte es gar nichts gegeben, nichts mit gar nichts. Was hatte es außer nichts mit gar nichts gegeben, bevor Adolf kam, das es, nachdem Adolf gekommen war, nicht mehr gegeben hatte?

»Jetzt haben sie ihn für tot erklärt«, sagte meine Großmutter mütterlicherseits einmal nach den Nachrichten und dem Kommentar. Dann machte sie das Radio aus und rief mit drohend erhobener Faust: »Die werden sich wundern! Der sitzt noch irgendwo und wartet, daß er wieder dran kommt!«

Meine Mutter stand in der Stube am Fenster und sagte: »Ich dachte, es hat geschneit. Es hat über den ganzen Lausitzer Platz geschneit. Aber mitten im Sommer. Dabei waren es die Federn. Die sind überall in die Wohnungen gegangen und haben die Betten aufgeschlitzt und die Federn aus den Fenstern geschüttelt. Es sah aus, als hätte es geschneit.«

»Und du wolltest noch stehen bleiben und zukucken«, sagte meine Großmutter mütterlicherseits zu meiner Mutter. »Aber ich habe gesagt: komm, mein Kind, wir gehen hübsch nach oben.«

3. Kapitel

Unten und Draußen

Meist hat es geregnet. Berlin war eine dunkle Stadt im Regen. Immer, wenn ich ins Krankenhaus mußte, hat es geregnet. Dann spürte ich die Tropfen mitten im Gesicht. Nur wer liegt, kriegt den Regen so direkt ins Gesicht. Später im Leben las ich Romane, die in Shanghai spielten. Da rannten immer junge Chinesen barfuß durch den Regen der Großstadt. Nebel, Dunst, Rauch, das nahe Meer, tutende Schiffe, Lichter im Dunkeln. Die jungen Chinesen spürten den Regen im Gesicht. China, das ist die Welt aus der Perspektive dessen, der ins Krankenhaus muß.

Der Tag begann immer damit, daß man sich seiner selbst vergewisserte. Fenster auf und rauskucken, das war eins. Der Morgen war grau, immer grau. Gegenüber kuckten auch Leute aus dem Fenster. Das waren die von vis-à-vis. Das waren alte Frauen, denen das Wetter egal war. Jeder kuckte morgens aus dem Fenster, egal, was für Wetter war. Die alten Frauen kuckten auch raus, ob der Russe schon da war. Jeden Morgen konnte der Russe kommen. Ob man ihn vom Fenster aus sehen konnte, war eine ganz andere Frage. Jedenfalls machte man das Fenster auf, kuckte raus und sah, daß man noch da war. Und vis-à-vis war auch alles noch da.

Wenn man zu Hause war, war man »oben«. Verließ man die Wohnung, ging man »runter«, war man auf der Straße irgendwohin unterwegs, war man »unten«. Das Leben in der Stadt war vertikal. Hatte man beim Einkaufen etwas vergessen, mußte man »nochmal runter«. Hatte man lange Wege und viele Besorgungen, war man den ganzen Tag »unten«. Wenn man einen Besuch machte, ging man zu dem Betreffenden »rauf« in der Hoffnung, daß er

»oben« war. Wurde die Tür nicht geöffnet, war er nicht »oben«, man ging wieder »runter« und war »unten«, bis man bei sich zu Hause wieder »rauf« ging und »oben« war. »Ihr wart aber lange unten«, sagte meine Großmutter mütterlicherseits, wenn ich an der Hand meiner Mutter von einem längeren Bummel über den Kottbusser Damm, den »Arbeiterkudamm«, zurückkam.

Um den Lausitzer Platz fuhr die Straßenbahn. Es war die Linie 15. Meine Großmutter mütterlicherseits sagte »die Fumfzehn«. Die Fumfzehn verursachte beim Herumfahren um den Lausitzer Platz ein schrilles, ohrenbetäubendes Quietschen. Die Oberleitung für die Fumfzehn überspannte den Lausitzer Platz. Stand man unten auf der Straße und schaute hoch, sah man vor dem Himmel noch die Oberleitung der Straßenbahn. Man war also etwas geschützt. War man oben in der Wohnung und hörte das Quietschen der Straßenbahn, sagte meine Großmutter mütterlicherseits: »Das ist die Fumfzehn.«

Wenn im Sommer der Himmel blau war, was selten geschah, leuchteten die roten Ziegeldächer der Häuser rund um den Lausitzer Platz über alle Maßen. Dann standen auch manchmal Menschen auf den Dächern und machten Übungen. Sie hoben die gestreckten Arme dem Himmel entgegen und kletterten um die Schornsteine herum. Ich habe das nicht verstanden. Mir machte das eher angst. Aber vielleicht war es nur ein Ausdruck der Freude. Jedenfalls sind warme, rote Ziegeldächer vor blauem Himmel ein untrügliches Zeichen dafür, daß jeden Moment Menschen die Dächer betreten, um Übungen zu machen.

Wenn Tante Lucie kam, dann kam sie am Sonntagmorgen. Ich ging zum Görlitzer Bahnhof, um sie abzuholen. Gegenüber vom Görlitzer Bahnhof war das Wiener Eck. Das Wiener Eck war eine Großdestillation an der Wiener, Ecke Skalitzer Straße. Großdestillationen waren riesige Kneipen, in denen auch Schnaps hergestellt wurde. Großdestillationen waren die ganze Nacht geöffnet. Vielleicht waren nicht alle Großdestillationen die ganze Nacht geöffnet, aber das Wiener Eck war es. Wenn ich am Sonntagmorgen am Görlitzer Bahnhof stand, um auf Tante Lucie zu warten, gab es im Wiener Eck Schlägereien. Das merkte ich daran, daß aus dem Wiener Eck wüstes Gebrüll zu hören war. Oder es flog ein unrasierter Mann mit schmutzigem Jackett und offenem Hemd rücklings durch ein Schaufenster des Wiener Ecks nach draußen auf den Bürgersteig. Oder zwei unrasierte Männer mit schmutzigen Jacketts und über die Hosenbünde hängenden Hemden und knallroten Gesichtern kamen aus dem Wiener Eck getorkelt, faßten sich gegenseitig an die Jackettrevers und versuchten einander Faustschläge zu versetzen. Leider dauerte das alles nicht lange. Denn meist kam ziemlich schnell und mit Sirene und Blaulicht eine Funkstreife und hinter ihr ein Mannschaftswagen mit Polizisten. Die Funkstreife war ein dunkelblauer Volkswagen-Käfer, aus dem zwei Polizisten mit weißen Mützen sprangen. Der Mannschaftswagen war an den Seiten offen und mit einer dunklen Plane überspannt, und die Polizisten trugen Tschakos. Sie sprangen vom Mannschaftswagen herunter und stürmten mit Gummiknüppeln in das Wiener Eck, aus dem noch wüsteres und lauteres Gebrüll zu hören war. Dann kam Tante Lucie die Hochbahntreppe herunter und sagte mit Blick auf das Wiener Eck: »Da gibt's wieder Kleinholz.«

Polizisten hatten blaue Uniformen und weiße Mützen. Manche hatten Tschakos. Das waren Helme, die aussahen wie schwarz lackierte Blumentöpfe. Einmal kamen wir abends nach Hause, als es schon dunkel war. Vor der Tür stand ein Funkwagen. Meine Mutter sagte: »Da ist was passiert.« Im Hausflur war Licht. Ein Polizist mit Tschako stand am Fuß der Treppe und neben ihm eine Frau in einem grünen Mantel. Die Frau hatte völlig zerzauste Haare und eine weit nach vorn hängende Oberlippe. Ich dachte: »Der muß man die Lippe abschneiden. Schneidet der doch mal die Lippe ab.« Das habe ich natürlich nicht gesagt, sondern bin stumm hinter meiner Mutter die Treppe hinaufgegangen und habe dabei gesehen, daß der Frau die Hände gefesselt waren. Vielleicht wollte man ihr ja wirklich die Lippe abschneiden. Vor einer Wohnungstür im ersten Stock stand auch ein Polizist mit Tschako. Im Vorbeigehen sah ich, daß die Tür angelehnt war. Ein schmaler Lichtstreifen fiel auf das Treppenpodest, wo der Polizist mit dem Tschako stand. Meine Mutter sagte nichts zu dem Polizisten und auch nichts zu der Frau. Stumm gingen wir nach oben. Niemand sagte ein Wort, und ich habe niemals erfahren, was da passiert war.

Immer, wenn irgendwo mit Sirene und Blaulicht die Polizei oder die Feuerwehr oder wenigstens ein Krankenwagen kam, schrie meine Großmutter mütterlicherseits oder meine Mutter, oder sie schrien beide zusammen: »Da ist was passiert!«, stürzten ans Fenster und rissen es auf. Dann warfen sie ihre Oberkörper weit über das Fensterbrett hinaus und kuckten herum, wo denn was passiert war. Meist war nichts zu sehen, weil das, was passiert war, um die Ecke passiert war. Dann sah man nur, wie eine Menge Leute, Kinder voran, um die Ecke rannten, wo das, was passiert war, passiert war. Dann wuchteten meine Großmutter mütterlicherseits und meine Mutter ihre Oberkörper wieder zurück in die Stube, schlossen das Fenster, und meine Großmutter mütterlicherseits sagte: »Wir sind ja nicht neugierig.« Wenn aber das, was passiert war, auf dem Lausitzer Platz passiert war, dann lagen sie nebeneinander aus dem Fenster, kuckten dem, was da passiert war, zu und kommentierten es zum Fenster hinaus. Ich aber stand hinter ihren mächtigen Hintern und konnte nichts sehen, denn das andere Fenster mußte zubleiben. Höchstens, daß meine Mutter über die Schulter nach hinten zu mir sagte: »Das ist nichts für dich.«

Wenn ich nachts aufwachte von den Sirenen der Funkwagen und der kalte Widerschein des Blaulichts an der Küchenwand zu sehen war, war es meistens die Nacht von Freitag zu Sonnabend. Man hörte Männer draußen brüllen und schrilles Kreischen von Frauenstimmen. Dann wachte meine Großmutter mütterlicherseits auch auf und sagte: »Heute ist wieder Lohntütenball.«

Wenn was passierte, ohne daß die Polizei, die Feuerwehr oder wenigstens der Krankenwagen kam, konnte ich zukucken. Vielleicht war das, was ohne Polizei und Feuerwehr passierte, viel schlimmer. Aber das merkte keiner. Denn wenn weder Polizei noch Feuerwehr und nicht mal der Krankenwagen kam, dann war eben nichts passiert. Einmal machte ich in der Stube das Fenster auf, weil unten auf dem Lausitzer Platz eine Frau schrie. Meine Großmutter mütterlicherseits und meine Mutter waren in der Küche und schrien sich an, wobei sie noch Blechschüsseln herumschmissen und mit Geschirr klirrten, so daß sie das Geschrei vorn auf dem Lausitzer Platz nicht hören konnten. Ich kuckte aus dem Fenster und sah auf einer Bank mitten auf dem Lausitzer Platz eine dicke Frau sitzen, die sich den Bauch hielt und furchtbar schrie. Wahrscheinlich hatte sie schlimme Bauchschmerzen. Ich hatte auch manchmal schlimme Bauchschmerzen, durfte aber nicht schreien. Da kamen auch schon ein paar Leute angerannt und stellten sich so dicht um die schreiende Frau herum, daß ich nichts mehr sehen konnte. Nun hörte man endlich auch die Sirene und sah das Blaulicht, und ein Krankenwagen kam. Es war also doch was passiert. Der Krankenwagen fuhr mit dem Blaulicht, aber ohne Sirene mitten auf den Lausitzer Platz, auf dem eigentlich keine Autos fahren durften, ganz dicht an die Bank, wo die dicke schreiende Frau inmitten der Menschen, die immer mehr wurden, saß. Die Krankenträger in ihren weißen Kitteln sprangen aus dem Krankenwagen, machten hinten die Klappe auf und zogen die Trage aus dem Auto. Mit ihr drängelten sie sich durch die Menschen, die nur unwillig Platz machten, zu der dicken Frau, die immer noch mit durchdringender Stimme schrie. Von der Sirene waren nun auch meine Mutter und meine Großmutter mütterlicherseits aus der Küche gelockt worden. Es war was passiert. Meine Großmutter mütterlicherseits trocknete sich die Hände an der Küchenschürze ab, während meine Mutter mich schon vom Fenster wegriß. Beide packten ihre Oberkörper auf das Fensterbrett, und ich konnte nicht mehr sehen, was da passierte, hörte die Frau aber immer lauter schreien, bis die Türen des Krankenwagens zuklappten und er mit Sirene abfuhr. Als meine Großmutter mütterlicherseits und meine Mutter sich wieder aufrichteten und das Fenster schlossen, fragte ich, was denn da passiert sei. »Das ist nichts für dich«, sagte meine Mutter, und meine Großmutter mütterlicherseits sagte: »Mitten auf dem Lausitzer Platz! So eine Sauerei!«

Nebenan nach hinten raus wohnte das Ehepaar Henschel. Er war klein und dick und trug immer ein ärmelloses Unterhemd und hieß Pampel. Sie war groß und dünn, trug immer eine geblümte Kittelschürze, hatte immer ein verheultes Gesicht und hieß Henne. Ich weiß nicht, ob sie sich gegenseitig so nannten, aber meine Großmutter mütterlicherseits und meine Mutter sagten »die Henne« und »der Pampel«. Manchmal standen meine Mutter und meine Großmutter mütterlicherseits ganz still in der Küche und lauschten nach nebenan. Man hörte eine Tür klappen, und meine Großmutter mütterlicherseits sagte: »Jetzt ist der Pampel nach Hause gekommen. Voll wie tausend Mann.« Und meine Mutter sagte: »Dann kann sich die Henne freuen.« Meine Mutter und meine Großmutter mütterlicherseits rückten etwas näher zusammen, meine Mutter nahm die Hand meiner Großmutter mütterlicherseits und preßte die andere in ihren Schoß und beugte sich etwas nach vorn, um besser nach nebenan lauschen zu können. Dann hörte man von nebenan klatschende Schläge und unterdrücktes Schreien. Man hörte auch, wie irgendwas umfiel. Dann hörte man die Türe knallen und den Pampel mit schweren Schritten die Wohnung verlassen. Die Henne aber blieb heulend und schluchzend zurück. Dann sagte meine Großmutter mütterlicherseits, indem sie die Hand meiner Mutter losließ und ihr die andere aus dem Schoß wegzog: »Jetzt hat die Henne ihr Fett weg.«

Außer uns hatten alle, die auf der Etage wohnten, nur eine Stube. Wir hatten Stube und Küche. Die anderen hatten nur eine Stube ohne Küche. Die mußten in der Stube auch kochen. Deshalb hießen deren Wohnungen Kochstube. Auf dem Flur gab es für alle ein Klo. Meine Großmutter mütterlicherseits nannte das Klo »das Klosett«. Als ich groß genug war, um nicht mehr auf den

Topf zu gehen, ging ich auch auf das Klosett. Das Klosett war so klein, daß man gerade hineinpaßte. Die Tür verschloß man von innen mit einem Haken. Die Wände waren mit einer fahlgrünen Tapete beklebt, die aussah wie Kacheln. Alles war voller brauner Spritzer, verschmiert und schmutzig. An der Wand neben dem Klobecken war ein Aschenbecher angebracht. Der steckte immer voller Zigarettenkippen. Jeder außer mir, der das Klosett benutzte, rauchte dort Zigaretten. Im Klosett war ein Mischgestank aus beißendem Qualm und Fäkalien.

Wenn ich über den Flur ging zum Klo, traf ich manchmal die Henne, die gerade vom Klo zurückkam. Sie hatte ein völlig verheultes Gesicht, ihre blonden Locken hingen wirr in der Stirn, und sie trug ihre geblümte Kittelschürze. Die geblümte Kittelschürze war in der Mitte von oben bis unten zum Zuknöpfen. Die Henne aber hatte das Zuknöpfen manchmal, wenn sie vom Klo in die Wohnung zurückging, vergessen. Dann sah ich, daß die Henne unter der geblümten Kittelschürze nichts anhatte außer einem rötlich flauschigen Fell zwischen den Beinen.

Nebenan in der Kochstube nach vorne raus wohnte die alte Frau Nagorsny. Meine Großmutter mütterlicherseits nannte die alte Frau Nagorsny »die alte Nagorsnyn«, obwohl die alte Nagorsnyn kaum älter war als meine Großmutter mütterlicherseits. Die alte Nagorsnyn trug sommers wie winters einen dunklen kaputten Mantel und schob, in Holzpantinen schlurfend, einen Kinderwagen durch den Flur. In dem Kinderwagen war Geschirr, das beim Schieben leicht gegeneinander klirrte. An diesem Geräusch konnte man erkennen, daß die alte Nagorsnyn wieder über den Flur schob. Dann hob meine Großmutter mütterlicherseits den Zeigefinger an den Mund und flüsterte: »Die alte Nagorsnyn.« Die alte Nagorsnyn konnte in ihrer Kochstube wohl kochen, aber nicht abwaschen. So mußte die alte Nagorsnyn das schmutzige Geschirr im Kinderwagen an den Ausguß fahren, der am Ende des Flurs angebracht war. Dieser Ausguß, ein bauchiges Becken mit einem tropfenden Wasserhahn darüber, war für alle, die in ihrer Kochstube keinen Wasseranschluß hatten. Unter dem laufenden Wasserhahn spülte die alte Nagorsnyn dann ihr schmutziges Geschirr ab und stellte es wieder in den Kinderwagen, um es danach, mit den Holzpantinen schlurfend, in ihre Wohnung zurückzuschieben. Wenn ich, auf dem Weg zum Klo, der alten Nagorsnyn auf dem Flur begegnete, faßte sie in ihre Manteltasche und holte ein Tütchen mit Keksen heraus, das sie mir schenkte. Ich sagte »Danke« und zeigte die Kekse triumphierend meiner Mutter und meiner Großmutter mütterlicherseits. »Das sind Mürbchen«, sagte meine Großmutter mütterlicherseits, »die Mürbchen von der alten Nagorsnyn.« Und zu meiner Mutter sagte sie: »Nimm dem Bengel die Mürbchen weg. Der soll die Mürbchen von der alten Nagorsnyn nicht essen. Wer weiß, wo sie die her hat.« Zu mir sagte meine Großmutter mütterlicherseits dann: »Hast du auch danke gesagt, wie es sich gehört?« Ich sagte: »Ja, ich habe danke gesagt.« Aber die Mürbchen sah ich nicht wieder. Bei den nächsten Mürbchen, die mir die alte Nagorsnyn schenkte, habe ich »Danke« gesagt und sie heimlich auf dem Klo gegessen, in diesem Mischgestank aus beißendem Qualm und Fäkalien. Jedesmal, wenn ich solche Kekse sehe, kleine, runde, flache aus Mürbeteig, spüre ich in der Nase den Mischgestank aus beißendem Qualm und Fäkalien.

An den Sonntagen, an denen mein Vater frei hatte und Tante Lucie nicht kam, gab es Spaziergänge oder Ausflüge. Einmal im Jahr ging es in den Zoo. Das war mir unangenehm, denn die beliebtesten Tiere machten mir die größte Angst. Aber allein zu Hause bleiben kam nicht in Frage. Ein Junge, der nicht in den Zoo wollte, war nicht ganz richtig im Kopf, kriegte ein paar hinter die Ohren und wurde eingesperrt. Den Sonntag in der Kammer eingesperrt verbringen wollte ich auch nicht. Also mußte ich mit meinem Vater, meiner Mutter und meiner Großmutter mütterlicherseits in den Zoo. Hauptattraktion eines jeden Zoobesuchs war die Robbenfütterung. Vor aufgetürmten Felsen schwammen die Robben in riesigen, mit grünem Wasser gefüllten Becken. Wenn die Robben auf- und wieder abtauchten, schwappte das

Wasser über den Beckenrand in einen tiefen Graben. Die aufgetürmten Felsen, das schwappende Wasser im riesigen Becken und die großen schwarzglänzenden Tiere vereinigten sich in meinen Augen zu einer Landschaft des Schreckens. Bereits eine halbe Stunde vor der Fütterung, die jeden Tag um dieselbe Zeit stattfand, versammelten sich rund um das Robbenbecken Hunderte von Zoobesuchern. Meine Großmutter mütterlicherseits sagte: »Himmel und Menschen.« Den Menschen machte das Gedränge Spaß, und sie quetschten sich mit Lust dicht aneinander. Hauptreiz der Robbenfütterung für die Menschen im Zoo waren nicht die Fütterung selbst und die von den aufgetürmten Felsen in das riesige grüne Wasserbecken springenden Robben, sondern das angesichts dieses Spektakels erlebte Zusammengedrängtsein in einer Menge. Sprangen die Robben jeweils einzeln von den hoch aufgetürmten Felsen in das eisige grüne Wasser, so fühlten sich die Zuschauer, aufgehoben in der wärmenden Masse, den Tieren gegenüber im Vorteil und überlegen. Alles war hingerissen von den Sprüngen der Robben, die, einem vom Wärter geworfenen Hering nach, ins Wasser sprangen. Die Menge johlte und brüllte. Kinder wurden nach vorne gestoßen, damit sie besser sehen konnten. Oder sie drängelten selbst, mit den Ellbogen hakend und den Füßen tretend, in die erste Reihe. Ich war froh, wenn ich nichts sah. Allein das Platschen der ins Wasser springenden Robben und das Gejohle der Menge zu hören machte mir angst genug. Aber mein Vater ertrug keinen Sohn, der sich vom besten Platz wegdrängeln ließ. Also boxte er mich mit aller Kraft durch die Mauer der Menschen und Kinder nach vorn. Jetzt mußte ich alles mit ansehen und bereute es, den Zoobesuch nicht doch verweigert zu haben. Wie gerne wäre ich eingesperrt gewesen in der Kammer, in der kleinen dunklen Strafkammer, weit weg von der Hölle dieses Felsgetürmes, Wasserplatschens, Überschwappens und Brüllens. Mit einem schweren Zinkeimer voller Heringe stieg der Robbenwärter auf den Felsenturm. Er trug eine schmierige Lederschürze und schwenkte den vollen Eimer hin und her, was bei mir schon den ersten Schweißausbruch hervorrief. Er warf einige Heringe in hohem Bogen ins Wasser. Die Robben fingen an, wild im Becken umherzuschwimmen, schnappten nach den im Wasser treibenden Heringen und verursachten ein furchtbares Überschwappen des Wassers, das in rauschenden Wogen in den Graben lief und irgendwo unten in einem Gully vergurgelte. Ich versuchte, mich nur auf das im Gully verschwindende Wasser zu konzentrieren. Aber das genüßliche Aufjohlen der Menschenmenge signalisierte, daß die erste Robbe den aufgetürmten Felsen erklommen hatte. Ich kuckte nach oben, und richtig: Die größte Robbe, die das Robbengehege zu bieten hatte, richtete sich neben dem Robbenwärter auf, der vor ihrer Nase einen Hering hinunter ins Wasser warf. Unter dem jauchzenden Gebrüll der Zuschauer robbte die Robbe an den Rand des Felsens und sprang hinunter in das Becken, wo im Moment ihres Aufplatschens eine gigantische Wasserfontäne in die Höhe schoß. Das Überschwappen über den Beckenrand war unbeschreiblich. Wassermassen strömten schäumend und gurgelnd in den Graben dem Gully zu. Ich war atemlos, schluckte und schluckte. Ich schluckte Tränen der Angst und das Würgen des Kotzenmüssens. Bei den nächsten Robbensprüngen versuchte ich die Augen zu schließen und mich in der Phantasie in meine kleine dunkle Strafkammer zu versetzen. Es half nichts. Schwindlig vor Übelkeit und Angst, riß mir eine innere, grausam mich quälende Kraft die Augen auf, und ich mußte sehen, ich mußte mit ansehen, hören und mit anhören, was sich vor mir und Hunderten begeisterten Zoobesuchern abspielte.

Immer ging es nach der Robbenfütterung zu den Nilpferden. Diese Tiere waren im Zoo besonders beliebt, obwohl sie an Bewegungsmöglichkeiten im Unterschied zu den Robben wenig zu bieten hatten. Das Zoopublikum schien sich gern mit der fettleibigen Häßlichkeit der sich in einem Jauchebecken wälzenden exotischen Flußschweine zu identifizieren. Meist lagen die Tiere nahezu unsichtbar in ihrer dunklen Brühe. Wehe aber, wenn sie sich bewegten. Auch ihr Becken war von einem Graben umgeben, in den die Jauche hinabfloß, wenn sie sich aus dem Wasser aufrichteten, um voreinander ihre riesigen Mäuler aufzureißen und ineinander zu schieben. Die anthrazitglänzenden Schweineberge wälzten sich aufeinander zu, umeinander herum und wollten sich übereinandertürmen, wobei in satten Strömen die pechdunkle Jauche in den Graben hinabschoß. Die behäbige Langsamkeit ihres schweren Wälzens und Schnaufens machte die Nilpferde für mich noch furchtbarer als die schnellen, eleganten Robben. War es bei den Robben eher die Bewegung des Wassers, die sie auslösten, was mir Angst einflößte, so waren es bei den Nilpferden ihre wulstigen Körper selbst, die mir den Atem stocken ließen. Erst mein zweiter angsterfüllter Blick galt am Nilpferdbecken der schwappenden Mistbrühe. Das Ineinanderverkeilen der riesigen Nilpferdmäuler wurde von den mich umstehenden Erwachsenen mit dem Satz kommentiert: »Die spielen bloß.« Wie konnte man bei diesen Monsterviechern von Spiel reden?

Die sich umeinanderwälzenden grobporigen Schweinskörper erinnerten mich an das Bettenmachen meiner Mutter. So bewegte sie die Teile der Doppelbettcouch um- und übereinander, wenn sie morgens die Betten für den Tag in den Bettkästen verschwinden ließ, nicht ohne sie vorher aus dem Fenster geschüttelt zu haben. Das war ein Heben und Schieben in der kleinen Stube, ein Türmen und Packen, ein Wälzen und Wuchten, das mich jedesmal schon durch seine Geräusche, aber mehr noch durch den Anblick in Angst und Schrecken versetzte. Das funktionierte natürlich auch umgekehrt. Wenn meine Mutter das nächtliche Doppelbett zu der täglichen Couch zurückbaute, war die Stube wie das Nilpferdgehege, in dem die Nilpferde unter Prusten und Schwappen sich übereinanderwälzten. Ich habe das Bettenmachen immer gehaßt.

Im Nilpferdhaus wurden direkt neben den Nilpferden die Flamingos gehalten. Für meine Wahrnehmung ein unerträglicher Kontrast. In unmittelbarer Nachbarschaft der kurzbeinigen, tonnenförmigen, schmutzigen Schwartentiere standen die ebenso lang- wie dünnbeinigen pastellrosa Stelzvögel mit ihren filigranen Hälsen und anmutigen Schnäbeln. Diese Kombination von Dünnsthäutigem und Dicksthäutigem, von Sauberkeit und Dreck, von Schönheit und Häßlichkeit gab mir jedesmal Stiche ins Herz. Die Flamingos im Nilpferdhaus erinnerten mich an Steck- oder Nähnadeln in Wolldecken. Nadeln in Wolldecken: Das war für mich der Angstauslöser Nummer eins in Stube und Küche.

In einer Kellerwohnung am Lausitzer Platz, zwischen Pückler- und Eisenbahnstraße, wohnten Trautchen und ihr Strunk. Trautchen und ihrem Strunk ging man aus dem Weg. Mit ihnen sprach man nicht, aber über sie sprach man um so mehr. Von weitem, aus dem Fenster zum Beispiel, zeigte man mit dem Finger auf die beiden. Trautchen trug eine grellgrüne Bluse und einen buntkarierten Faltenrock. Der Strunk an ihrer Seite hüpfte und sprang, nie ging er ruhig neben ihr her, wenn sie über den Lausitzer Platz ging. Stets hielt sie ihren Strunk fest an der Hand, was zur Folge hatte, daß sie von seinen Sprüngen mitgezerrt wurde, ihr Weg nicht gerade über den Bürgersteig ging, sondern im Zickzack hin und her zwischen Häuserwänden und Bordsteinkante. Denn dort war die äußerste Grenze. Vor dem Fahrdamm, auf den Trautchens Strunk natürlich am liebsten gesprungen wäre, zog sie ihn mit äußerster Kraftanstrengung immer wieder zurück. Der Strunk zog an ihrem Arm wie ein Hund an der Leine. Niemand rund um den Lausitzer Platz konnte das gutheißen. So gingen, wenn Trautchen und ihr Strunk aus der Kellerwohnung heraufstiegen nach draußen in die gleißende Helligkeit des Lausitzer Platzes, überall die Fenster auf, und die Bewohner lehnten ihre Oberkörper weit über das Fensterbrett, um den Weg von Trautchen und ihrem Strunk Schritt für Schritt verfolgen zu können. Der Milchhändler Moll trat aus seinem Geschäft an der Ecke Lausitzer Platz, Ecke Pücklerstraße in seinem schneeweißen Kittel und beobachtete Trautchen und ihren Strunk. Der Farben- und Tapetenhändler Peeplow kam eigens um die Ecke von seinem Geschäft in der Muskauer Straße nach vorn auf den Lausitzer Platz, um in seinem mit bunten Farbflecken übersäten Kittel an der Seite des Milchhändlers Moll Trautchen und ihren Strunk mit den Blicken zu verfolgen. Sie redeten miteinander, ohne dabei ihre Augen von Trautchen und ihrem Strunk abzuwenden. Wahrscheinlich tauschten sie ihre Erfahrungen aus, die sie bei getrennten Beobachtungen von Trautchen und ihrem Strunk gemacht hatten. Manchmal bückte sich Trautchen, um die weißen Söckchen, die sie im Sommer zu ihren roten Sandalen trug, hochzuziehen. Dann hörte man, wie die Bewohner des Lausitzer Platzes den Atem anhielten. Der Milchhändler Moll und der Farben- und Tapetenhändler Peeplow pfiffen einen schrillen Pfiff. Diese Reaktionen galten natürlich dem Strunk, der, die Sekunde, die Trautchen ihn von der Hand lassen mußte, um ihre weißen Söckchen hochzuziehen, nutzend, sofort mit mächtigen Sätzen davonsprang. Seine Ziele waren entweder der Fahrdamm, wo er eben vorbeikommenden Autos in den Weg rannte, so daß sie quietschend bremsen mußten, oder irgendwelche zufällige Passanten auf dem Lausitzer Platz. Diese rempelte der Strunk an, riß auch manchmal älteren Frauen die Einkaufstaschen weg, um sie in hohem Bogen auf den Fahrdamm zu werfen, oder schubste Menschen, die den Fahrdamm überqueren wollten, unsanft in den Rinnstein, daß sie stolperten oder, ohne es zu wollen, in einen Haufen Hundescheiße traten. Sogleich nachdem der Pfiff von den Lippen des Milchhändlers Moll und des Farben- und Tapetenhändlers Peeplow ertönt war, richtete sich Trautchen wieder auf und raste, des Unheils gewahr werdend, ihrem Strunk hinterher. Nach drei, vier Sprüngen hatte sie ihn gepackt, verabreichte ihm ein paar Schläge ins Gesicht und um die Ohren, wie es eben kam, packte ihn wieder bei der Hand und zerrte ihn weiter über den Bürgersteig des Lausitzer Platzes.

Nicht allen Anwohnern des Lausitzer Platzes konnten meine Mutter und meine Großmutter mütterlicherseits aus dem Weg gehen, wenn sie, mit mir an der Hand oder zwischen sich, ihnen begegneten. Kam man aus der Markthalle in der Eisenbahnstraße heraus, konnte es passieren, daß man einer dicken Frau in die Arme lief, die, trotz ihres hohen Alters, im Gesicht grell geschminkt war. »Ach, du Schande«, sagte dann meine Mutter, und auch meine Großmutter mütterlicherseits sagte: »Ach, du Schande, die Lehmhöfern. Der laufen wir jetzt genau in die Arme.« Wenn man jemandem genau in die Arme lief, konnte man ihm nicht mehr ausweichen und mußte sich, wie meine Großmutter mütterlicherseits sagte, »mit ihm hinstellen«. Liefen wir also der Lehmhöfern in die Arme, mußten wir uns mit ihr hinstellen, was nur hieß, daß man sich begrüßte und ein kurzes Gespräch über Alltäglichkeiten führte. Die Lehmhöfern stellte dann ihre Einkaufstasche auf den Boden, verschränkte die Arme vor der Brust und sagte: »Wenn ich nach Hause komme, koche ich mir erstmal eine schöne Tasse Kaffee.« Das Wort »schön« zog sie dabei besonders lang, daß es klang wie: »eine schöööne Tasse Kaffee«, und meinte damit, daß es sich bei dieser schönen Tasse Kaffee um eine Tasse Bohnenkaffee handelte. Das war meiner Mutter und meiner Großmutter mütterlicherseits gegenüber als Provokation gedacht, was ich damals natürlich nicht wußte. Denn meine Mutter und meine Großmutter mütterlicherseits konnten sich Bohnenkaffee nicht leisten, jedenfalls nicht an ganz normalen Werktagen. Bohnenkaffee kam bei uns nur an Sonntagen auf den Tisch, wenn Tante Lucie kam und welchen mitbrachte. Die Lehmhöfern konnte sich offensichtlich jeden Tag eine schöne Tasse Bohnenkaffee leisten. Das jedenfalls dachten meine Mutter und meine Großmutter mütterlicherseits und ärgerten sich darüber. Auf die Idee, daß gerade in der provokanten Betonung, mit der die Lehmhöfern jedesmal von ihrer schönen Tasse Kaffee erzählte, sich eine Übertreibung oder gar die glatte Lüge verbergen konnte, kamen meine Mutter und meine Großmutter mütterlicherseits niemals. Die durch das von Lippenstift und Wangenrot entstellte fette Gesicht gesteigerte Affektiertheit, mit der die Lehmhöfern sich vor uns auf ihre schöne Tasse Kaffee freute, machte mich von Anfang an mißtrauisch. Ich glaubte der Lehmhöfern kein Wort. Wahrscheinlich hatte sie nicht mal Muckefuck.

Neben dem Keller, den Trautchen und ihr Strunk bewohnten, war der Kohlenkeller des Kohlenhändlers Rülsky. Der Kohlenhändler war schwarz von oben bis unten, trug eine Arbeitsdienstmütze und versorgte den gesamten Lausitzer Platz mit Kohlen.

Diese trug er, wenn es sich um Briketts handelte, in Kohlenkästen auf dem Rücken aus dem Keller auf einen Handwagen, der vor dem Kohlenkeller am Bordstein geparkt war. Die Kohlenkästen, in denen Briketts sorgfältig aufgestapelt waren, wurden ordentlich hintereinander auf den Handwagen gestellt, der an einem Ende eine Bretterwand hatte, an die die erste Reihe Kohlenkästen gelehnt wurde. War der Handwagen voll, lehnte sich der Kohlenhändler Rülsky erschöpft an den gefüllten Wagen und zündete sich eine Zigarette an. Wenn man in diesem Moment zufällig vorbeikam, nahm er einen tiefen Zug aus der Zigarette, blies eine mächtige blaue Rauchwolke aus und rief einem lachend zu: »Janz Berlin is eene Wolke, allet raucht Juno!« Das war nicht seine Erfindung, sondern der Werbespruch, der auf den Plakaten für die Zigarettenmarke Juno zu lesen war. Nach der Zigarettenpause griff sich der Kohlenhändler Rülsky die Deichsel seines Handwagens, legte sich einen breiten Ledergurt, der an dem Kohlenwagen befestigt war, über die Schulter und zog das schwere Gefährt mit weit nach vorn gebeugtem Oberkörper über das Kopfsteinpflaster. So fuhr er rund um den Lausitzer Platz von Haus zu Haus, um sämtliche Keller sämtlicher Hausbewohner für den Winter mit Brikettkohlen zu versorgen. Sein eigener Kohlenkeller war unerschöpflich.

An sonnigen Nachmittagen stand der Kohlenhändler Rülsky manchmal müßig vor seinem Kohlenkeller, ließ sich die Sonne in sein schwarzes Gesicht scheinen und rauchte seine weiße Zigarette. Wenn dann zufällig Trautchen mit ihrer grellgrünen Bluse und dem buntkarierten Faltenrock den Nachbarkeller verließ, den hampelnden, zerrenden Strunk an der Hand, konnte es passieren, daß dem Kohlenhändler Rülsky angesichts des unbändigen Strunks der Kragen platzte. Dann warf er ärgerlich seine Zigarette zu Boden, trat sie mit der Schuhsohle drehend aus, schob sich mit dem Daumen die Arbeitsdienstmütze ins Genick und packte den Strunk beim Schlafittchen. Dann ließ Trautchen ihren Strunk sofort los, schloß in aller Ruhe die Tür ihrer Kellerwohnung ab, überließ ihren Strunk dem Kohlenhändler Rülsky und spazierte in Seelenruhe in der warmen Nachmittagssonne über den Lausitzer Platz; allein, ohne ihren Strunk. Der Strunk aber war vom Kohlenhändler Rülsky mit sicherem Griff ein paarmal herumgewirbelt und die Treppe des Kohlenkellers hinuntergeworfen worden. Krachend flog die Tür des Kohlenkellers von innen zu, und Kohlenhändler Rülsky war mitsamt Trautchens Strunk darin verschwunden.

Sonnige Sommernachmittage ließen den Eismann auf den Lausitzer Platz kommen. Er schob einen einachsigen Eiswagen mit Fahrradrädern vor sich her, über dem ein Schild prangte, auf dem mit glänzenden Farben ein Negergesicht gemalt war. Es war das schokoladenbraune Gesicht eines Negers, der mit schneeweißen Zähnen und knallroten Lippen in eine Eiswaffel biß. Daneben stand KALTER KUSS. So hieß das Eis, das der Eismann zu verkaufen hatte. Es gab nur diese eine Sorte. Das war ein in Stanniol gewickelter Vanilleeisquader, dessen eine Hälfte mit Schokolade überzogen und die andere mit jeweils einer Waffel gedeckt war. Wenn Trautchen allein über den Lausitzer Platz spazierte, weil der Kohlenhändler Rülsky ihren Strunk sich in seinen Keller geholt hatte, kaufte sie sich beim Eismann einen KALTEN KUSS und verzehrte ihn genüßlich, indem sie noch den letzten Rest der Eiscreme aus dem Stanniol mit langer Zunge herausleckte.

Tatsächlich verliehen sonnige Sommernachmittage dem Lausitzer Platz einen warmen Glanz. Der blaue Himmel über den roten Ziegeldächern der hohen Häuser warf auf die Fassaden ein mattes Licht, das sie gelblich erscheinen ließ. An solchen sonnigen Sommernachmittagen kribbelte es mir warm den Rücken herunter, wenn ich über dem Portal der Emmauskirche, die aus der Mitte des Lausitzer Platzes hoch aufragte, den Spruch las: »Herr bleibe bei uns, denn es will Abend werden.«

Gegenüber der alten Nagorsnyn, ganz vorn im Flur links, war die Tür der alten Indianerschen. Die Indianersche hieß so, weil sie ihre grauen Haare lang und offen trug, zusammengehalten von einem bunten, völlig verdreckten Stirnband. Überhaupt war die Indianersche völlig verdreckt, sie stank bestialisch, und der Flur stank bestialisch, wenn sie ihn betreten hatte, um die Wohnung zu verlassen. Sie tat es selten, und Gott sei Dank benutzte sie nie das Klo. Der Gestank der Indianerschen zusätzlich zu dem Gemisch aus Fäkalien und kaltem Zigarettenrauch, das wäre vollends unerträglich gewesen. Darüber, wie und wo sie ihre Notdurft verrichtete, konnte man nur spekulieren. Denn niemand der mir bekannten Erwachsenen hatte je ihre Kochstube betreten. »Die Indianersche hat wieder in den Ausguß geschissen«, sagte meine Großmutter mütterlicherseits, wenn es aus unserem Ausguß in der Küche übel roch. Das tat es oft. Man mußte dann das Wasser lange laufen lassen und etwas ATA dazuschütten. Niemand aber hatte offenbar jemals die Indianersche in den Ausguß am Ende des Flurs scheißen sehen. Es war mir auch schleierhaft, wie sie das machen sollte. Denn beängstigend an der Indianerschen war für mich ihr enormes Hinterteil. Es war wie ein Kasten. Darauf saß, leicht nach vorn gebeugt, ein eher zierlicher Oberkörper mit kleinem Kopf und einem runzligen Gesicht zwischen fettig verklebten langen Haaren. Die Beine, verborgen unter einem langen, speckigen Regenmantel, stemmten Schritt für Schritt den mächtigen Gesäßkasten nach vorn. Durch die breite Wohnungstür mußte sie ihn, ihn nach sich ziehend, hindurchzwängen. Ich versuchte mir vorzustellen, wie die Indianersche diesen schweren Körperteil auf den Ausgußrand wuchtete. Zweifellos wäre das Ausgußbecken unter dieser Last sofort aus der Wand gebrochen. Da es aber an seinem Platz am Ende des Flurs hing, war es wohl eher unwahrscheinlich, daß die Indianersche tatsächlich ins Ausgußbecken schiß.

Um die Treppe rauf oder runter zu kommen, brauchte die Indianersche Stunden. Entsprechend war das Treppenhaus dann mit ihrem Gestank erfüllt. Herr Brandt, der Hauswart, eine schlanke Gestalt, kam dann auf leichten Füßen aus seiner Wohnung im vierten Stock heruntergelaufen und riß im Treppenhaus alle Fenster auf. »Die Indianersche verpestet das ganze Haus!« rief er so laut, daß man es noch hinter der geschlossenen Wohnungstür hören konnte. Ich hätte gern gewußt, was die Indianersche den ganzen Tag in ihrer Kochstube machte. Aber da sie das Klo nicht mit uns teilte, ging die Indianersche uns nichts an. Meine Großmutter mütterlicherseits sagte: »Die Indianersche jeht uns jar nüscht an!« Ich habe einmal gesehen, wie die Indianersche sich auf dem Lausitzer Platz an einem Baum festhielt und sich noch etwas weiter nach vorn beugte als normalerweise. Durch ihren riesigen Hinterleib ging eine Erschütterung, und unter ihrem Mantel fielen ein paar Klumpen zu Boden, begleitet von einem tröpfelnden Wasserstrahl. Da wußte ich, daß die Gerüche aus unserem Ausguß in der Küche woanders herkommen mußten.

Ich kam mit meiner Mutter die Treppe hoch, als der schlanke, leichtfüßige Herr Brandt gerade die Fenster schloß. »Die Indianersche verpestet das ganze Haus«, rief er triumphierend. Meine Mutter blieb stehen. »Und wissen Sie«, sagte Herr Brandt zu meiner Mutter, »was das Schlimmste ist?« Ohne die Antwort meiner Mutter abzuwarten, sagte er: »Die Wohnung von der Indianerschen ist vollständig verwanzt!« Meine Mutter schien das nicht zu glauben: »Ist wahr? Verwanzt?« fragte sie. Meine Mutter fragte immer, wenn sie etwas nicht glauben konnte: »Ist wahr?« Herr Brandt ging vor uns die Treppe hoch, um die anderen Fenster zu schließen, und wiederholte, jeden Zweifel ausschließend: »Vollständig verwanzt!« Meine Mutter schloß die Wohnungstür auf. Es stank im Flur nach der Indianerschen. Ich kuckte mir ihre Tür an. Sie war grau, dreckig und unscheinbar. Vollständig verwanzt, darunter konnte ich mir nichts vorstellen. Meine Mutter sagte zu meiner Großmutter mütterlicherseits: »Bei der Indianerschen ist alles voller Wanzen, sagt der Brandt.« Meine Großmutter mütterlicherseits rührte in dem großen Eintopf auf dem Herd und zuckte mit den Schultern: »Die Indianersche, die jeht uns jar nüscht an.« Meine Mutter hatte ihren Mantel an den Haken im Korridor gehängt. »Sowas gehört ausgeräuchert«, sagte meine Mutter und zog sich die Nähte ihrer Strümpfe gerade.

Nachdem ich Tante Lucie gefragt hatte, was Wanzen sind, überkam mich jedesmal, wenn ich an der Tür der Indianerschen vorbeiging, eine Mischung aus Ekel und Neugierde. Da saß also die Indianersche hinter dieser grauen, dreckigen, unscheinbaren Tür inmitten eines krabbelnden, schwarz glänzenden Universums von Käfern. Über den Möbeln, an den Wänden hoch und an der ganzen Decke wimmelte es von den kleinen, platten Insekten, die sich von menschlichem Blut ernährten, wie Tante Lucie mich aufgeklärt hatte. Man könne Wanzen nicht einzeln totschlagen. Dazu seien es zu viele, und es kämen immer neue nach. Tante Lucie erzählte, wie sie unmittelbar nach dem Krieg in einer Wohnung untergekommen war, in der es Wanzen gab. Nachts sei sie von den Stichen aufgewacht und hätte versucht, mit einem nassen um Zeige- und Mittelfinger gewickelten Lappen Wanze für Wanze einzeln zu zerquetschen. Hoffnungslos! Das war einfach hoffnungslos, denn kaum hatte sie das Licht wieder ausgemacht, kamen die nächsten Wanzen aus der Matratze hervor, und das mit dem nassen Lappen ging wieder von vorne los. Ich stellte mir vor, wie die Indianersche hinter ihrer grauen, dreckigen, unscheinbaren Tür, einen nassen Lappen um Zeige- und Mittelfinger gewickelt, Wanze für Wanze an den Wänden entlang zerquetschte, was jedoch gegen die unübersehbare schwarz glänzende Masse der Wanzen gar nichts nützte. Ich sah die Indianersche vor mir, wie sie verzweifelt ihr enormes Hinterteil an den Wänden entlangpreßte, um nicht, wie mit dem nassen Lappen um Zeige- und Mittelfinger gewickelt, jede Wanze einzeln, sondern mit der ganzen Breite ihrer Gesäßwülste Hunderte, wenn nicht Tausende von Wanzen zu zerquetschen. Das also machte die Indianersche hinter ihrer grauen, dreckigen, unscheinbaren Tür. Nur ab und zu, nicht öfter als ein- oder zweimal die Woche, schleppte sie sich hinunter auf den Lausitzer Platz, um dort, stehend an einen Baum gelehnt, ihre Notdurft zu verrichten.

Manchmal konnte ich nicht aufs Klo gehen, weil jemand drin saß und heulte. Das war die Henne von nebenan. Bevor ich zurückging, blieb ich ein Weilchen stehen und lauschte. Es war ein winselndes Weinen, unterbrochen von hohem Aufschluchzen. Die Stimme der Henne von nebenan sagte leise und unterdrückt hinter der Klotür immer wieder: »Was soll ich denn machen? Wo soll ich denn hin?« Mein Rumoren im Darm und das klägliche Wimmern der Nachbarin ließen mir einen Schauer über den Rücken laufen. Ich wußte, daß ich das, was ich da hörte, nicht hören sollte, aber ich mußte aufs Klo. »Was soll ich denn machen? Wo soll ich denn hin?« waren die Fragen, die sich mir auch stellten, wie ich so vor der Klotür stand und nicht hineinkonnte. Einmal wurde es plötzlich still, und bevor ich zu unserer Wohnungstür zurückkonnte, öffnete sich die Klotür, und die Henne kam raus. Wie immer mit der offenen geblümten Kittelschürze ohne was drunter. Ich war starr vor Schreck und Scham und erwartete, daß sie ebensoschnell wie sonst immer an mir vorbei zu ihrer Wohnungstür ging. Statt dessen blieb sie vor mir stehen, nahm zu meiner großen Verblüffung meinen Kopf in ihre Hände und preßte ihn an ihren nackten Bauch. Mit dem Kinn spürte ich ihr rötlich flauschiges Fell, das ich schon oft gesehen hatte, wenn wir uns zwischen Klo und Wohnung begegnet waren. Es war feucht, wahrscheinlich von ihren Tränen, und roch streng nach saurer Milch. Sie preßte mich so fest an ihren nackten Bauch, daß ich fast keine Luft kriegte und unwillkürlich mit den Händen nach ihren Beinen griff. Ich spürte das nackte Fleisch ihrer Oberschenkel. Es war unsäglich glatt, dabei etwas schlaff wie aufgehängte Wäsche. Aber das waren gar nicht die Oberschenkel der Henne, das waren ihre Pobacken, in die ich meine Finger grub, während sie meinen Kopf lockerer ließ und nicht mehr preßte, sondern gegen ihre Bauchwand rieb. Ich bekam weiche Haare in den Mund, und der Sauermilchgeruch schien stärker zu werden. Mit einem tiefen Seufzer nahm sie meinen Kopf mit beiden Händen von ihrem Bauch weg, ging in die Hocke und sah mich an mit ihrem kleinen, verheulten Gesicht. Dann küßte sie mich mit nassen Lippen vorsichtig auf den Mund, ließ meinen Kopf los und führte meine Hände, die in der Bewegung die Pobacken der Henne verloren und, irgendwie nutzlos geworden, an meinen Armen gehangen hatten, an ihre Brüste. Es waren kleine, weiche Fleischpolster, wie schlappe, mit Wasser gefüllte Luftballons, die über ihre vorstehenden Rippen hingen, in der Mitte mit festen Punkten, die sich in meinen Handtellern wie Druckknöpfe anfühlten. Ich fand ihren Kuß eklig, und unsere ganze Position hier auf dem Flur zwischen Klo und Wohnung war mir peinlich. Aber irgendwie war es auch angenehm. Ich spürte, daß mich hier jemand, wenn auch verzweifelt und völlig falsch adressiert, liebte. Niemals hatte ich einen solchen Kuß erlebt. Trotz allen mir zutiefst unangenehmen Speichelflusses, trotz eines Geschmacks nach saurer Milch, den ich von ihrem Fell noch auf der Zunge hatte, war dies ein Kuß der Liebe oder jedenfalls einer furchtbaren Sehnsucht nach Liebe. Hier mußte ich nicht »einen Süßen geben«, hier wurden mir nicht in demütigender Absicht schmatzende Münder meiner Großmütter mütter- oder väterlicherseits aufgedrückt. Hier erlebte ich meinen ersten Kuß, getragen von Zärtlichkeit und Trauer, von Einsamkeit und Ausgeliefertsein, hier geschah ein Liebesakt. Die Henne richtete sich auf, nahm mich bei den Schultern, schob mich ins Klo und schloß behutsam hinter mir die Klotür. Im Klo blieb ich stehen, ganz still, eine lange Zeit, die ich mir unendlich wünschte, in diesem Geruchsgemisch aus Fäkalien und kaltem Zigarettenrauch.

Spazieren ging man auf dem Mariannenplatz. Der Mariannenplatz war ein schmaler Park, der sich vor dem Bethanien erstreckte. Das Bethanien war ein riesiges Krankenhaus mit einem großen Portal und zwei hohen Türmen. An diesen Türmen konnte man das Bethanien schon von weitem erkennen. Rechts vom Bethanien, am östlichen Ende stand die Thomaskirche, eine große Kathedrale aus hellbraunem Sandstein. Ihr runder Mittelbau glich einer enormen Torte. Am westlichen Ende des Mariannenplatzes stand das Feuerwehrdenkmal. Das Bethanien war ein katholisches Krankenhaus mit Krankenschwestern in grauen Kutten und grauweißen Kopftüchern. Sie liefen auf dem Mariannenplatz herum und sahen aus wie die drei Figuren auf der Klosterfrau-Melissengeist-Packung. Gern stand ich vor dem Portal und spähte, wenn es sich öffnete, in das Bethanien hinein. Krankenhäuser strahlten immer Geborgenheit und Fleiß aus.

Der Mariannenplatz bestand aus einer Rasenfläche, so lang wie ein Fußballplatz, aber halb so breit. Ein breiter Spazierweg führte einmal herum, und ein Weg führte mitten darüber zum Portal des Bethanien. Die Wege waren mit anthrazitfarbenem Schotter bestreut, der aus spitzen, glänzenden Steinchen bestand, die einem die Knie blutig aufschürften, wenn man hinfiel. Wenn ich auf den Wegen des Mariannenplatzes hinfiel, floß Blut aus meinen Knien, und ich kriegte was mit der verkehrten Hand. »Wenn du hinfällst«, sagte meine Mutter, »kriegst du noch eine Wucht dazu!« Eine Wucht war eine größere Prügelaktion, zu der Gegenstände wie Kleiderbügel oder Staubwedelstiele zu Hilfe genommen wurden. Um meiner Mutter die Peinlichkeit zu ersparen, mitten auf dem Mariannenplatz ohne entsprechende Hilfsmittel dazustehen, habe ich es immer vermieden, eine Wucht zu kriegen. Hingefallen bin ich natürlich dennoch das eine oder andere Mal. Mit blutenden Knien den restlichen Weg um den Mariannenplatz und durch die Pücklerstraße nach Hause gehen zu müssen war demütigend genug.

An den anthrazitfarbenen Schotterwegen standen rot gestrichene Holzbänke, auf denen die alten Leute saßen. Wenn ich mit meiner Großmutter mütterlicherseits auf dem Mariannenplatz spazierenging, setzte sie sich auf eine der Bänke, wenn nicht schon jemand anderes darauf saß. Meine Großmutter mütterlicherseits setzte sich niemals auf eine Bank, auf der schon jemand anderes saß. Setzte sich, wenn meine Großmutter mütterlicherseits allein auf einer Bank saß, jemand dazu, war klar, daß sie in nächster Zeit aufstehen und die Bank verlassen würde. Begann derjenige, der sich neben meine Großmutter mütterlicherseits auf die Bank gesetzt hatte, ein Gespräch, stand meine Großmutter mütterlicherseits abrupt auf und sagte: »Komm, mein Junge, wir gehen!« In der Öffentlichkeit nannte mich meine Großmutter mütterlicherseits immer »mein Junge«. Zu Hause nannte sie mich Bengel, Mistbengel, Dreckstück, Nichtsnutz oder Stück Malheur. Draußen jedoch, wenn andere Leute dabei waren, nannte sie mich ihren Jungen. Wenn meine Großmutter mütterlicherseits beim

Verweilen auf der Parkbank nicht von irgendwelchen Zudringlichkeiten gestört wurde, konnte sie da eine ganze Weile sitzen bleiben, während ich mit einem irgendwo auf dem Mariannenplatz gefundenen Stück Holz oder einem abgebrochenen Zweig Linien in den anthrazitfarbenen Schotter kratzte.

An den vier Ecken des Mariannenplatzes standen, durch hohe Sträucher vor den Blicken der Vorübergehenden geschützt, quadratische Tische mit vier lehnenlosen Sitzen davor, die ebenfalls rot gestrichen waren. Auf manche dieser Tische war ein Schachbrett gezeichnet. Dort saßen alte Männer und spielten Schach. Andere Tische hatten keine gemusterte Oberfläche. An denen spielten andere alte Männer Karten. Ob Karten oder Schach gespielt wurde, die alten Männer saßen zu viert um den Tisch, während andere dicht gedrängt drum herum standen. Die alten Männer bildeten eine fast undurchdringliche Wand, die den jeweiligen Spieltisch nach außen hin vollständig abschirmte. Hinter dieser Wand hörte man die tiefen Stimmen der alten Männer, wie sie sich Zahlen oder sonstige Spielsignale zuriefen. Aus ihrer Mitte stieg, wie von einem Lagerfeuer, der Rauch von ihren Zigarren. Die alten Männer auf dem Mariannenplatz rauchten bei ihren Spielen Zigarren, die einen strengen, aber freundlichen Geruch verbreiteten. Die alten Männer trugen dunkle Anzüge, manche hatten Spazier- oder Krückstöcke dabei. An den Füßen trugen sie schwarze, hochgeschnürte Stiefel, mit denen sie, wenn sie stehend Stand- und Spielbein wechselten, auf dem anthrazitfarbenen Schotter herumknirschten. Wenn ich im Sommer Sandalen trug, waren die Söckchen an meinen Füßen nach wenigen Schritten auf dem anthrazitfarbenen Schotter schwarz. Die alten Männer hatten schon die richtigen Schuhe für den Mariannenplatz.

An Sonntagen läuteten vormittags die Glocken der Thomaskirche am Mariannenplatz, dazu läuteten die Glocken von der Emmauskirche am Lausitzer Platz. Da es riesige Kirchen waren, hatten sie auch riesige Glocken, so daß es sonntagvormittags über den Straßen zwischen Lausitzer und Mariannenplatz nur so donnerte.

Mir haben diese gewaltigen Glockenklänge immer angst gemacht. Ich hielt mir die Ohren zu oder dachte angestrengt und konzentriert an irgendeine Sache, um das Gedonnere der Glocken aus meinem Kopf zu drängen. Zum Glück waren die riesigen Glokken in ihren Türmen nicht zu sehen. Den Anblick der hin- und herschlagenden hängenden Kessel hätte ich nicht ertragen. Sichtbar dagegen waren zwei kleine Glocken auf den beiden Türmen des Bethanien. Die schlugen zu jeder vollen Stunde und hatten einen hellen, freundlichen Klang. Die kleinen Glocken des Bethanien waren mir immer sympathisch.

Natürlich habe ich niemals weder die Thomas- noch die Emmauskirche betreten. Niemand in meiner Familie ging in die Kirche. Wenn Leute an Sonntagvormittagen, dem Gedröhn der Glocken folgend, in diese Kirchen gingen, nannte meine Großmutter mütterlicherseits das einen Firlefanz. Ich bin allerdings getauft worden, aber daran kann ich mich nicht erinnern. Getauft zu werden, das gehörte sich so. Meine Mutter und meine Großmutter mütterlicherseits sagten, daß mir bei der Taufe der Pfarrer Wasser auf den Kopf gespritzt und ich dabei gebrüllt habe wie am Spieß. Nach meiner Taufe wurde niemals wieder in eine Kirche gegangen. Ich blickte an Sonntagen auf dem Lausitzer oder dem Mariannenplatz den Leuten, die in die Kirche gingen, nach und fragte mich, was sich da drinnen wohl abspielen mochte. Eine gewisse Neugier verspürte ich schon, trotz des unerträglichen Lärms der Glocken.

Im Sommer kam der Eismann auch über den Mariannenplatz. Ging ich mit meiner Mutter auf dem Mariannenplatz spazieren, kaufte sie sich einen KALTEN KUSS. Ich bekam keinen KALTEN KUSS, denn ich hatte, egal ob im Sommer oder im Winter, immer Husten. Und wenn ich Husten hatte, durfte ich nichts Kaltes essen oder trinken. Außerdem bestand die Gefahr, daß ich mich mit der Schokolade des KALTEN KUSSES beschmierte. Ein Grund mehr, mir den KALTEN KUSS zu verweigern. Ich habe niemals in meinem Leben einen KALTEN KUSS gegessen.

Auf einer Bank auf dem Mariannenplatz saß eine alte Frau in einem schwarzen Mantel. Auf dem Kopf trug sie einen schwarzen Hut, der aussah wie ein umgebundenes Tuch. Von dem Hut hing ein Schleier der alten Frau ins Gesicht. Ich beobachtete, wie die alte Frau ihre schwarze Einkaufstasche vor sich auf die Knie stellte, sie öffnete und einen großen silbernen Löffel daraus hervorholte. Sie tauchte den Löffel in die Tasche, und er war mit Schlagsahne gefüllt. Die alte Frau hatte den Schleier ihres Hutes hochgeklappt und löffelte aus dem Innern der Einkaufstasche Schlagsahne. Einen Löffel nach dem anderen. Dabei sah sie sich hastig um. Der Anblick der aus ihrer Einkaufstasche Schlagsahne löffelnden alten Frau veranlaßte mich, ohne jede Vorsichtsmaßnahme näher an die alte Frau heranzugehen. Es hatte ja den Anschein, als wäre die ganze große Tasche bis oben hin mit Schlagsahne gefüllt. Da war also diese alte Frau, bevor sie sich auf die Bank auf dem Mariannenplatz niedergelassen hatte, in einen Bäckerladen gegangen, hatte ihre Einkaufstasche über die Ladentheke gereicht und gesagt: »Machen Sie mir bitte die Tasche mit Schlagsahne voll.« Aber da hatte mich die alte Frau schon erspäht. Mit einem wütenden Blick drohte sie mir mit dem silbernen Löffel und sagte: »Mach, daß du wegkommst, hier wird nicht gebettelt!« Ich rannte weg und brauchte einige Zeit, um mir darüber klarzuwerden, was die alte Frau gemeint hatte. Hatte sie ernsthaft daran gedacht, ich würde einen Löffel von ihrer Schlagsahne haben wollen? Ich hätte von dem Löffel, den sie ständig ableckte, auch nur ein Fitzelchen Schlagsahne essen wollen? Der Ekel durchschauderte meinen ganzen Körper.

Zwei Säulen, darauf jeweils ein kaputter Ball. Dazwischen eine Tafel mit eingemeißelten Namen. Das Ganze war aus Stein und bildete den Abschluß des Mariannenplatzes der Thomaskirche gegenüber. Es war das Feuerwehrdenkmal. Jedenfalls sagte das meine Großmutter mütterlicherseits. Ansehen konnte man das dem Denkmal nicht. Vielleicht sollten die kaputten Bälle auf den Säulen das Feuer darstellen. Die eingemeißelten Namen waren die Namen von Feuerwehrmännern, die beim Löschen umgekommen waren. Vielleicht waren sie ins Feuer gefallen oder auch nur von der Leiter. Die Tafel mit den Namen war an einer Wand zwischen den Säulen angebracht, so daß es aussah wie ein Tor. Kinder schossen mit Fußbällen dagegen. Die Bälle, die nicht so kaputt waren wie die auf den Säulen, prallten von der Wand immer wieder zurück, und die Kinder schossen sie wieder dagegen. So ging das stundenlang.

Hinter dem Mariannenplatz war schon die Grenze. Dahinter war der Osten, und der Osten begann mit dem Engelbecken. Hier am Engelbecken war der Geruch des Ostens noch nicht so scharf. Vielleicht kam das vom Wasser, in dem Schilf wuchs und Goldfische schwammen. In der Mitte des Engelbeckens war eine kleine Hütte aus Holz, das Entenhäuschen. Die Goldfische waren nicht etwa golden, sondern rot. Manche waren auch weiß oder rotweiß gefleckt. Wenn ich meine Mutter fragte, warum die Goldfische Goldfische heißen, wo sie doch gar nicht golden sind, antwortete sie: »Das sagt man eben so.« Meist, wenn ich meine Mutter fragte, warum etwas Bestimmtes so und nicht anders heiße, antwortete sie: »Das sagt man so.« Die Goldfische schwammen in dem Engelbecken herum und wurden mit Brotkrümeln gefüttert. Wenn man Brotkrümel ins Wasser warf, kamen auch die Enten aus dem Entenhäuschen. Sie bekamen größere Stücke. Hoch über dem Engelbecken thronte die Michaeliskirche, auch so eine riesige Kathedrale mit einer Kuppel. Zwischen dem Engelbecken und der Michaeliskirche war der Fahrdamm, auf dem Autos fuhren. Es waren die Autos des Ostens mit den beißenden hellblauen Rauchfahnen hinter sich. Taxis erkannte man an dem schwarzweiß gewürfelten Band, das um die Fenster herumlief. Im Westen waren die Taxis schwarz mit einem weißen Band. Im Osten aber konnte ein Taxi jede Farbe haben, wenn es nur das schwarzweiß gewürfelte Band hatte.

Wenn am Engelbecken eine fremde Frau im dunklen Mantel auf uns zukam, wich meine Großmutter mütterlicherseits nicht in großem Bogen aus, wie sie das bei anderen Leuten tat. Sehr dicht gingen die beiden Frauen aneinander vorbei und steckten einander irgend etwas in die Manteltaschen. Wenn ich fragte, was ihr die fremde Frau gegeben hatte, sagte meine Großmutter mütterlicherseits: »Dann brauchen wir nicht in die Wechselstube.«

Im Osten gab es Ostgeld. Im Westen gab es ganz normales Geld, aber im Osten gab es nur Ostgeld. Das Ostgeld war kein normales Geld, was man schon an Gewicht und Aussehen erkennen konnte. Das Ostgeld war leicht und aus Aluminium. Die Scheine waren klein und wie aus Zeitungspapier. Es war wie Spielgeld. Dennoch konnte man im Osten damit richtig bezahlen. Um Ostgeld in Westgeld zu tauschen oder umgekehrt, ging man in eine Wechselstube. Die nächste Wechselstube war am Spreewaldplatz. Die Wechselstube war gar keine Stube, sondern ein Laden. In dem Laden war es dunkel und stank nach Rauch. Alle in der Wechselstube rauchten, die Frauen Zigaretten und die Männer Zigarrenstummel aus Pfeifen. In dem beißenden Qualm standen die Leute vor dem Ladentisch und bekamen Geld in Tüten. Dann machten sie die Tüten schnell auf und zählten nach. Die fremde Frau im dunklen Mantel war auch oft in der Wechselstube. Eigentlich war die fremde Frau im dunklen Mantel jedesmal in der Wechselstube, wenn wir auch da waren. Warum steckten die fremde Frau im dunklen Mantel und meine Großmutter mütterlicherseits am Engelbecken einander etwas zu, wenn sie sich doch auch in der Wechselstube am Spreewaldplatz hätten treffen können?

Vieles war im Osten billiger als im Westen. Deshalb ging meine Mutter im Osten zur Dauerwelle. Ich durfte bei den Bären auf sie warten. Die Bären waren im Köllnischen Park in einem Zwinger. Hinter dem Köllnischen Park war der Hafen, wo tutende Schlepper mit hohen Schornsteinen hin- und herfuhren. Die Schlepper selbst konnte ich nicht sehen, nur die Schornsteine und das Tuten hören. Aber so weit wollte ich allein nicht gehen. Ich blieb bei den Bären, bis meine Mutter von der Dauerwelle zurückkam. Eigentlich durften die Bären nicht gefüttert werden. Aber oft kamen alte

Frauen und fütterten sie doch. Die Bären fraßen dasselbe wie Enten und Goldfische, nämlich altes Brot, natürlich in großen Stücken. Die alten Frauen kamen mit karierten Beuteln, aus denen sie große Brotstücke holten, die sie in den Bärenzwinger warfen. Die Bären tappten heran, schnupperten an den Brotstücken und stupsten sie mit der Schnauze und den Füßen herum. Wenn meine Großmutter mütterlicherseits dabei gewesen wäre, hätte sie gesagt: »Man spielt nicht mit der Eßware!« Meine Großmutter mütterlicherseits sagte immer: »Man spielt nicht mit der Eßware!« auch wenn ich gar nicht damit spielte. Vielleicht wollte ich nur mal sehen, wie das halbe Brötchen zum Sonnabendabendbrot von unten aussah, dann sagte meine Großmutter mütterlicherseits schon: »Man spielt nicht mit der Eßware!«, und meine Mutter sagte: »Du gehst gleich in die Kammer!«, und mein Vater sagte: »Du kriegst gleich ein paar hinter die Ohren!« Die Bären aber spielten mit der Eßware und durften das. Jedenfalls solange meine Großmutter mütterlicherseits nicht dabei war. Zur Dauerwelle aber ging meine Mutter allein. Das dauerte Stunden. Das Schöne war: Die Bären hatten Geduld mit mir.

Wollte man vom Westen in den Osten oder umgekehrt, mußte man über die Grenze. Eine Grenze war aber nicht zu sehen. Daß eine Grenze da war, sah man nur an den Vopos. Meine Großmutter mütterlicherseits sagte: »Wir müssen durch die Vopos.« Die Vopos sahen aus wie die Polizisten im Westen, nur waren ihre Uniformen grün statt blau. Wo ein paar Vopos nebeneinanderstanden, wußte man, da ist die Grenze. Die Polizisten im Osten hießen Vopos, die im Westen Schupos. Daß beides Abkürzungen waren, habe ich erst viel später erfahren. Schupos waren gute Menschen, die ich hätte fragen sollen, wenn ich mich verlaufen hätte, wie ich wieder nach Hause komme. Vopos waren böse Menschen, die meiner Mutter in die Hand- und meiner Großmutter mütterlicherseits in die Einkaufstasche kuckten. Ich wußte nicht, was die Vopos darin suchten, aber daß man fremden Leuten in die Taschen kuckte, das gehörte sich nicht. Die Vopos machten es aber, obwohl sich das nicht gehörte. Meine Großmutter mütterlicherseits, die immer, wohin sie auch ging, eine Einkaufstasche bei sich trug, auch an Sonntagen, wenn es gar nichts zu kaufen gab, mußte an der Grenze ihre Einkaufstasche öffnen, und einer der Vopos kuckte hinein. Auch meine Mutter mußte ihre Handtasche öffnen, in die ein Vopo manchmal sogar die Hand steckte und darin herumwühlte. Ich hatte keine Tasche und durfte so durch. Trotzdem war es unverschämt. Das fanden meine Mutter und meine Großmutter mütterlicherseits auch, und meine Großmutter mütterlicherseits sagte zu meiner Mutter, wenn wir durch die Grenze im Osten oder wieder zurück im Westen waren: »Det sind Spitzbuben, nüscht weiter.«

Da im Osten alle Vopos die Grenze bilden mußten und außerdem Spitzbuben waren, die fremden Leuten in die Taschen kuckten, gab es im Osten keinen einzigen Polizisten, den ich, wenn ich mich verlaufen hätte, hätte fragen können, wie ich wieder nach Hause komme. Darum waren mir die Straßen im Osten besonders unheimlich. Manchmal kamen uns im Osten Männer mit Uniformen entgegen, die so ähnlich aussahen wie Polizisten, nur daß sie an den Mützen ein rotes Band hatten. Das waren aber keine Polizisten, sondern Russen. Meine Mutter faßte mich dann fester an der Hand und flüsterte, wenn die Russen an uns vorbei waren: »Das waren Russen.« Wenn meine Mutter beim Friseur war, blieb ich also lieber dicht beim Bärengehege stehen, setzte mich allenfalls zwischendurch auf die Bank, die in Sichtweite des Bärengeheges stand. Nur nicht im Osten irgendwo hingeraten, wo man sich verlaufen könnte! Im Osten sich verlaufen hätte bedeutet, für immer verloren zu sein.

Was suchten die Vopos in den Taschen? Als ich einmal an der Grenze meine Mutter danach fragte, hielt sie mir sofort die Hand vor den Mund. Als wir durch die Vopos durch waren, sagte sie: »Ein falsches Wort, und du kommst nach Sibirien.« Ich wußte nicht, was Sibirien war und wo es lag, aber so, wie meine Mutter das Wort aussprach, mußte es etwas Furchtbares sein.

Wenn mein Vater am Sonntag nicht arbeiten mußte und schönes Wetter war, fuhren wir raus. Rausfahren hieß, wir fuhren in den Wald. Man konnte ja aus Berlin nicht wirklich rausfahren, es sei denn zum Verreisen. Zum Verreisen mußte man über die Avus zur Grenze, dann fuhr man drei bis vier Stunden durch die Zone und über die zweite Grenze. Dann war man in Westdeutschland, also draußen. Das hätte sich für einen Sonntagsausflug nicht gelohnt. Also blieben wir drinnen und fuhren trotzdem raus. Es gab in Berlin drei Wälder: den Spandauer Wald, den Tegeler Wald und den Grunewald. Der Tegeler Wald war mir der liebste, weil man dahin am längsten fahren mußte. Meist fuhren wir in den Grunewald, da war man am schnellsten.

Im Wald waren die Soldaten. Besonders im Grunewald wimmelte es von Soldaten. Entweder fuhren sie mit Panzern oder Jeeps auf den Waldwegen, oder sie lagen, die Gesichter mit Schmutz eingerieben, unter Netzen auf dem Waldboden versteckt. Oft waren auch Neger dabei. Was machten die Soldaten im Grunewald? »Die üben«, sagte mein Vater, ohne weiter auf die Soldaten zu achten. Meine Mutter kuckte weg, wenn Soldaten zu sehen waren. Oder wir wechselten schnell die Wegrichtung, wenn meine Mutter von weitem Soldaten gesehen hatte. »Ach, da sind schon wieder Soldaten«, sagte meine Mutter, und wir nahmen die nächste Abzweigung.

Im Wald gingen wir nicht spazieren, sondern wir marschierten. Wir marschierten stundenlang, vom Vormittag bis zum späten Nachmittag, und niemals durfte ein Weg auf derselben Strecke zurückgegangen werden. Es wurde einmal in einem ganz großen Bogen um das auf einem Parkplatz abgestellte Goggomobil herumgegangen. Und wenn es keinen Weg gab oder der Weg von Soldaten versperrt wurde, schlugen wir uns unter Führung meines Vaters durch das Dickicht. Niemals einen Weg auf derselben Strecke zurückzugehen war für meinen Vater das oberste Gebot.

Im Spätsommer und im Herbst wurden auf den sonntäglichen Waldmärschen Kienäpfel gesammelt. Die Kienäpfel wurden zu Hause in der Küche unter dem Herd gelagert, um im Winter im Ofen verheizt zu werden. Die Kienäpfel ersparten das Anmachholz, das man beim Kohlenhändler Rülsky hätte holen müssen. Zum Kienäpfelsammeln nahmen wir zusammenlegbare buntgestreifte Wachstuchbeutel mit in den Wald. Jeder bekam zwei davon und mußte sie bis zum Rand mit Kienäpfeln füllen.

Kam meine Großmutter mütterlicherseits mit in den Wald, dann wurde die Holländerdecke mitgenommen und draußen gelagert. Denn meine Großmutter mütterlicherseits konnte die Märsche meines Vaters nicht mitmachen. Die Holländerdecke wurde auf dem Waldboden ausgebreitet, damit meine Großmutter mütterlicherseits sich daraufsetzen konnte und die Geschichten lesen. Die Geschichten waren der aus der »Morgenpost« herausgerissene Fortsetzungsroman, den Tante Lucie meiner Großmutter mütterlicherseits in Stapeln mitbrachte. Mit dem Stapel von einer Woche fuhr meine Großmutter mütterlicherseits mit raus in den Wald, setzte sich, während mein Vater, meine Mutter und ich in großem Bogen um den Lagerplatz meiner Großmutter mütterlicherseits herummarschierten, auf die Holländerdecke und las die Geschichten. Obwohl es sich nur um einen einzigen Roman handelte, der in täglicher Fortsetzung in der »Berliner Morgenpost«, die Tante Lucie abonniert hatte, erschien, nannte meine Großmutter mütterlicherseits die einzelnen Folgen Geschichten. Meine Großmutter mütterlicherseits konnte nur ganz langsam lesen und brauchte die ganze Zeit, die wir durch den Wald marschierten, um zwei oder drei der Romanfolgen zu lesen. Vielleicht hat sie auch gar nicht bemerkt, daß alle Folgen zusammenhingen, oder die Folgen in falscher Reihenfolge gelesen und so den Zusammenhang der einen Geschichte gar nicht verstanden.

Die Holländerdecke war eine große Wolldecke mit bunten Karos auf grünem Grund. Tante Lucie hatte die Holländerdecke von einer Reise aus Holland mitgebracht. An einer Ecke der Holländerdecke war ein Etikett aufgenäht, auf dem »Texel« stand, was die holländische Insel war, auf die Tante Lucie gereist war. Darum hieß die Holländerdecke Holländerdecke.

Wenn im Wald auf der Holländerdecke gelagert wurde, nahm meine Großmutter mütterlicherseits Eßwaren mit. Die Eßwaren bestanden aus Klappstullen und hartgekochten Eiern. Auf den Klappstullen war Schlackwurst oder Velveta-Käse. Sie waren in Butterbrotpapier eingewickelt, das, wenn es heiß war, von der Sanella durchgefettet war, wenn wir die Klappstullen auspackten. Auch der Käse war dann zerlaufen, und ich mußte aufpassen, daß er mir beim Essen nicht auf die Hose tropfte und ich ein paar hinter die Ohren kriegte. Zu trinken gab es mit Wasser verdünnten Himbeersirup, den meine Großmutter mütterlicherseits zu Hause in leere Bierflaschen mit Bügelverschluß gefüllt hatte. Das Sitzen auf der Holländerdecke war unbequem. Zwar sammelte meine Großmutter mütterlicherseits vor dem Ausbreiten der Holländerdecke alle Kienäpfel auf, die an der Stelle herumlagen, aber es blieben dann immer noch genug Wurzeln, Steine oder Unebenheiten, die einem an den Knien wehtaten, wenn man kniete, oder am Po, wenn man saß. Dazu kamen die Ameisen und Käfer, die, kaum daß wir saßen, auf der Holländerdecke herumkrochen, und die Wespen, die einem beim Essen der Klappstullen ins Gesicht flogen. Wenn ich mit den Händen nach den Wespen schlug, sagte mein Vater, ich solle keine Fisematenten machen, sondern vielmehr ganz still dasitzen und meine Klappstullen und das hartgekochte Ei essen. Dann würden mich die Wespen zur Belohnung auch in Ruhe lassen. Die Wespen hatten es immer ganz allein auf mich abgesehen. Mein Vater, meine Mutter und meine Großmutter mütterlicherseits saßen auf der Holländerdecke, verzehrten ihre Klappstullen und hartgekochten Eier, ohne daß auch nur eine einzige Wespe sich ihnen näherte. Doch mich griffen die Wespen an, auch wenn ich nicht mit den Händen nach ihnen schlug. Also stand ich auf und versuchte, die Klappstulle in der einen, das hartgekochte Ei in der anderen Hand, den Wespen rennend zu entkommen. Das gelang jedoch nicht. Die Wespen verfolgten mich, und ich konnte nur unter Fuchteln und Schlagen meine Klappstulle und mein hartgekochtes Ei essen, bis mein Vater mir ein paar hinter die Ohren gab, daß ich auf die Holländerdecke fiel, wo mir die Ameisen die Beine hochkrabbelten.

An sehr heißen Sonntagen fuhren wir zum Baden an die Havel. Auch dorthin wurde die Holländerdecke mitgenommen, die auf dem Sandstrand der Bürgerablage zum Sitzen ausgebreitet wurde. Die Bürgerablage war eine an der Havel bei Spandau gelegene Badestelle unmittelbar an der Zonengrenze. Um zur Bürgerablage zu kommen, mußte man zum Spandauer Wald fahren, das Auto auf einem Parkplatz abstellen und einen weiten Fußmarsch durch den Spandauer Wald machen. Alle hatten zu tragen, denn auch zur Bürgerablage wurden Eßwaren mitgenommen. Die Eßwaren bestanden aus hartgekochten Eiern, aber statt der Klappstullen wurde zur Bürgerablage eine Schüssel Kartoffelsalat mitgenommen, die meine Großmutter mütterlicherseits tragen mußte. Dazu gab es eine Thermosflasche mit Bohnenkaffee für meine Eltern und meine Großmutter mütterlicherseits und eine Bierflasche mit Himbeerwasser für mich. An der Bürgerablage angekommen, wurde alles abgesetzt, und die Holländerdecke wurde von meinem Vater so hochgehalten, daß sich meine Mutter dahinter den Badeanzug anziehen konnte. Dann hielt meine Mutter die Holländerdecke so, daß mein Vater sich bis auf die Badehose ausziehen konnte. Ich mußte mich so ausziehen, daß alle fremden Leute, die noch an der Bürgerablage herumlagen, zukucken konnten.

Meine Mutter und ich konnten nicht schwimmen. Ich hatte furchtbare Angst vor den Wellen. Wenn mir das Wasser bis zum Badehosenbund reichte, kriegte ich keine Luft mehr. Nicht weil ich Angst hatte, ertrinken zu können, sondern weil die großen Wellen, die die Frachtkähne, die auf der Havel hin- und herfuhren, verursachten, mir angst machten. Meine Mutter ging nur mit den Füßen ins Wasser, bückte sich dann und spritzte mit den Händen ein bißchen Wasser um sich herum. Mir hätte das auch vollständig genügt, aber mein Vater zwang mich ins tiefere Wasser, weil er glaubte, wenn ich keinen Boden mehr unter den Füßen hätte, würde ich automatisch schwimmen lernen. So, sagte mein Vater, hätte er als Kind auch schwimmen gelernt, damals in Ostpreußen, da hätte man ihn einfach ins Wasser geschmissen, und zwar in das eiskalte Wasser der Memel, auf der obendrein noch Eisschollen getrieben waren, und ihm wäre gar nichts anderes übrig geblieben, als zu schwimmen, und zwar in dem eiskalten Wasser zwischen den Eisschollen hindurch. Da ich aber nie weiter ins Wasser ging als bis dahin, wo es mir an den Badehosenbund reichte, konnte ich nicht auf dieselbe Weise wie mein Vater schwimmen lernen, zumal im Sommer die Havel weder eiskalt war, noch Eisschollen auf ihr trieben. Weder anfeuernde Rufe noch wütende Aufforderungen unter der Androhung, ein paar hinter die Ohren zu kriegen, konnten mich dazu bewegen, weiter ins Wasser zu gehen als bis dahin, wo es mir an den Badehosenbund reichte. Schon dort bekam ich keine Luft mehr und stand atemlos und wie gelähmt in der von riesigen schwarzen Frachtkähnen verursachten Flußbrandung. Mein Vater jedoch schwamm weit hinaus, zwischen den Frachtkähnen hindurch, bis zur anderen Seite der Havel und wieder zurück, ohne am anderen Ufer eine Verschnaufpause eingelegt zu haben. Denn schon als Kind, so erzählte er immer wieder, wenn er nach dem Schwimmen wieder an Land kam, habe er in Ostpreußen den Totenkopfschwimmer gemacht, eine Schwimmprüfung, bei der Weitstreckentauchen und vierundzwanzigstündiges Dauerschwimmen absolviert werden mußten, und zwar im Winter in der eiskalten Memel, auf der die Eisschollen trieben.

Meine Großmutter mütterlicherseits ging niemals ins Wasser. Sie zog sich auch nicht aus. Sie blieb angezogen auf der Holländerdecke sitzen, las auch hier an der Bürgerablage die Geschichten oder teilte aus der Schüssel auf die mitgebrachten Teller den Kartoffelsalat aus und die hartgekochten Eier. Meist aber kam sie gar nicht mit, wenn wir zur Bürgerablage fuhren, sondern blieb zu Hause und kuckte so lange aus dem Fenster, bis wir wieder zurückkamen.

Meine Großmutter mütterlicherseits kuckte immer aus dem Fenster, wenn wir weg waren. Sie kuckte so lange aus dem Fenster, bis wenigstens einer wieder zurück war. Sie kuckte schon aus dem Fenster, wenn der letzte, der noch in der Wohnung gewesen war, das Haus verließ. Sie beobachtete aus dem Fenster, wie man wegging, um so lange zu warten, bis man wiederkam. Wenn wir ohne meine Großmutter mütterlicherseits den ganzen Sonntag an der Bürgerablage gewesen waren, hatte meine Großmutter mütterlicherseits den ganzen Tag aus dem Fenster gekuckt.

Einen Abend im Monat gingen meine Mutter, meine Großmutter mütterlicherseits und ich zwei Treppen runter zu den Bockstallers. Die Bockstallers waren die Hausbesitzer. »Der Hauswirt wohnt eine Treppe«, sagte meine Großmutter mütterlicherseits, wenn jemand unten im Hausflur stand und versuchte, den stillen Portier zu entziffern. Der stille Portier war eine Tafel, an der die Namen aller Mieter standen, die im Hause wohnten. Die Tafel war aber so hoch angebracht, daß ich sie gar nicht und ein Erwachsener nur mit Mühe lesen konnte, wenn er sich auf die Zehenspitzen stellte. Wenn wir zwei Treppen runter zu den Bockstallers gingen, bezahlten wir die Miete. Meine Großmutter mütterlicherseits nahm das Mietsbuch mit. Das Mietsbuch war ein kleines schwarzes Schulheft im Oktavformat, in das die Mietzahlungen eingetragen und von den Bockstallers quittiert wurden. Dann ging es nach unten, meine Großmutter mütterlicherseits voran, dahinter meine Mutter mit mir an der Hand. Die Bockstallers hatten an ihrer Wohnungstür ein riesiges goldenes Namensschild, das ich sehr bewunderte. »Das ist bloß Messing«, sagte meine Großmutter mütterlicherseits, wenn ich darauf bestand, daß es aus Gold wäre. Dann klingelte sie. Die Klingel war lauter und schriller als unsere. Man hörte Schritte hinter der Tür, und eine ältere Dame mit roten Haaren, die zu einer hohen Frisur aufgetürmt waren, öffnete uns. Das war die Hauswirtin. Normalerweise nannte meine Großmutter mütterlicherseits die Hauswirtin nur »die Bockstallern«. Wenn wir aber bei den Bockstallers vor der Tür standen, um die Miete zu bezahlen, sagte meine Großmutter mütterlicherseits: »Guten Abend, Frau Bockstaller.« Wir durften eintreten in einen breiten Korridor, der mit mehreren dicken Teppichen übereinander ausgelegt war, so daß man ganz weich darauf gehen konnte wie auf einer Wiese. Dann kamen wir in ein Wohnzimmer, das viel größer war als unsere Stube, das auch mit mehreren Teppichen übereinander ausgelegt war und in dem große Polstermöbel standen und ein großer Eßtisch mit Stühlen drum herum. Auf einer Anrichte, die flacher und zierlicher war als unsere, stand eine gläserne Uhr, in deren Innern man sehen konnte, wie das Uhrwerk sich bewegte. Jedesmal bestaunte ich diese Uhr, und die Bockstallern sagte, ich dürfe aufstehen und mir die Uhr von nahem ansehen. Während ich von der Couch, auf der ich vorher hatte sitzen dürfen, aufstand und zur Anrichte mit der gläsernen Uhr ging, sah ich in einem Zimmer nebenan, zu dem die Tür offenstand, einen Mann sitzen. Ich konnte nur den Kopf des Mannes von hinten sehen, der in einem Sessel saß und Radio hörte, denn aus der Tiefe des Nebenzimmers klangen leise Stimmen und Musik. »Mein Mann liebt das Hörspiel«, sagte die Bockstallern zu meiner Mutter und meiner Großmutter mütterlicherseits, während meine Großmutter mütterlicherseits das Geld auf den Couchtisch zählte und die Bockstallern in das Mietsbuch quittierte. Ich stand vor der gläsernen Uhr und versank in die Betrachtung zweier goldener Kügelchen, die sich schnell und absolut gleichmäßig hin- und herbewegten. In dieser Uhr konnte man die Zeit sehen. Nicht nur die Zeiger, die natürlich auch diese Uhr auf dem Zifferblatt hatte, die nur anzeigten, wie spät es war, sondern die Zeit selbst, die in der Uhr vom Uhrwerk gemacht wurde. Unsere Uhr in der Stube war geschlossen. Nur die Glasscheibe vor dem Zifferblatt konnte man öffnen, um sie aufzuziehen. Und man sah nur die Zahlen und die Zeiger, aber nicht die Zeit selbst. Nur die Bockstallers, denen das Haus, in dem wir wohnten, gehörte, durften die Zeit selbst sehen. Sie durften, wenn sie wollten, zukucken, wie in der Uhr die Zeit entstand. Und wir mußten jeden Monat an einem Abend dafür die Miete bezahlen. Aber ich durfte an diesen Abenden auch einen Blick auf die Zeit werfen. Wenn die Miete bezahlt war, nahm mich meine Mutter an die

Hand, und wir gingen aus der Wohnung der Bockstallers wieder nach oben. Auf der Treppe sagte meine Großmutter mütterlicherseits: »So, das haben wir mal wieder hinter uns.«

Einmal im Monat ging meine Großmutter mütterlicherseits mit mir die Feuerbestattung bezahlen. Ich wußte nicht, was die Feuerbestattung war. Die Feuerbestattung bezahlte meine Großmutter mütterlicherseits in einem kleinen Laden in Neukölln, zu dem wir eine gute Stunde zu Fuß gingen. Im Schaufenster des Ladens war ein Schild, auf dem schwarzweiß ein Kirchenfenster mit einer Truhe davor und Flammen darunter abgebildet war. Wahrscheinlich war dies die Feuerbestattung. Im Laden saß an einem Schreibtisch mit abgewetzter Tischplatte ein älterer Mann mit einer Glatze in einem grauen Anzug, der an der rechten Hand nur zwei Finger hatte. Die anderen Finger waren ab, und die Handknöchel standen wie blankgeputzt nach oben, wenn er mit den zwei Fingern in eine Liste eintrug, was meine Großmutter mütterlicherseits bezahlte. Diese Liste lag auf einer speckigen grünen Schreibunterlage aus Linoleum, und es waren bereits viele Namen und Zahlen darauf eingetragen. Wahrscheinlich waren das die Namen der Leute, die auch ihre Feuerbestattung bezahlten wie meine Großmutter mütterlicherseits. Als ich einmal, nachdem wir den Laden der Feuerbestattung verlassen hatten, fragte, was denn die Feuerbestattung sei und was sie da eigentlich bezahle, faßte meine Großmutter mütterlicherseits die Einkaufstasche, die sie immer mit sich trug, auch wenn es nichts einzukaufen gab, fester und sagte: »Wenn ich mal nicht mehr bin.«

Auch wenn etwas zum Anziehen gekauft werden mußte, gingen meine Mutter, meine Großmutter mütterlicherseits und ich zu Fuß nach Neukölln. Da gab es hintereinander die Kaufhäuser Bilka, Wollwert, Karstadt und Brenninckmeyer. Bei Brenninckmeyer gab es nur Sachen zum Anziehen, in den anderen Kaufhäusern gab es alles andere auch. Zuerst ging man zu Bilka, denn das war das erste und billigste Kaufhaus auf der Strecke. Wenn meine Mutter dort fand, was gebraucht wurde, ging man nicht weiter. Denn billiger als bei Bilka, was eine Abkürzung war für »Billiges Kaufhaus«, kriegte man nichts, es sei denn bei Wollwert, zu dem man ging, wenn es bei Bilka das, was gebraucht wurde, nicht gegeben hatte. Wollwert hieß eigentlich Woolworth, aber meine Mutter und meine Großmutter mütterlicherseits sagten immer »Wollwert«, weil das einfacher zu sprechen war. Wahrscheinlich wußten sie gar nicht, daß Wollwert die genaue Übersetzung des amerikanischen Namens war.

Vor Bilka stand manchmal ein Mann und verkaufte Aale. Er hatte seinen Stand auf einem Holzpodest gebaut, so daß er die Leute, die sich davor drängelten, weit überragte. Die Aale waren geräuchert und sahen aus wie starre braune Stöcke, die ein bißchen glänzten. Der Mann brüllte und hielt die Aale hoch. Je mehr Aale man kaufte, desto billiger waren die einzelnen. Meist aber packte er nur einen oder höchstens zwei Aale in einen Bogen Papier, der sofort glänzte vor Fett, und rollte das Ganze in Zeitungspapier ein. Einmal kauften auch meine Mutter und meine Großmutter mütterlicherseits einen Aal bei diesem Mann. Das Paket aus Zeitungspapier lag oben auf der Einkaufstasche meiner Großmutter mütterlicherseits und fettete während des weiten Wegs nach Hause immer mehr durch. Zu Hause auf dem Küchentisch waren das Zeitungspapier, das andere Papier und der Aal ein einziger stinkender Fettbrei. Meine Mutter und meine Großmutter mütterlicherseits kochten sich eine große Kanne Bohnenkaffee und machten sich über den Aal her, den sie mit Gabeln aus dem Papiermatsch aßen. Danach nahmen sie Bullrich Salz.

Zwischen Bilka und Wollwert war der Zickenplatz. Der Zickenplatz hieß Zickenplatz, weil er aus einem kleinen Park bestand, wo auf einer Wiese ein paar Ziegen waren. Am Zickenplatz stand manchmal ein Mann, der Bananen verkaufte, indem er irgend etwas brüllte und die Bananen in die Luft warf. Einige Bananen warf er den Ziegen zu, die danach sprangen. Die Menschen, die dichtgedrängt um den Mann herumstanden, juchzten, wenn eine Ziege eine Banane fing, und kauften jede Menge Bananen, die sie in großen Stauden in ihre Einkaufstaschen packten. Meine Mutter und meine Großmutter mütterlicherseits kauften keine Bananen. Aber wenn der Bananenverkäufer da war, durfte ich am Zickenplatz ein Weilchen stehenbleiben und zukucken.

Stehen und zukucken tat ich gern. In der Halle durfte ich vor den Fernsehern stehen und zukucken, während meine Großmutter mütterlicherseits sich nach Belag anstellte. Das meiste, was zum Essen gebraucht wurde, kaufte meine Großmutter mütterlicherseits in der Halle. Das war eine große Markthalle in der Eisenbahnstraße. Dort gab es nicht nur Lebensmittel, die meine Großmutter mütterlicherseits »Eßwaren« nannte, sondern auch anderes. Sachen zum Anziehen, grellbunte Blusen zum Beispiel, geblümte Kittelschürzen oder riesige, rosaglänzende Korsetts, die sich dicke Frauen gegenseitig vor die Brust hielten, um zu sehen, ob sie paßten. Aber eines Tages gab es plötzlich einen Stand mit Fernsehern, vor dem sich viele Menschen versammelten, nicht weil sie einen Fernseher kaufen wollten, sondern nur um fernzusehen. Viele Menschen kamen in die Halle, als es den Stand mit den Fernsehern gab, nur um fernzusehen. Fernsehen war etwas Neues, das noch niemand zu Hause hatte. Am Fernsehstand gab es natürlich nicht nur einen Fernseher, sondern mindestens ein Dutzend Geräte standen neben- und übereinander, und auf allen war dasselbe Bild zu sehen. Es war die Olympiade. Die Olympiade bestand, das konnte man auf allen Fernsehern gleichzeitig sehen, aus Menschen, die Turnsachen trugen und mit Nummern auf dem Rücken um die Wette rannten. Die drei, die zuerst ans Ziel gekommen waren, stiegen dann auf ein Treppchen und bekamen Medaillen umgehängt. Das war die Siegerehrung.

Wenn Siegerehrungen waren, und davon gab es bei der Olympiade mehrere, versammelten sich noch mehr Menschen vor dem Fernsehstand und drängelten sich noch dichter vor den Fernsehern. Dann sah man auf den Bildschirmen Fahnen wehen, die Wettläufer küßten die Medaillen, die ihnen umgehängt worden waren, und sangen undeutlich zu einer plärrenden Musik. Dann wurden die Menschen vor dem Fernsehstand ganz still, und manche sagten leise: »Das Deutschlandlied.« Einmal sang ein alter Mann, der so weit hinten stand, daß er bestimmt gar nichts hatte sehen können, bei dem Deutschlandlied mit. Was die Wettläufer im Fernsehen sangen, konnte man nicht verstehen. Die Fernseher waren zu leise und die Musik zu plärrend. Der alte Mann aber schien genau zu wissen, welchen Text man zum Deutschlandlied singen mußte. Er sang ganz laut und als einziger. Plötzlich kam der Schupo, der immer durch die Halle ging und nach dem Rechten sah, angerannt, packte den alten Mann und nahm ihn mit. Da verlief sich die Menschenmenge vor dem Fernsehstand ganz plötzlich, und ich stand allein und kuckte zu, wie auf den Bildschirmen eine Frau in Turnsachen immer schneller rannte und einen Speer so weit zu werfen versuchte, wie sie nur irgend konnte.

Wenn auf den Fernsehern keine Olympiade war, gab es Raketen zu sehen. Diese Raketen waren riesige, spitze Türme, die an hohe Kräne gelehnt waren und darauf warteten, daß es unter ihnen einen Knall und irrsinnig viel Rauch gab. Dann hoben sie ab und flogen mit der Spitze nach vorn in den Himmel. Ich fragte mich, ob diese spitzen Raketen dem lieben Gott, von dem meine Religionslehrerin Frau Hoffmann sagte, er wohne im Himmel, nicht weh täten. Aber wahrscheinlich hatte meine Großmutter mütterlicherseits recht, wenn sie sagte, daß das, was Frau Hoffmann uns erzählte, alles Quatsch wäre, ganz großer Quatsch.

Einmal in der Woche ging meine Großmutter mütterlicherseits mit mir zum Maybachufer auf den Markt. Auf beiden Straßenseiten des Maybachufers waren Marktstände, hinter denen Verkäufer oder alte Frauen die Waren ausriefen oder ansagten. Eine alte Frau, die keine Zähne mehr hatte, stand hinter einem Stand mit Reißverschlüssen, Druckknöpfen und Zwirnsternen und zischelte das Wort »Kurzwaren« den Leuten zu, die am Stand vorbeigingen. Ich wußte nicht, warum sie das tat. Denn daß die Reißverschlüsse kurz und alle anderen Sachen auch so klein waren, daß sie in lauter kleine Pappschachteln paßten, die dicht an dicht auf dem Stand ausgebreitet waren, sah man ja sowieso. Eine andere, noch ältere Frau, die winzig klein war und immer ein Kopftuch trug, rief mit schneidend scharfer Stimme: »Zimt, Nelken, Pfefferkerrner! Zimt, Nelken, Pfefferkerrner!« Sie wiederholte das endlos, fast ohne Atem zu holen, und drang damit bis zum anderen Ende des Marktes durch, auch wenn andere Verkäufer lauter schrien und die Arbeiter beim Abladen der Gemüsekisten sich anbrüllten.

Das Schrecklichste auf dem Markt am Maybachufer war der Blinde. Der Blinde war ein junger Mann, der sehr groß und sehr dünn war. Er trug einen schwarzen Mantel, hatte ein ganz weißes Gesicht und über den Augen eine schwarze Binde. Neben ihm stand ein kleines Mädchen in einem schmutzigen weißen Kleid und hielt seine Hand. Die beiden standen jedesmal an einer anderen Stelle auf dem Markt am Maybachufer, irgendwo zwischen den Ständen. Man konnte sie vorher nicht sehen, wenn man über den Markt ging, sondern immer erst in dem Moment, wo man genau vor ihnen stand. Ich kriegte jedesmal einen furchtbaren Schrecken, wollte eigentlich sofort schnell weitergehen, konnte aber nicht anders als stehenzubleiben. Der Blinde streckte dann sofort seine weiße, dünne Hand aus, die nur aus Haut und Knochen bestand und zitterte. Starr vor Schreck sah ich an dem Blinden hinauf. Er klappte seinen riesigen Mund auf und zu. Durch die schwarze Binde über den Augen bestand sein Gesicht nur aus diesem riesigen Mund, den er so lange auf- und zuklappte, wie man ihn ansah. Woran er das merkte, wußte ich nicht. Sehen konnte er ja nichts. Meine Großmutter mütterlicherseits sagte: »Das ist ein Kriegsblinder.« Dann zog sie mich weg und sagte: »Der bettelt.« Niemals hat meine Großmutter mütterlicherseits dem Blinden Geld in seine ausgestreckte, zitternde Knochenhand gegeben. Das Leben des kleinen Mädchens mit dem schmutzigen weißen Kleid, das seine andere Hand gehalten hat, muß entsetzlich gewesen sein.

Die Fischverkäufer auf dem Markt am Maybachufer hatten eine rosige Gesichtsfarbe und blonde Locken. Sie waren immer fröhlich und brüllten sich nie an. Wenn meine Großmutter mütterlicherseits für das Sonntagsessen einen Fisch kaufte, kriegte ich eine saure Gurke geschenkt. Die saure Gurke vom Fischverkäufer auf dem Markt am Maybachufer war gar nicht sauer. Sie schmeckte viel besser als die Gurke in der Markthalle, obwohl sie bloß eine einfache saure Gurke war und keine Delikatesse.

Am schönsten war es auf dem Markt am Maybachufer im Winter. Dann hingen unter den Dachplanen der Stände summende Lampen, die ein warmes gelbes Licht verströmten. Ich fragte, warum die Lampen so summten, und meine Großmutter mütterlicherseits sagte: »Das sind Karbidlampen.« Der Markt am Maybachufer war nachmittags. Dann wurde es früh dunkel, und die Karbidlampen leuchteten wie auf dem Weihnachtsmarkt auf meinem Adventskalender. Die alten Frauen hatten dicke Jacken an und die Verkäufer Pudelmützen auf. Am Fischstand leuchteten die geräucherten Fische unter dem Licht der Karbidlampen wie vergoldet. Ich fragte meine Großmutter mütterlicherseits, ob das Goldfische seien. Meine Großmutter mütterlicherseits schnauzte mich an: »Quatsch! Das sind Bücklinge.« Alle alten Frauen und Verkäufer auf dem Markt am Maybachufer trugen im Winter wollene Handschuhe, von denen die Finger abgeschnitten waren. Der Blinde trug über der Augenbinde einen schwarzen Hut und das kleine Mädchen eine völlig zerrissene Felljacke. Aus seinem riesigen Mund, den er auf- und zuklappte, dampfte es.

Quatsch, wirklicher Quatsch war das, was am Vatertag auf dem Spreewaldplatz passierte. Der Spreewaldplatz lag auf der anderen Seite der Hochbahn dem Lausitzer Platz gegenüber. In der Mitte des Spreewaldplatzes stand ein Häuschen, an dem man vorne Bier trinken und hinten aufs Klo gehen konnte. Das Häuschen hieß »Spreewaldschenke«, und vor ihm standen den ganzen Tag über Männer verschiedenen Alters, die alle ziemlich zerlumpt und schmutzig aussahen und Bier aus der Flasche tranken. Ab und zu verschwanden sie nach hinten aufs Klo. Meine Großmutter mütterlicherseits sagte, das seien Arbeitslose. Jeden Tag standen sie da an dem Häuschen, sahen immer gleich aus, tranken

Bier aus der Flasche oder gingen nach hinten aufs Klo. Wenn meine Mutter oder meine Großmutter mütterlicherseits über den Spreewaldplatz gehen mußten, dann sagten sie: »Um die Spreewaldschenke machen wir einen großen Bogen.«

Am Vatertag war es anders. Der Vatertag war eigentlich der Himmelfahrtstag, und an jedem Himmelfahrtstag kam Tante Lucie. Ich holte sie am Görlitzer Bahnhof von der Hochbahn ab, und wir gingen, weil Vatertag war, als erstes zum Spreewaldplatz. An der Spreewaldschenke standen am Vatertag keine Arbeitslosen. Dafür hatten sich andere Männer rund um das Häuschen auf dem Spreewaldplatz versammelt, die Schlafanzüge trugen. Manche trugen zu den Schlafanzügen auch Strohhüte. Die meisten hatten Fahrräder und fuhren in ihren Schlafanzügen mit den Strohhüten auf den Köpfen immer um den Spreewaldplatz herum. Dabei tranken sie auch Bier aus der Flasche, genau wie die Arbeitslosen. Aber es waren nicht die Arbeitslosen, die sonst vor dem Häuschen auf dem Spreewaldplatz standen und Bier tranken und hinten aufs Klo gingen, sondern andere Männer. Die Bierflaschen wurden aus der Spreewaldschenke herausgereicht und von den Männern auf den Fahrrädern getrunken. Hinten aufs Klo habe ich keinen gehen sehen. Irgendwann, wenn sie genug um den Spreewaldplatz herumgefahren waren, fuhren sie mit ihren Fahrrädern, auf denen manchmal zwei oder sogar drei Männer in Schlafanzügen saßen, einer auf dem Sattel, einer auf der Stange und einer auf dem Gepäckträger, vom Spreewaldplatz weg die Wiener Straße runter. Ich wußte nicht, warum diese Männer immer am Vatertag in Schlafanzügen Bier trinkend auf Fahrrädern fuhren. Tante Lucie sagte: »Das ist eine Herrenpartie.« Und sie erklärte mir, daß der Vatertag deshalb Vatertag hieße, weil die Väter an diesem Tag eine Herrenpartie machten. Ich fand das Quatsch. Ich fand das wirklich Quatsch, weil mein Vater am Vatertag weder im Schlafanzug Rad fuhr noch einen Strohhut aufsetzte. Am Vatertag mußte mein Vater entweder auf der Tankstelle arbeiten, oder er hatte frei und las in der Stube die Zeitung.

Ging man in der Eisenbahnstraße, wo die Markthalle war, an der Markthalle vorbei noch weiter, kam man an eine Mauer. An dieser Mauer endete die Eisenbahnstraße. Die Mauer war so hoch, daß man nicht drüberkucken konnte. Meine Großmutter mütterlicherseits sagte, hinter der Mauer wäre die Brommybrücke. Als ich an einem Sonntag allein mit meinem Vater einen Spaziergang machte, was ganz selten vorkam, kamen wir ans Ende der Eisenbahnstraße, wo die Mauer war. Ich fragte meinen Vater, was hinter der Mauer wäre, und mein Vater sagte, hinter der Mauer wäre die Brommybrücke. Ich fragte meinen Vater, ob er mich vor der Mauer hochheben könnte, damit ich drüberkucken könnte und die Brommybrücke sehen. »Ja«, sagte mein Vater, »ich nehme dich Huckepack, und dann kannst du über die Mauer kucken.« Mein Vater hob mich hoch und setzte mich auf seine Schultern. Was ich sah, hatte ich vorher noch nie gesehen. Auf der Mauer waren lauter Glasscherben. Ich fragte meinen Vater, warum da lauter Glasscherben wären. »Damit niemand über die Mauer klettern kann«, sagte mein Vater, und er hatte recht. Man hätte ja, selbst wenn man es geschafft hätte, an der Mauer hochzuklettern, sich nirgends festhalten können, ohne von den Glasscherben geschnitten zu werden. Hinter der Mauer war ein Fluß, auf dem große schwarze Lastkähne fuhren wie auf der Havel. »Na, siehst du die Spree?« fragte mein Vater. Der Fluß war nämlich die Spree, und auf ihr fuhren die großen schwarzen Lastkähne, manchmal zwei oder drei hintereinander, von Schleppern gezogen wie auf der Havel. Aber die Spree war hinter der Mauer weit weg, und ich konnte die großen, furchtbaren Wellen, die sie machten, zum Glück nicht sehen. Mitten in der Spree waren zwei riesige Steinklötze, zwischen denen die großen schwarzen Lastkähne hindurchfuhren. Ich fragte meinen Vater: »Wo ist denn die Brommybrücke?« Mein Vater sagte: »Siehst du die beiden Pfeiler in der Spree?« Das waren die riesigen Steinklötze, und mein Vater sagte, die Brommybrücke wäre im Krieg von den Bomben zerstört und nicht wieder aufgebaut worden. Dann ging er mit mir von der Mauer weg und trug mich noch ein Stück Huckepack. Ich kuckte mich um und sah die riesigen Steinklötze, die von der Brommybrücke noch übrig waren. Da wußte ich, was hinter der Mauer am Ende der Eisenbahnstraße war: nämlich die Brommybrücke, die es gar nicht mehr gab.

Außer vor der Mauer an der Brommybrücke sprach mein Vater niemals von Bomben. Von Bomben erzählten nur meine Großmutter mütterlicherseits und meine Mutter. Ich wußte nicht genau, was Bomben waren. Einmal kriegte ich zu Weihnachten von Onkel und Tante Thiel einen dicken runden Pfefferkuchen mit Schokolade. Onkel Thiel sagte: »Das ist eine Grünwaldbombe.« Als der Kühlschrank gekommen war, sagte Tante Lucie: »Jetzt könnt ihr eine Eisbombe machen.« Aber ich wußte, daß die Bomben, von denen meine Mutter und meine Großmutter mütterlicherseits redeten, anders sein mußten als Grünwaldbomben oder Eisbomben, obwohl in dem neuen Kühlschrank niemals eine Eisbombe gemacht wurde, auch nicht von Tante Lucie.

Eine alte Frau, der meine Großmutter mütterlicherseits auf der Straße manchmal nicht aus dem Weg gehen konnte und mit der sie sich dann hinstellen mußte, war Frau Heinzelmann. Meine Großmutter mütterlicherseits nannte sie »die olle Heinzelmann«. Von der ollen Heinzelmann sagte meine Großmutter mütterlicherseits, sie wäre »ausjebommt«. Ich kuckte mir beim nächsten Mal, als sich meine Großmutter mütterlicherseits mit der ollen Heinzelmann hinstellen mußte, die olle Heinzelmann genau daraufhin an. Es war eine alte Frau, die immer dunkle Sachen trug, ein häßliches, zerfurchtes Gesicht hatte und übel roch, wenn man zu nahe an sie herankam. »Die olle Heinzelmann wäscht sich nicht«, sagte meine Großmutter mütterlicherseits. Vielleicht wusch sich die olle Heinzelmann nicht, weil sie ausgebombt war. Vielleicht durften oder konnten sich Leute, die ausgebombt waren, nicht mehr waschen und stanken deshalb. Aber die Indianersche stank auch. War die etwa auch ausgebombt?

Die Grünwaldbombe, die ich von Onkel und Tante Thiel zu Weihnachten gekriegt hatte, durfte ich nicht allein aufessen. Ich mußte sie in vier gleich große Stücke teilen. Meine Mutter schnitt mit dem Küchenmesser die Grünwaldbombe in der Mitte durch und dann noch einmal quer, so daß vier kleine Tortenstücke entstanden. »Für jeden ein Viertel«, sagte meine Mutter. Ein Viertel kriegte meine Mutter, ein Viertel kriegte meine Großmutter mütterlicherseits, ein Viertel wurde für meinen Vater aufgehoben, weil der auf der Tankstelle war, und ein Viertel blieb für mich übrig. Ich fand das ungerecht, denn die Grünwaldbombe hatten Onkel und Tante Thiel mir allein geschenkt. In der Mitte der Grünwaldbombe war dunkles, süßes Gelee unter der Schokolade. Die Grünwaldbombe schmeckte mir sehr gut, und ich hätte gern mehr als nur das eine Viertel gegessen. Als alle ihr Viertel von der Grünwaldbombe aufgegessen hatten, waren wir da vielleicht ausgebombt? Aber gewaschen haben wir uns trotzdem und von oben bis unten abgeseift.

An späten Nachmittagen im Winter läutete unten auf dem Lausitzer Platz eine Glocke, und ein Mann rief: »Brennholz für Kartoffelschalen!« Dann durfte ich mit einem kleinen Blecheimer, in dem meine Großmutter mütterlicherseits alle Kartoffelschalen, die beim Kartoffelschälen unter der Woche angefallen waren, aufbewahrt hatte, runtergehen. Unten stand ein Pferdewagen, und auf dem Pferdewagen stand ein Mann zwischen einem Berg Kartoffelschalen auf der einen Seite und einem Berg Brennholz auf der anderen. Er beugte sich zu mir herunter, und ich konnte ihm den Eimer mit den Kartoffelschalen reichen, indem ich mich auf die Zehenspitzen stellte. Der Mann schüttete den Eimer über dem Berg Kartoffelschalen aus und füllte ihn mit Brennholz. Das Brennholz bestand aus kleingehackten Spänen, die meine Großmutter mütterlicherseits zum Anmachen des Ofens brauchte. Den mit Brennholz gefüllten Eimer reichte der Mann wieder herunter, wobei ich mich wieder auf die Zehenspitzen stellen mußte, um ihn in Empfang nehmen zu können. Dann blieb ich noch lange stehen und kuckte mir das Pferd an. Es kamen ja auch noch andere Leute aus dem Haus, die Brennholz für Kartoffelschalen eintauschten. Dann stieg der Mann auf dem Wagen über das Brennholz hinweg nach vorn, nahm die Zügel in die Hand, die er vorher an einer Stange festgebunden hatte, und schnalzte mit der Zunge. Das Pferd setzte sich langsam in Bewegung und hielt vor dem nächsten Haus. Der Mann schwang eine Glocke und rief wieder: »Brennholz für Kartoffelschalen!« Er kam jede Woche, und ich habe mich immer gefragt: Was machte der Mann mit den vielen Kartoffelschalen?

Solange andere Leute Brennholz für Kartoffelschalen eintauschten, konnte ich mir das Pferd ankucken. Das Pferd war braun und hatte einen weißen Streifen auf der Stirn. Es sah traurig aus. Links und rechts von den Augen hatte es Lederklappen. Meine Mutter sagte: »Das sind Scheuklappen.« Meine Großmutter mütterlicherseits sagte oft zu mir: »Du kriegst gleich eine gescheuert!« Ich dachte, die Scheuklappen sind dazu da, daß es nicht so weh tut, wenn man eine gescheuert kriegt. Das Pferd sah traurig aus. Wenn ich daran dachte, daß das Pferd von dem Mann auf dem Wagen öfter eine gescheuert kriegte und deshalb die Scheuklappen trug, kamen mir die Tränen. Manchmal waren andere Kinder da, die das Pferd mit Zuckerwürfeln fütterten. Ich hätte auch gern einmal das Pferd mit Zuckerwürfeln gefüttert, aber bei uns gab es niemals Würfelzucker. Wenn mir die Tränen kamen, hätte ich gern den Kopf des Pferdes umarmt. Aber das Pferd war zu groß und sein Kopf so hoch, daß die anderen Kinder sich auf die Zehenspitzen stellen mußten, um das Pferd mit Zuckerwürfeln füttern zu können.

Wenn mein Vater zum Friseur ging, nahm er mich mit. Nachdem der Friseur meinem Vater die Haare geschnitten hatte, legte er auf den Frisierstuhl, auf dem mein Vater gesessen hatte, einen hölzernen Klotz mit einem Lederkissen. Darauf kletterte ich, und mein Kopf war genauso hoch, wie der meines Vaters beim Haareschneiden gewesen war. Im Spiegel betrachtete ich mich und den Friseur. Der Friseur war ein dicker alter Mann, der hinter meinem Kopf immerzu rülpste. Hinter dem Friseur saß mein Vater auf einem Stuhl und wartete darauf, daß ich fertig war. Links neben dem Spiegel stand ein kleines Regal, darauf waren lauter kleine weiß-rote Päckchen gestapelt mit der Aufschrift: »London gefühlsecht.« Der Friseur rülpste hinter meinem Kopf. Als wir gingen, fragte ich meinen Vater, was »London gefühlsecht« wäre. Mein Vater sagte: »London ist die Hauptstadt von England.« Ich wußte, daß London die Hauptstadt von England war, und wollte wissen, was daran »gefühlsecht« wäre. Mein Vater sagte: »Naja, echt. Eben echt. Echt London.«

Weil ich immer Husten hatte, ging meine Mutter mit mir einmal die Woche zu Dr. Nürnberger. Dr. Nürnberger war ein Praktischer Arzt. Das war praktisch, und deshalb gingen wir hin. Ich mußte mich ausziehen und vor eine große Lampe setzen. Das war die Höhensonne. Bevor die Höhensonne eingeschaltet wurde, setzte mir die Sprechstundenhilfe eine Brille auf, durch die man nichts sehen konnte. Die Sprechstundenhilfe sagte: »Jetzt kriegst du wieder die tolle Autobrille.« Ich wußte natürlich, daß das völliger Quatsch war. Denn erstens trug man im Auto keine Brille, durch die man nichts sehen konnte. Und außerdem war ich nicht zum Autofahren hergekommen, sondern wegen der Höhensonne und dem Lebertran. Während ich vor der Höhensonne saß, tickte ganz laut eine Uhr, und es roch eigenartig würzig nach etwas, das ich nicht kannte und mir auch nicht erklären konnte. Es mußte das Licht der Höhensonne sein, das so roch. Nachdem die Uhr zehn Minuten lang laut getickt hatte, wurde die Höhensonne ausgeschaltet. Mir wurde die Brille abgenommen, und ich bekam einen Löffel Lebertran vor den Mund gehalten, den ich schlucken mußte. Es war ein widerliches Gefühl im Mund und ein entsetzlicher Geschmack. Ich mußte mir jedesmal ganz fest vornehmen, nach dem Löffel Lebertran nicht zu brechen. Danach verschrieb Dr. Nürnberger Optipect-Tropfen gegen meinen Husten, die wir aus der Apotheke holen mußten.

Die Optipect-Tropfen mußte ich einnehmen, wenn ich hustete und abends vor dem Schlafengehen. Meine Mutter ließ 20 Optipect-Tropfen auf einen Teelöffel Zucker tropfen, den ich dann in den Mund nehmen mußte. Es schmeckte bitter. Der Zucker klumpte auf der Zunge. Ich schluckte den Zucker mit den Optipect-Tropfen ganz schnell hinunter und nahm mir ganz fest vor, nicht zu brechen.

Meist ging der Husten von den Optipect-Tropfen gar nicht weg. Ich hustete und hustete, manchmal so, daß ich vom Husten brechen mußte. Dann schrie meine Mutter: »Wenn der Bengel nicht aufhört zu husten, vergesse ich mich!«

Wenn meine Mutter das geschrien hatte, mußte ich manchmal noch weiter husten. Dann schrie meine Mutter aus Leibeskräften: »Hör jetzt sofort auf zu husten, sonst ...!« Dann sagte meine Großmutter mütterlicherseits zu meiner Mutter: »Du bist übernervös.«

4. Kapitel

Krankenhaus und Schule

Als ich das erste Mal ins Krankenhaus kam, mußte ich in einem riesigen Saal in einem vergitterten Bett liegen. Viele andere vergitterte Betten mit Kindern drin standen in dem Saal. Die Kinder brüllten. In dem vergitterten Bett neben mir lag ein Junge, der sich das Bein gebrochen hatte. Das Bein hing in einem Gipsverband an einem Drahtseil nach oben. Das Drahtseil lief über ein Rädchen, das aussah wie von der Nähmaschine meiner Großmutter mütterlicherseits. Manchmal kam eine Krankenschwester, die Schwester Angelika hieß. Der Junge neben mir mit dem gebrochenen Bein hieß Jürgen. Wenn Schwester Angelika kam, schrie Jürgen, der älter war als ich: »Schneid ihm die Lippe ab! Schneid ihm doch mal die Lippe ab!« Ich war gemeint. Glücklicherweise lag er fest und konnte sich nicht rühren.

»Warum stotterst du denn?« fragte Tante Thiel. »Du hast doch gar nicht nötig zu stottern«, fügte sie hinzu, da war ich aber schon draußen in der Küche. Es war mir peinlich, wenn über mein Stottern gesprochen wurde. Tante Thiel war die Chefin meines Vaters und die Frau von Onkel Thiel. Onkel Thiel gehörte die Tankstelle, auf der mein Vater arbeitete. Er war der Chef meines Vaters und aller anderen Tankwarte auf der Tankstelle. Ich saß in der Küche auf dem Bett und heulte. Vielleicht hatte Tante Thiel recht. Wenn ich es nicht nötig hatte zu stottern, warum stotterte ich dann?

Gegen das Stottern war kein Kraut gewachsen. Einmal in der Woche fuhr meine Mutter mit mir drei Stunden quer durch die ganze Stadt mit der U-Bahn und danach mit dem Bus. Sie fuhr mit mir in die Poliklinik für Stimm- und Sprachkrankheiten. Die Poliklinik für Stimm- und Sprachkrankheiten war weit draußen in einer Straße, die eigentlich gar keine Straße war. Sie hieß nämlich nicht Straße, sondern »Im Dol«. Im Dol waren lauter Gärten mit vornehmen Häusern, die Säulen und Terrassen hatten. »Hier wohnen nur Ärzte«, sagte meine Mutter, wenn wir daran vorbei durch den Dol gingen. In der Poliklinik für Stimm- und Sprachkrankheiten saß ein dicker Arzt breitbeinig auf einem Drehstuhl. Sein weißer Kittel spannte über der Brust. Er war ein Professor, roch nach einem absonderlichen Rasierwasser und schnaufte. Ich mußte mich zwischen seine breiten Beine stellen und sagen: »Der Geigenkasten steht auf dem Kohlenkasten.« Ich sagte den Satz einwandfrei. Mehrmals. Dann schrieb er ein Rezept aus und gab es meiner Mutter. Zu Hause konnte ich den Satz nicht mehr sagen. »Der G...«, und aus.

Was ein Kohlenkasten war, wußte ich. Wir hatten einen in der Küche. Der war innen mit Blech ausgeschlagen und hatte oben eine Klappe zum Aufmachen. Da waren die Kohlen drin. Was ein Geigenkasten war, wußte ich nicht. Daß es ein Kasten war für Geigen, wie der Kohlenkasten einer war für Kohlen, war ja klar. Aber einen Geigenkasten hatte ich noch nie gesehen.

Meine Mutter holte aus der Apotheke das Medikament, das der schnaufende Professor verschrieben hatte. Das Medikament war ein grobes weißes Pulver in einer Blechdose mit Schraubverschluß. Dreimal am Tag mußte ich einen Eßlöffel von dem Pulver in Wasser aufgelöst einnehmen. Wenn das Stottern davon weggehen sollte, war es kein gutes Medikament, denn das Stottern ging nicht weg.

Lange vor Schulbeginn konnte ich lesen. Alles, was es draußen auf der Straße zu lesen gab, konnte ich lesen und las es laut vor. Straßen- und Reklameschilder, die Namen der Zeitungen, die an den Zeitungsbuden aushingen: Der Telegraf, der Abend, der Tagesspiegel, die Berliner Morgenpost, der Kurier, die Nacht-Depesche, die BZ, lauter Zeitungen, die es in Berlin gab. Wenn meine Mutter oder meine Großmutter mütterlicherseits hörten, wie ich die Namen oder die Überschriften der Zeitungen las, sagten sie: »Du kannst doch noch gar nicht lesen.«

Kurz nachdem ich in die Schule gekommen war, mußte ich wieder ins Krankenhaus. Ich hatte Fieber und Durchfall. Der Durchfall war rot. Meine Mutter sagte. »Der Junge hat zuviel Tomaten gegessen.« Es hatte aber gar keine Tomaten gegeben. Meine Großmutter mütterlicherseits sagte: »Hol den Arzt, der steckt ihn ins Krankenhaus ohne viel Federlesen.« Der Arzt kam in der Nacht. Er machte nicht viel Federlesen. »Ins Krankenhaus«, sagte der Arzt, »sofort ins Krankenhaus.« Ich weinte. Ich war ja schon einmal im Krankenhaus gewesen und wollte da nie wieder hin. Meine Mutter und meine Großmutter mütterlicherseits lachten. »Ins Krankenhaus«, riefen sie, »ins Krankenhaus ohne viel Federlesen!« Der Krankenwagen kam. Die Männer in den weißen Kitteln stellten die Trage neben mein Bett. Ich mußte mich drauflegen und wurde mit einem Gurt über dem Bauch festgebunden. Dann trugen sie mich auf der Trage mit dem Kopf voran die Treppe runter. Draußen vor der Haustür standen Leute und kuckten zu, wie die Männer in den weißen Kitteln mich hinten in den Krankenwagen schoben. Es war dunkel und regnete. Dann knallte die Klappe zu. Ich kam wieder ins Krankenhaus.

Ich lag mit vier anderen Kindern in einem hohem, länglichen Zimmer, vor dessen Fenster ein Balkon war. Zu den Besuchszeiten am Mittwoch und am Sonntag kamen die Eltern auf den Balkon, machten Zeichen und klopften an die Scheibe. Die Fenster durften nicht geöffnet werden und die Eltern nicht in das Zimmer. Die anderen Kinder jammerten und weinten und schrien, damit die Eltern draußen sie verstehen konnten. Ich schrie auch, aber weil alle durcheinander schrien und jeder lauter sein wollte als der andere, verstanden die Eltern draußen überhaupt nichts. Nach einer Stunde gingen die Eltern, und eine Krankenschwester brachte uns die Geschenke, die die Eltern mitgebracht hatten. Ich bekam einen ESSO-Tankwart aus Draht und Plastik, den man biegen konnte.

Vorn rechts am Fenster lag ein Mädchen, das hieß Rita. Rita zeigte uns immer ihren Po. Wir hatten alle lange weiße Nachthemden an, die hinten offen waren. Rita schlug die Bettdecke zur Seite, drehte sich auf den Bauch und streckte ihren Po weit nach oben. Dann fiel links und rechts das hinten offene Nachthemd zur Seite, und wir sahen ihren nackten Po. Einmal kam die Krankenschwester in dem Moment herein, in dem Rita uns gerade mal wieder ihren nackten Po zeigte. Sie konnte sich nicht schnell genug umdrehen und die Bettdecke über sich ziehen. Die Krankenschwester packte sie und schrie: »Du sollst doch den anderen Kindern nicht immer deinen Po zeigen!« Die Krankenschwester drehte Rita auf den Bauch und klatschte ihr mit der Hand auf den nackten Po. Rita schrie wie am Spieß. Ich hatte mich aufgesetzt und sah die Hand der Krankenschwester immer wieder ausholen und niedersausen und hörte das Klatschen auf Ritas nackten Po. Dann schmiß die Krankenschwester Rita auf den Rücken und die Bettdecke drüber, ging aus dem Zimmer und knallte die Tür zu. Ich hörte Rita unter ihrer Bettdecke leise weinen und spürte, daß mein Penis ganz steif geworden war.

Das Gute am Krankenhaus war, daß ich das Bett für mich allein hatte. Auch fand ich Ritas Po viel schöner als den meiner Großmutter mütterlicherseits. Wenn ich in der Nacht im Krankenhaus nicht schlafen konnte, stellte ich mir beide Pos nebeneinander vor: den großen, schlaffen, schrundigen Po meiner Großmutter mütterlicherseits, der aussah wie ein riesiger Käse, und den kleinen, straffen, prallen, runden Po von Rita, wie er rosig zwischen den links und rechts herabgefallenen Nachthemdzipfeln aus dem Bett herausragte. Dann wurde mein Penis wieder steif, aber ich wußte nicht, ob von der Vorstellung des Pos meiner Großmutter mütterlicherseits oder des Pos von Rita. Auf jeden Fall war es ziemlich angenehm, einen steifen Penis zu haben, und ich konnte damit besser einschlafen.

Am Tag nachdem die Krankenschwester Rita dabei erwischt hatte, wie sie uns ihren Po zeigte, zeigte uns Rita, kurz nachdem dieselbe Krankenschwester das Zimmer verlassen hatte, wieder ihren Po. Ritas Po war noch knallrot von den Schlägen der Krankenschwester. Ich kriegte sofort einen steifen Penis und fragte Rita, ob ihr der Po noch weh tue. Rita sagte: »Ja, aber wenn ich ihn so in die Luft strecke, wird er schön kühl.«

In der zweiten Woche im Krankenhaus wurde ich sehr traurig. Ich wußte nicht, warum, denn eigentlich ging es mir gut. Ich mußte keinen Eintopf essen, hatte mein Bett für mich allein und kriegte einen steifen Penis, wenn Rita uns ihren Po zeigte. Aber ich mußte immerzu weinen, ob ich wollte oder nicht. Ich kam nicht dagegen an. Einmal kam, als ich besonders heftig weinen mußte, eine Krankenschwester an mein Bett. Sie streichelte mein Gesicht. Es war dieselbe Krankenschwester, die Rita den Po verhauen hatte. Ich nahm die Hand der Krankenschwester und hielt sie fest. Es war die rechte Hand, dieselbe Hand, mit der die Krankenschwester Ritas Po verhauen hatte. Die Krankenschwester sagte, ich solle nicht mehr weinen. Ich sagte etwas, was ich gar nicht sagen wollte. Ich sagte: »Ich habe Heimweh.« Ich wußte gar nicht, was das Wort wirklich bedeutete. Wahrscheinlich hatte ich es in irgendeinem Buch von Tante Lucie aus dem Bertelsmann-Lesering gelesen. Ich gebrauchte das Wort Heimweh, weil ich instinktiv wußte, daß es das richtige Wort war. Die Krankenschwester zog ihre Hand weg und lachte. Sie sagte: »Wo hast du denn das aufgeschnappt?« Ich griff wieder nach ihrer Hand und dachte: »Das ist die Hand, die Ritas Po berührt hat.«

Am nächsten Morgen wurde Rita entlassen. Ihre Eltern standen draußen auf dem Balkon, obwohl gar keine Besuchszeit war. Sie gestikulierten wild herum und sagten etwas, das man durch das geschlossene Fenster nicht verstehen konnte. Die Krankenschwester brachte ihre Sachen zum Anziehen. Sie stellte Rita im Bett auf und zog ihr die Sachen an, die ihre Eltern mitgebracht hatten. Die Krankenschwester zog ihr eine Unterhose an, wobei sie Rita ein bißchen zu mir herumdrehte, daß ich zum letzten Mal für einen winzigen Augenblick Ritas Po sehen konnte.

Daß ich gestottert habe, war ein Glück, denn im Gegensatz zur Poliklinik für Stimm- und Sprachkrankheiten war die Sprachheilschule gleich in der Nähe. Die Eisenbahnstraße hoch bis zur Köpenicker, dann vor der Brommybrücke nach rechts und bis zum Schlesischen Tor. Da war die Sprachheilschule. Hinter der Sprachheilschule war der Schleesche Busch. Im Schleeschen Busch entstand der Ostwind. Wenn man im Winter die Köpenicker Straße hinaufging, pfiff einem der eiskalte Ostwind ins Gesicht. Meine Großmutter mütterlicherseits sagte dann: »Eisiger Ostwind, schneidender, vom Schleeschen Busch!« Also kam der Ostwind aus dem Schleeschen Busch, was auch vollkommen logisch war, denn der Schleesche Busch lag bereits im Osten. Davor, zwischen dem Schleeschen Busch und der Sprachheilschule, war die Grenze. Dem Ostwind war das ganz egal. Der pfiff einfach über die Grenze hinweg, ob da Vopos standen oder nicht, und die ganze lange Köpenicker Straße hinunter. Mein Schulweg ging immer gegen den Ostwind, der im Winter kalt und schneidend war.

Auf dem Schulweg traf ich Karl-Heinz. Karl-Heinz kam aus der Wrangelstraße und erzählte Witze. Weil er einen Wolfsrachen hatte, sagte er »Wichse«. Wegen des Wolfsrachens war Karl-Heinz in der Sprachheilschule und in meiner Klasse. Eigentlich gehörte zum Wolfsrachen auch eine Hasenscharte, denn viele Kinder in der Sprachheilschule hatten einen Wolfsrachen und eine Hasenscharte. Es gab aber auch welche, die nur eine Hasenscharte hatten und keinen Wolfsrachen. Und so hatte Karl-Heinz eben nur einen Wolfsrachen und keine Hasenscharte, weshalb er »Wichse« sagte statt »Witze«. Die »Wichse« von Karl-Heinz handelten immer von Klein-Fritzchen. Weil Karl-Heinz aber diesen Wolfsrachen hatte und »Wichse« sagte statt »Witze«, sagte er auch »Klein-Frichschen« statt »Klein-Fritzchen«. Die »Klein-Frichschen-Wichse« von Karl-Heinz verdarben mir den Schulweg, den ich lieber allein ging. Ich war froh, wenn Karl-Heinz krank war und in der Sprachheilschule fehlte. Dann hatte ich einen schönen, ruhigen Schulweg, auf dem ich mir allerhand ausdenken konnte.

Wenn Karl-Heinz keine »Klein-Frichschen-Wichse« erzählte, erzählte er von seinen Soldaten und Flugzeugen. Davon hatte er eine Menge. Es muß eine so ungeheure Menge an Soldaten und Flugzeugen gewesen sein, daß wir die Zahlen dazu erfinden mußten. Eine Billion. Eine Trillion. Eine Quadrillion. Eine Quadrilliarde. Zehn Quintilliarden Sextillionen und so weiter und so weiter. Wir brauchten den ganzen Schulweg, um die höchste Zahl zu Ende sagen zu können. Aber die Menge konnten wir uns ganz genau vorstellen.

In meiner Klasse waren auch zwei Mädchen, die hießen Jutta Linse und Marita Dinse. Das klang nicht nur ähnlich, sie waren auch Freundinnen und saßen nebeneinander. Beide hatten keine Zähne. Nicht, daß sie niemals welche gehabt hätten. Kinder müssen Zähne haben, sonst werden sie nicht eingeschult. Diese beiden aber hatten sich die Zähne ausgeschlagen, weil sie beim Seilspringen auf der Straße mit den Gesichtern gegen die Bordsteinkante gefallen waren. Das war ihnen gemeinsam passiert, am selben Tag und zur selben Stunde. Ich stellte mir vor, wie die beiden seilspringend auf der Straße hüpften, nebeneinander im selben Rhythmus, und plötzlich ruft die eine: »Achtung, ein Auto!« Und sie wollen mit dem nächsten Sprung auf den Bürgersteig hinaufhüpfen, bleiben aber im Seil hängen, jede im selben Moment in ihrem Seil, und schlagen gleichzeitig nebeneinander mit den Gesichtern auf die Bordsteinkante, und es macht ein unschönes, krachendes Geräusch, und alle ihre Zähne sind raus, und der Autofahrer wundert sich im Vorbeifahren, warum da zwei Mädels liegen, das eine mit blondem Zopf und das andere mit braunem Kraushaar. Blutverschmiert und verheult werden sie zu Hause angekommen und furchtbar verdroschen worden sein, denn ohne Zähne kommt man nicht nach Hause, und auf der Straße macht man auch kein Seilspringen, jedenfalls nicht auf dem Fahrdamm, denn da fahren Autos, und wenn man ihnen ausweichen muß, dann fällt man mit dem Gesicht auf die Bordsteinkante und verliert alle Zähne auf einmal und kriegt deshalb noch eine Wucht dazu. Dann muß man in die Sprachheilschule, denn ohne Zähne kann man nicht sprechen, jedenfalls nicht richtig. So saßen die beiden nun in der ersten Klasse der Sprachheilschule mit ihren eingefallenen Mündern und sollten das Sprechen ohne Zähne lernen.

Neben mir saß Detlef Bock. Sein Sprachfehler bestand darin, daß er lispelte. Er hatte eine Brille, die immerzu runterfiel und dann bezahlt werden mußte. Dazu war man versichert. Das heißt, die Eltern waren versichert, damit irgend jemand die Brille von Detlef Bock, die immerzu runterfiel, bezahlen konnte. Manchmal behauptete Detlef Bock, wenn die Brille wieder zerbrochen war, daß ihm jemand während einer Prügelei die Brille heruntergerissen habe. Das stellte sich meist als richtig heraus, denn auf dem Hof in der Pause wurde sich immer geprügelt. Nur so zum Spaß, und meist ging ein Lehrer, der die Aufsicht hatte, dazwischen und verteilte Backpfeifen. Da war es aber meist schon zu spät, denn die Brille von Detlef Bock war bereits runtergefallen oder beim Prügeln runtergerissen worden und kaputt. Und wenn er sie noch auf der Nase hatte und sie noch ganz war, dann kriegte er die Backpfeife des Lehrers ab und verlor dabei die Brille, die dann kaputt war und vom Lehrer bezahlt werden mußte. Aber der war ja auch versichert. Wenn Detlef Bock sich nicht prügelte, dann erzählte er in der Pause auf dem Hof von seinen Soldaten und Flugzeugen. Von denen besaß er nicht diese ungeheure Menge wie Karl-Heinz, aber doch offenbar genug, um dessen Heerscharen in Schach zu halten. Denn vor Karl-Heinz hatte Detlef Bock großen Respekt. Mit ihm prügelte er sich auf dem Hof in der Pause niemals, sondern sie trafen sich am Nachmittag zu Hause und spielten mit ihren Soldaten und Flugzeugen, wovon mir Karl-Heinz dann morgens auf dem Schulweg erzählte.

Unser Klassenlehrer war ein junger Mann, der Herr Blaake hieß und immer einen schwarzen Anzug trug. Manchmal holte er während des Unterrichts einen Schüler nach vorn. Er setzte sich breitbeinig auf den Stuhl, ließ den Schüler zwischen seine Knie treten und sagen: »Der Geigenkasten steht auf dem Kohlenkasten.« Dann konnte er sich wieder hinsetzen. Schließlich waren wir auf der Sprachheilschule.

Religion hatten wir bei Frau Hoffmann. Die verteilte bunte Bildchen, die wir in ein Heft kleben konnten. Dazu wurde ein Klebstoff verwendet, den sie in einem kleinen Plastiktopf in ihrer geräumigen Handtasche, die auch eine Unmenge dieser Bilder barg, immer bei sich trug. Der Klebstoff roch sehr angenehm nach Marzipan. So waren die Religionsstunden für mich die Marzipanstunden, denn was Religion bedeutete, wußte ich nicht, und das wurde uns von Frau Hoffmann auch nicht erklärt. Wir lasen die Geschichten in dem Heft und klebten die bunten Bildchen dazu an die freien Stellen, die in dem Heft eigens dafür vorgesehen waren, und genossen den Marzipangeruch.

Auf den Bildchen waren Männer mit Bärten und langen Haaren, die Nachthemden trugen. Die Geschichten in dem Heft waren aus einem Buch, von dem Frau Hoffmann meinte, daß es jeder zu Hause haben sollte. Der Titel des Buches war »Die Bibel«. Bei mir zu Hause befand sich kein solches Buch. Die wenigen Bücher, die wir zu Hause hatten, kannte ich ja alle. Ich erzählte das Frau Hoffmann. Sie beharrte aber darauf, daß auch bei mir zu Hause ein solches Buch sein müsse. Um das zu bekräftigen, zog sie aus ihrer geräumigen Handtasche ein dickes schwarzes Buch mit einem goldenen Kreuz darauf. So sollte das bewußte Buch aussehen. Wahrscheinlich, dachte ich, haben meine Eltern dieses Buch versteckt. Vielleicht ist es ihnen peinlich, ein Buch zu besitzen, das von Männern, die sich weder rasieren noch zum Friseur gehen und dazu noch in Nachthemden herumlaufen, handelt. Wenn ich zu Hause von diesen Geschichten erzählte, die in dem Heft standen und zu denen wir die Bildchen mit Marzipankleber einkleben durften, sagte meine Großmutter mütterlicherseits: »Laß dir bloß nüscht erzählen! Det is allet janz jroßer Quatsch!« Und da meine Großmutter mütterlicherseits das mit der ganzen Bestimmtheit behauptete, mit der sie sagte, daß der Ostwind vom Schleeschen Busch käme, was ich jeden Morgen im Winter auf meinem Schulweg bestätigt fand, glaubte ich meiner Großmutter mütterlicherseits mehr als der Frau Hoffmann, die ihrerseits behauptete, daß die Geschichten in dem Heft und die Männer auf den Bildchen wirklich und wahrhaftig seien.

Natürlich lernten wir im Religionsunterricht, daß es einen lieben Gott gibt und wie man zu ihm betet. Das war für die meisten nichts Neues. Ich hatte von all dem keinen Schimmer. Der liebe Gott, so versicherte Frau Hoffmann, könne alles, sehe alles, wisse alles, und wenn wir zu ihm beteten, dann würde er unsere Wünsche auch erfüllen. Dann war die Sache ja ganz einfach. Ich betete zu Gott, daß er mir das Stottern wegnehmen sollte. Schließlich war ja auch Tante Thiel der Meinung, daß ich das gar nicht nötig hätte. Ich betete abends und stellte morgens fest, daß es noch da war. Frau Hoffmann sagte, man müsse jeden Abend beten und seine Wünsche immer wieder vortragen, dann würde man vom lieben Gott erhört. Ich betete also jeden Abend: »Lieber Gott, laß mich nicht mehr stottern!« Und wenn wir in der Religionsstunde mit Frau Hoffmann beten mußten: »Lieber Gott, mach mich fromm, daß ich in den Himmel komm«, dann betete ich heimlich für mich noch, daß er mir das Stottern wegnehmen sollte, denn in den Himmel wollte ich gar nicht so unbedingt. Aber das Stottern wollte ich los sein, ob im Himmel oder auf der Erde.

Die Schule war angenehm. Ich durfte lesen und wurde nicht eingesperrt. Nur war die Zeit zu kurz. Die Schule fing morgens an und war mittags schon wieder zu Ende. Wenn die anderen jubelten, weil sie wieder nach Hause durften, fürchtete ich mich vor dem stinkenden Eintopf, den ich essen mußte, und vor dem Nachmittag, dem Abend und der Nacht. Nach Hause wollte ich nicht. Und am schlimmsten waren die Ferien.

Natürlich wurde in der Sprachheilschule niemand geheilt. Weder wuchsen die Hasenscharten zu noch die Wolfsrachen. Auch kriegten Jutta Linse und Marita Dinse keine neuen Zähne. Die bekamen sie vielleicht später, als sie größer waren, aber nicht aus der

Sprachheilschule. Wahrscheinlich mußten sie später, als sie neue Zähne hatten, wieder auf die Sprachheilschule, um zu lernen, wie man mit Zähnen im Mund überhaupt sprechen kann. Die ganze Sprachheilschule war ein einziger Schwindel.

Ein Furchtbares hatte die Schule, das war der Sportunterricht. Wir sagten dazu Turnen, aber eigentlich hieß der Sportunterricht Leibesübungen, denn so stand es auf dem Zeugnis. Ich hatte in Leibesübungen immer eine Fünf. Das Turnen bestand nämlich hauptsächlich daraus, mit Medizinbällen zu werfen. Warum Medizinbälle Medizinbälle hießen, habe ich nie verstanden. Es waren große Lederbälle, die schwer waren wie Blei. Ich hatte entsetzliche Angst vor diesen Medizinbällen und vor dem dumpfen Knall, den es gab, wenn man sie mit voller Wucht auf den Boden der Turnhalle warf. Meist aber mußten wir mit den Medizinbällen Fangen spielen, wobei der Schüler, der den Medizinball warf, versuchte, so scharf wie möglich zu werfen, um den Schüler, der fing, nicht nur am Fangen zu hindern, sondern ihn, wenn irgend möglich, auch schmerzhaft zu treffen. Zum Abschluß einer jeden Turnstunde wurde mit dem Medizinball Völkerball gespielt. Das ist ein Spiel, bei dem die eine Partei den Medizinball mit voller Wucht auf jemanden von der Gegenpartei werfen muß, so daß die Getroffenen zu Boden gehen und das Spielfeld verlassen müssen. Die Partei, die am Ende niemanden mehr auf dem Spielfeld hat, hat verloren. Nicht, daß ich den Schmerz, den das Getroffenwerden verursachte, fürchtete. Ich hatte panische Angst vor dem schweren fliegenden Medizinball und seinem dumpfen Aufprall auf dem Boden der Turnhalle. Wenn mehrere Medizinbälle auf einmal auf den Boden geworfen wurden, wurde mir schlecht vor Angst. Der kalte Schweiß brach mir aus allen Poren, ich mußte mich an den Rand der Turnhalle auf eine Holzbank setzen und bekam zur Strafe eine Fünf in Leibesübungen.

Im Sommer fand das Turnen auf dem Schulhof statt. Der Schulhof war mit anthrazitfarbenem Schotter bedeckt wie die Wege auf dem Mariannenplatz. Wenn man hinfiel, schlug man sich Hände und Knie auf, und das Blut vermischte sich mit dem schwarzen Staub des Schulhofs. Vor dem obligatorischen Völkerball mit dem Medizinball wurde um die Wette gerannt. Drei Rennbahnen von 50 Meter Länge wurden abgesteckt, auf denen die Schüler um die Wette rennen mußten. Wer zuerst am Ziel war, hatte gewonnen. Wer immer zuerst am Ziel war, bekam in Leibesübungen eine Eins. Wer nur manchmal Erster war, eine Zwei, wer immer Zweiter wurde, eine Drei, wer manchmal Zweiter und manchmal Letzter wurde, bekam eine Vier, und wer immer Letzter wurde eine Fünf. Ich wurde immer Letzter. Das sich anschließende Völkerballspiel mit dem Medizinball auf dem Schulhof hatte immerhin den Vorteil, daß der Medizinball auf dem anthrazitfarbenen Schotter des Schulhofs nicht diesen dumpfen Knall verursachte wie auf dem Boden der Turnhalle. Auf dem Schotter des Schulhofs gab es nur ein knirschendes Krachen, und der Medizinball wurde von dem Staub des Schotters ganz schwarz. Jeder, der ihn anfaßte, bekam schwarze Hände und jeder, der getroffen wurde, schwarze Flecken auf dem Turnhemd. Da ich immer getroffen wurde, war mein Turnhemd nach dem Turnen auf dem Schulhof pechschwarz. Dafür kriegte ich zu Hause von meiner Mutter eine mit der verkehrten Hand oder wurde eingesperrt.

Turnen hatten wir bei Herrn Maier. Herr Maier war ein großer, muskulöser Mann mit riesigen Händen, dicht behaarten Beinen, einem Lockenkopf und großen, schneeweißen Zähnen. Er trug beim Turnen eine kurze Hose und ein Turnhemd wie die Schüler. Er hatte eine Trillerpfeife, auf der er ständig pfiff, damit wir uns in Zweierreihen oder der Größe nach aufstellten oder aus einer Ecke der Turnhalle bleischwere Matten in die Mitte schleppten. Vor diese Matten wurde dann ein Bock gestellt. Der Bock hatte vier Beine, die man verlängern konnte, und oben ein Polster aus braunem Leder. Das Lederpolster sah genauso aus wie ein Medizinball und fühlte sich auch so an. Mir hat dieser Bock immer furchtbare Angst gemacht. Vor den Bock wurde ein federndes Sprungbrett gelegt. Dann pfiff Herr Maier mit der Trillerpfeife, und wir mußten uns der Größe nach hintereinander aufstellen, die Größten nach vorn und die Kleinsten nach hinten. Vor die Reihe stellte sich Herr Maier, pfiff mit der Trillerpfeife, krachte mit drei Sätzen auf das Sprungbrett, griff mit seinen riesigen Händen das Lederpolster des Bocks und sprang in einem hohen Bogen darüber. Beim Landen auf der Matte riß er die Arme hoch und den Mund auf, so daß wir seine großen, weißen Zähne sehen konnten. Dann pfiff Herr Maier wieder mit der Trillerpfeife, und der erste der Reihe mußte losrennen und mit gespreizten Beinen, die Hände auf das Lederpolster gestützt, über den Bock springen. Ich war ungefähr in der Mitte der Reihe, weil ich weder zu den ganz Großen noch zu den ganz Kleinen gehörte. Je näher der Moment kam, wo ich losrennen und springen sollte, desto heftiger spürte ich mein Herz klopfen. Dann brach mir Schweiß auf der Stirn aus, und mein Atem ging schneller. Ich war dran und konnte nicht losrennen. Herr Maier pfiff auf der Trillerpfeife, weil ich nicht losrannte. Die anderen johlten, und der Schüler hinter mir stieß mich nach vorn. Also rannte ich los. Ich hatte Wasser in den Augen und konnte den Bock mit dem braunen Lederpolster nur verschwommen sehen. Irgendwie traf ich das Sprungbrett nicht richtig und stieß mit dem Magen gegen das Lederpolster des Bocks, versuchte, mich mit den Armen darüber zu ziehen, fiel aber seitlich runter auf den Boden, wo keine Matte lag. Unter dem johlenden Gelächter der anderen und dem schrillen Trillern der Trillerpfeife stand ich auf. Herr Maier zeigte mit dem Finger auf die Bank, die an der Seite der Turnhalle stand, und pfiff mir mit der Trillerpfeife ins Gesicht. Ich mußte auf der Bank sitzen bleiben, bis das Bockspringen vorbei war und die Völkerballschlacht mit dem Medizinball begann.

Bei Herrn Maier hatten wir auch Musik. Der Musikunterricht bestand im Singen von Liedern. Diese Lieder kannte ich nicht. Wir mußten sie lernen, und Herr Maier sagte, daß es seine Lieblingslieder wären. Sein erstes Lieblingslied war das Ostpreußenlied. »Land der dunklen Wälder und kristallnen Seen ...« So fing es an, und irgendwo in der Mitte kam eine Zeile, die ich gern mochte: »Elche stehn und lauschen in die Ewigkeit.« Das Lied wurde langsam und getragen gesungen. Am lautesten sang Herr Maier, wobei er den Mund weit aufriß und uns seine großen, weißen Zähne zeigte. Das zweite Lieblingslied von Herrn Maier begann: »Riesengebirge, oh du mein liebes Riesengebirge, wo die Elbe so heimlich fließt.« Dieses Lied begann mit sehr hohen Tönen, die ich nicht gut singen und auch beim Zuhören nicht ausstehen konnte. Ich habe dieses Lied nie gemocht. Dann haben wir noch »Oh du mein Schlesierland« gesungen und »Zogen einst fünf wilde Schwäne«. Ab und zu erklärte uns Herr Maier, warum ausgerechnet diese Lieder seine Lieblingslieder waren. Es wären nämlich die Lieder der Länder, die Deutschland verloren hätte, und die Schuldigen daran säßen in Pankow. Er erklärte uns nicht, wo Ostpreußen, das Schlesierland und das Riesengebirge waren. Aber immer wieder sagte er, womit er wohl Ostpreußen, das Schlesierland und das Riesengebirge meinte, mit zitternder Stimme: »Und es ist deutsches Land!« Danach sangen wir »Die Gedanken sind frei«.

Einmal sagte uns Herr Blaake, morgen sollten wir alle sauber gewaschen und mit frischen Sachen in die Schule kommen, denn morgen gingen wir zur schulärztlichen Untersuchung. Am nächsten Tag mußten wir uns gleich morgens auf dem Schulhof in Zweierreihen aufstellen und gingen mit schnellen Schritten, Herr Blaake voran, in die Ohlauer Straße zur Schulfürsorge. Die Schulfürsorge in der Ohlauer Straße war ein roter Backsteinbau mit hohen vergitterten Fenstern. Drinnen roch es nach Krankenhaus. Wir mußten uns in ein Wartezimmer setzen und durften nicht miteinander sprechen. Aus einer Tür kam eine Krankenschwester und rief unsere Namen dem Alphabet nach auf. Jeder mußte »Hier!« rufen. Dann kamen wir einzeln in alphabetischer Reihenfolge dran.

Der Schularzt saß in dem Zimmer, aus dem die Krankenschwester gekommen war, breitbeinig auf einem Drehstuhl. Ich mußte mich bis auf die Unterhose ausziehen, und die Krankenschwester sagte: »Schnell, schnell!« Dann packte mich der Schularzt am

Arm und zog mich zwischen seine breiten Beine. Er hauchte mich an. Er roch nach Zigarettenrauch und Alkohol. Aber er roch nicht nach Bier wie mein Vater, wenn er abends von der Tankstelle nach Hause kam. Er roch irgendwie scharf und sauer nach Alkohol, als hätte er gerade aufgestoßen. Der Schularzt drehte mich herum und knetete meinen Rücken. Dann kuckte er auf meine Füße hinunter und sagte: »Knick-, Senk- und Spreizfuß.« Die Krankenschwester schrieb das auf einen gelben Zettel. Dann zog er vorn meine Unterhose herunter und fummelte an meinem Geschlechtsteil herum. Erst wog er meine Hoden in der Hand, und dann rollte er meinen Penis zwischen seinen dicken Fingern. Dabei hauchte er mir seinen sauren Alkohol- und Zigarettengeruch ins Gesicht. Mir war das unangenehm und peinlich. Mit einem Ruck stieß er mich weg. »Anziehen!« sagte die Krankenschwester, »schnell, schnell!« Dabei streckte sie mir den gelben Zettel entgegen und sagte: »Den Zettel gibst du deiner Mutter. Die muß dich zum orthopädischen Turnen anmelden.« Ich war noch nicht ganz fertig angezogen, als sie mich durch die Tür nach draußen schob und den nächsten aufrief. Den ganzen Tag spürte ich den Druck der Hand des Schularztes an meinen Hoden.

Das orthopädische Turnen fand auch in der Schulfürsorge statt. Einmal die Woche mußte ich orthopädisch turnen. Dafür gab es in der Schulfürsorge eine Turnhalle. Diese Turnhalle in der Schulfürsorge war viel kleiner als die Turnhalle in der Schule und roch durchdringend nach Bohnerwachs. Dafür gab es aber keine Böcke und keine Medizinbälle. Es war dunkel in der Turnhalle, weil die Fenster vergittert waren. Die orthopädische Turnlehrerin hieß Frau Klein. Sie war auch tatsächlich winzig klein, grauhaarig mit einem Dutt und hatte einen Buckel. Es kamen nicht viele Kinder zum orthopädischen Turnen, höchstens fünf oder sechs. Zwei davon waren Jutta Linse und Marita Dinse. Das orthopädische Turnen machte mir keine Angst. Dafür war es langweilig. Wir mußten auf allen vieren auf dem Boden herumkriechen und dabei den Rücken zum Buckel oder nach unten zum Hohlkreuz machen. Der Geruch nach dem Bohnerwachs war dabei fast nicht auszuhalten. Danach mußten wir mit nackten Füßen auf einem Holzbalken balancieren und von da aus mit den Zehen aus der Hand der Frau Klein einen Stoffball greifen und festhalten. Zum Schluß saßen wir alle in einer Reihe auf dem Fußboden. »Schön gerade sitzen!« rief Frau Klein. Sie kniete sich dann hinter jeden einzelnen und drückte ihm ihr Knie in den Rücken, wobei sie mit den Händen die Schultern griff und nach hinten bog. Ich dachte, daß man das bei ihr auch hätte machen sollen, dann hätte man den Buckel vielleicht noch weggekriegt.

Meine Lieblingslehrerin war Fräulein Kruschel. Bei ihr hatten wir Rechnen. Ich mochte Rechnen nicht sehr, um so lieber aber mochte ich Fräulein Kruschel. Sie war sehr klein, hatte einen Lockenkopf und eine Hornbrille. Wenn sie mich nach vorn an die Tafel holte, weil ich irgend etwas vorrechnen sollte, roch ich ihren wunderbaren Duft. Es war ein süßer Duft nach Blumen, die ich nicht kannte. Wenn an der Tafel etwas vorgerechnet werden sollte, meldete ich mich immer sehr heftig, auch wenn ich nicht genau wußte, ob ich das, was da vorgerechnet werden sollte, wirklich konnte. Wichtig war mir nur, daß ich so nah wie möglich an Fräulein Kruschel herankam und ihren wunderbaren Duft roch. Abends im Bett habe ich, bevor meine Großmutter mütterlicherseits dazukam, immer an Fräulein Kruschel denken müssen. Eines Tages kam Fräulein Kruschel in die Klasse und stellte sich an die Tafel, aber nicht um irgend etwas vorzurechnen. Sie schrieb einen Namen daran. Dann stellte sie sich vor uns auf, strahlte über das ganze Gesicht und sagte: »Ich habe geheiratet und heiße jetzt so.« Dabei zeigte sie hinter sich auf den Namen, den sie an die Tafel geschrieben hatte. Es traf mich wie ein Schlag. Mir stiegen die Tränen in die Augen, und verschwommen las ich den Namen. Fräulein Kruschel sagte: »Jetzt heiße ich Frau Schütz.« An diesem Tag wollte ich zum ersten Mal, daß die Schule aufhörte, damit ich auf dem Weg nach Hause in Ruhe weinen konnte.

Rechnen hatten wir weiter bei Frau Schütz, wie Fräulein Kruschel nun hieß. Ich habe mich nicht mehr gemeldet, wenn irgend etwas vorgerechnet werden sollte. Wenn ich dennoch zur Tafel gerufen wurde, merkte ich, daß Fräulein Kruschel mit dem Wechsel ihres Namens auch ihren Duft verloren hatte. Frau Schütz roch einfach nach gar nichts.

Lesen und Schreiben hatten wir bei Herrn Blaake. Lesen konnte ich sowieso schon, und schreiben lernte ich ganz schnell. Die anderen drucksten beim Lesen herum und buchstabierten sich mühsam durch die Wörter, die auf bunten Schildern an der Wand hingen. Ich kuckte mir die Schilder nur einmal kurz an und wußte sofort: Da stand »Helga«, und da stand »Otto«, und da stand »Ball«, und da stand »Roller« und so weiter. Weil ich die Wörter lesen konnte, konnte ich sie auch sofort schreiben. Man mußte die Wörter ja nur genau so schreiben, wie sie da auf den Schildern standen. Ich verstand überhaupt nicht, was daran schwierig sein sollte.

Hausaufgaben und Diktate schrieben wir in Schulhefte, die mit vier Linien pro Zeile bedruckt waren. In diese Linien mußten wir die Wörter und Sätze schreiben. Das machte mir keine Schwierigkeiten. Aber ich fand es blöd, in diese Linien zu schreiben. Viel lieber wollte ich auf einer einfachen Linie schreiben oder auf Papier ganz ohne Linien. Aber das durften wir nicht. Als ich einmal in einer höheren Klasse während des Unterrichts etwas abgeben mußte, sah ich die älteren Schüler auf große Briefbögen ohne Linien schreiben. Der Lehrer, der sie beaufsichtigte und dem ich irgendein Formular übergeben sollte, legte, als ich den Klassenraum betrat, den Finger an dem Mund. Er sagte: »Wir schreiben einen Aufsatz.« Ich betrachtete die älteren Schüler, wie sie mit ihren Füllfederhaltern auf die großen Bögen ohne Linien schrieben. Und obwohl es auf dem Papier keine vier Linien gab und noch nicht mal eine, schrieben sie ganz gerade und gleichmäßig ihre Zeilen. Ich wollte auch endlich alt genug sein, um Aufsätze auf große Bögen ohne Linien schreiben zu dürfen.

Bei Herrn Blaake lernten wir die Hauptstädte aller Länder. Paris war die Hauptstadt von Frankreich, Rom die Hauptstadt von Italien, Bern die Hauptstadt der Schweiz, Wien die Hauptstadt von Österreich und Berlin die Hauptstadt des unteilbaren Deutschland. London, sagte Herr Blaake, wäre die Hauptstadt von Großbritannien. Ich meldete mich und sagte: »London ist doch die Hauptstadt von England.« Herr Blaake sagte: »Ja, aber England ist auch ein Teil von Großbritannien.« Ich sagte: »Aber London ist gefühlsecht.«

Die schönsten Buntstifte hatte Jürgen Müller. Er hatte Buntstifte mit Farben, die ich gar nicht kannte. Türkis, Violett, Altrosa, Ultramarin hießen die Farben, die sonst niemand in seinem Buntstiftkasten hatte. Deshalb wollten alle neben ihm sitzen. Aber nur einer konnte neben ihm sitzen, und der durfte sich beim Ausmalen der Bilder von Frau Hoffmann von Jürgen die ausgefallensten Farben borgen. Auch ich habe einige Zeit neben Jürgen sitzen dürfen. Die Bilder von Frau Hoffmann in meinem Heft bekamen einen schimmernden Glanz von den Farben, die Jürgens Buntstifte zu bieten hatten. An einem Tag fehlte er. Herr Blaake stellte sich vor der Klasse auf und sagte: »Jürgen ist nicht krank. Gestern ist seine Oma gestorben.« Es war das erste Mal, daß ich hörte, daß jemand in der Familie sterben könnte. Irgendwann, dachte ich mir, wird meine Großmutter mütterlicherseits auch sterben.

5. Kapitel

Auf der Tankstelle

Mein Vater war Tankwart, aber das durfte niemand wissen. Jedenfalls niemand in der Schule. Wenn in der Schule nach dem Beruf des Vaters gefragt wurde, mußte ich sagen: kaufmännischer Angestellter. Meine Mutter hatte mir das eingeschärft: »Dein Vater ist kaufmännischer Angestellter.« Ich sagte: »Aber er ist doch Tankwart.« Meine Mutter sagte: »Das ist egal. Jedenfalls ist er kaufmännischer Angestellter.« Die anderen Väter hatten richtige Berufe, und ich hätte gern allen imponiert mit einem Vater, der Tankwart ist, der mit Autos zu tun hat, mit Lastwagen und Motorrädern. Aber daß mein Vater Tankwart war, mußte geheim bleiben.

Eigentlich hatte mein Vater Autoschlosser gelernt. Da hat er, das erzählte er manchmal, Motoren gebaut. Aber er hatte Autoschlosser im Osten gelernt und Ostmotoren gebaut. Die Ostautos stanken und zogen diese hellblaue Rauchfahne hinter sich her. Das kam vom Ostbenzin, mit dem die Ostautos fuhren. Wer Motoren gebaut hatte, die nur mit Ostbenzin fuhren, galt im Westen nicht als richtiger Autoschlosser. Also wurde mein Vater im Westen Tankwart. Das war natürlich auch viel besser. Man mußte nicht sagen, daß man im Osten Autoschlosser war und danach im Westen Tankwart, sondern man war jetzt endgültig im Westen und damit kaufmännischer Angestellter.

Mein Vater war selten zu Hause. Und wenn er kam, war ich meist schon im Bett. Einmal habe ich ihn kommen sehen, und das war mitten am Tag. Das war am Tag, als der Kühlschrank kam. Der Kühlschrank war, wie Tante Lucie sagte, ein Bosch. Er war hoch, hatte runde Kanten und eine Autotürklinke. Dieser Kühlschrank kam auf einem Tempo-Dreiradwagen. Auf seiner Ladefläche stand der Kühlschrank. Damit er nicht umfiel, hielt ihn jemand fest. Das war mein Vater. Hilflos sah er aus, wie er auf der Ladefläche des Tempo-Dreiradwagens hockte und den Kühlschrank festhielt. Mein Vater war doch Autoschlosser, Autofahrer, Tankwart, Auto- und Motorenbauer. Außerdem war er als Junge bei minus 15 Grad durch die Memel geschwommen zwischen den Eisschollen, 24 Stunden lang. Dafür hatte er den Totenkopfschwimmer bekommen. Er hätte wenigstens den Tempo-Dreiradwagen fahren müssen. Aber wer den Tempo-Dreiradwagen fuhr, konnte ich nicht sehen. Mein Vater war es nicht. Er saß, hilflos seine Arme um den Kühlschrank geklammert, auf der Ladefläche des Tempo-Dreiradwagens und hielt den Kühlschrank fest. Ich kuckte oben aus dem Fenster. Ich durfte oben ausnahmsweise aus dem Fenster kucken, weil der Kühlschrank kam. Der Kühlschrank wurde dann nach oben getragen, von meinem Vater und dem Fahrer des Tempo-Dreiradwagens, von dem ich nicht weiß, wer es war. Mein Vater verschwand auch gleich wieder nach unten, um mit dem Tempo-Dreiradwagen wieder abzufahren. Vielleicht war es meinem Vater peinlich gewesen, so auf der Ladefläche des Tempo-Dreiradwagens sitzen zu müssen unter den Augen aller, die rund um den Lausitzer Platz aus den Fenstern kuckten. Aber der Kühlschrank, der Bosch mit den runden Kanten und der Autotürklinke, das war, wie Tante Lucie sagte, der neue Komfort.

Der Tempo-Dreiradwagen kam natürlich von der Tankstelle. Die Tankstelle war am Blücherplatz. Das war der modernste Platz in ganz Berlin. Hier stand ein großes, ganz neu gebautes Haus. Durch die riesigen Glasfenster konnte man drinnen Bücherregale sehen. Es war die Amerika-Gedenkbibliothek. Hier hatte Tante Lucie gearbeitet, bevor sie in den Kuhstall ging. Ihre Arbeit in der Amerika-Gedenkbibliothek war Notstandsarbeit. Ich wußte nicht, was Notstandsarbeit war. Aber irgendwann war der Notstand vorbei, und sie mußte in den Kuhstall.

Weit vor der Amerika-Gedenkbibliothek, den tief unten vorbeifließenden Landwehrkanal überdachend, überquerte die eigelbe Hochbahn den großen Platz. Zwischen Amerika-Gedenkbibliothek und Hochbahn befand sich die Tankstelle. Sie war das Zentrum des Platzes. Sie hatte immer geöffnet. Hier wurden die Autos nicht nur getankt, hier wurden sie auch repariert und gewaschen. Gewaschen wurden sie hauptsächlich nachts. Die Autobesitzer oder Chauffeure brachten am Abend die schmutzigen Wagen zur Wagenpflege, um sie am Morgen chromblitzend wieder in Empfang zu nehmen. Das ständige An- und Abfahren von Wagen, von Motorrädern und -rollern, dieses unaufhörliche Rauschen der Motoren gab zusammen mit dem metallenen Zischen der Hochbahn dem Blücherplatz das Leuchten und Summen der Zukunft. Einer Zukunft mit Komfort, wie Tante Lucie sagte, aus der Autos nicht mehr wegzudenken waren.

So oft es ging, war ich auf der Tankstelle. Das war selten genug. Süchtig war ich nach dem Geruch. Eine Mischung aus Benzin, Öl, Diesel, dem Lösungsmittel für die Motorenwäsche und Bier. Bier getrunken wurde auf der Tankstelle den ganzen Tag. Die Tankwarte aßen Stullen aus Aluminiumbüchsen und tranken Bier aus Flaschen mit Bügelverschluß. Das nannten sie »Frühstück machen«. Egal wie spät es war, erstmal wurde Frühstück gemacht mit Stullen und Bier.

Wie alle anderen Tankwarte trug mein Vater eine Kombi. Das war die Abkürzung für Kombination von Hose und Jacke in einem. Die Kombi war aus einem schweren, groben Stoff und getränkt mit Öl und Benzin. Wenn mein Vater die Kombi vor dem schmalen grauen Blechschrank im Mannschaftsraum der Tankstelle auszog, behielt sie die Form des Körpers, der in ihr gesteckt hatte, und blieb stehen, wenn man sie nicht in den Blechschrank hängte. Zur Kombi trugen die Tankwarte weiße Mützen, ähnlich wie Kapitäne. An der Fahrbahn, wo die Autos an den Zapfsäulen hielten, begrüßten die Tankwarte die Chauffeure mit der Hand an der Mütze.

Auf der Tankstelle waren außer meinem Vater noch andere Tankwarte. Tankwarte hießen Tankwarte, weil sie auf der Tankstelle darauf warteten, daß Autos kamen zum Tanken. Wenn ein Auto kam, ließ der Tankwart das Benzin einlaufen, öffnete derweil die Motorhaube, um den Ölstand und das Kühlwasser zu kontrollieren, prüfte anschließend den Luftdruck bei allen vier Reifen und putzte die Frontscheibe des Autos. Dann war der Tank voll, der Chauffeur bezahlte aus dem Autofenster heraus und gab dem Tankwart ein Trinkgeld. Vom Trinkgeld kauften sich die Tankwarte etwas zu trinken, nämlich Bier. Mit dem Bier und ihren Stullen machten sie Frühstück. Die Tankwarte arbeiteten einen Tag und eine Nacht hintereinander. Am Morgen des zweiten Tages hatten sie Feierabend. Zwischendurch hatten sie etliche Male Frühstück gemacht und viel Bier dazu getrunken. Wenn sie Feierabend hatten, stiegen sie in ihre Autos und fuhren nach Hause, um sich den Tag über auszuschlafen. Am Abend kamen sie wieder auf die Tankstelle und arbeiteten bis zum Abend des nächsten Tages. Das war die 24-Stunden-Schicht der Tankwarte.

Natürlich hatte mein Vater ein Auto. Alle Tankwarte hatten Autos. Das Wichtigste an dem Beruf des Tankwarts war, ein Auto zu haben. Autos waren sehr teuer, aber als Tankwart nahm man sich ein Auto, das kaputt war und das deshalb niemand mehr haben wollte. Als Tankwart konnte man sich das Auto selbst reparieren. Deshalb war man als Tankwart fein raus. Mein Vater hatte einen Goggo. Eigentlich hieß das Goggomobil, aber weil es so klein war, sagte man einfach Goggo. Der Goggo war hellblau und machte, wenn man den Zündschlüssel herumdrehte, ein Motorgeräusch, das sich so ähnlich anhörte wie Lachen: ächä ... ächä ... ächä-ächä, ächä ... ächä ... ächä-ächä und immer schneller, bis das Lachen nicht mehr zu hören und in ein ganz normales Motorgeräusch übergegangen war. Das Auto hatte zwei Türen, die nach vorn aufgingen. Wenn die Türen offen waren, konnte man die Lehnen der Vordersitze nach vorn klappen, damit meine Großmutter mütterlicherseits und ich nach hinten einsteigen konnten. Dann wurden die Lehnen wieder zurückgeklappt, und mein Vater und meine Mutter stiegen vorn ein. Mein Vater fuhr, denn meine Mutter hatte keinen Führerschein. So fuhren wir sonntags an die Bürgerablage. In der Woche fuhr mein Vater allein mit dem Goggo auf die Tankstelle. Da blieb er einen Tag und eine Nacht oder eine Nacht und einen Tag, und sonst schlief er.

Einer der anderen Tankwarte war Onkel Koch. Er hieß Onkel Koch, weil mein Vater ihn manchmal zu Hause besuchte und mich mitnahm. Onkel Koch war ein kleiner Mann, nicht viel größer als ich selbst. Seine Kombi hätte mir passen können, wenn man Ärmel und Hosenbeine ein Stück aufgekrempelt hätte. Natürlich roch er wie mein Vater und die anderen Tankwarte nach Benzin und Bier. Natürlich hatte auch Onkel Koch ein Auto, und zwar einen DKW. Das war ein Auto, das sich mit dem Goggo gar nicht vergleichen ließ und eigentlich schon mehr die Bezeichnung Automobil verdient hätte. Noch dazu war es ein DKW-Kombi. Das hatte mit der Kombi zum Anziehen nichts zu tun, obschon es die Abkürzung für dasselbe Wort Kombination war. Bei Autos war ein Kombi die Kombination aus Personen- und Lastwagen. Der DKW-Kombi war also ein Auto, in dem Personen fahren, aber auch Lasten transportiert werden konnten. Die Seiten des DKW-Kombi waren aus Holz. Das gab ihm etwas Gemütliches. Fast sah das Auto aus wie ein Möbelstück, das eigentlich gar nicht auf die Straße gehörte, sondern in die Stube. Aber außen über der Frontscheibe hatte der DKW-Kombi eine Sonnenblende, die unmißverständlich zum Ausdruck brachte, daß der DKW-Kombi auf die Straße gehörte und nirgends sonst hin. Daß Onkel Koch diesen DKW-Kombi besaß, hatte seinen Sinn. Onkel Koch bewohnte nämlich eine Laube, an der er ständig etwas bauen oder reparieren mußte. Dafür mußte er Material beschaffen und transportieren, und da war Onkel Koch mit seinem DKW-Kombi fein raus.

In der Laube von Onkel Koch roch es nach gekochtem Fleisch. Das war ein großartiger Duft, der sich köstlich mit dem Geruch von Benzin und Alkohol der Männer vermischte. Am Herd stand eine rundliche Frau, die noch kleiner war als Onkel Koch und Tante Koch hieß. »Heute gibt's ungarisch Gulasch!« rief Tante Koch, als sie meinen Vater und mich begrüßte. Mein Vater gab zu verstehen, daß wir keinesfalls vorhatten, zum Mittagessen zu bleiben, denn es war Sonntag vormittag, und zu Hause wartete unser eigenes Mittagessen auf uns, was, da nicht Tante Lucie gekocht hatte, ganz sicher nicht so gut roch, geschweige denn schmeckte wie das »ungarisch Gulasch« von Tante Koch. Da wir nicht zum Mittagessen blieben und die Männer Bierflaschen öffneten und Bier tranken, wollte Tante Koch auch mir etwas anbieten. Tante Koch schob einen Stuhl an den Küchenschrank, der neben dem Herd stand, und holte von oben einen Kasten mit Konfekt herunter. Der Kasten war zwar angebrochen, aber noch gut und gerne zu dreiviertel mit Konfekt gefüllt. Mir schob es im Hals einen Riegel vor. Hier, wo es so gut nach einem Fleischgericht mit dem herrlichen Namen »ungarisch Gulasch« roch, sollte ich Konfekt essen? Süße, mit irgendwelchen rosa Cremes gefüllte Schokolade? Nein, ich hatte gar keinen Appetit auf Konfekt und schüttelte über dem Konfektkasten, den Tante Koch mir mit aufforderndem Lachen unter die Nase hielt, den Kopf. Ein Kind aber, das kein Konfekt wollte, hatte Tante Koch noch nicht erlebt. Halb empört, halb ratlos, aber mit der Überzeugung, daß ein Kind, das kein Konfekt will, nicht ganz normal sein kann, klappte sie den Deckel zu, stieg wieder auf den Stuhl und schob den Konfektkasten an seinen Platz auf dem Küchenschrank zurück. Die Männer unterhielten sich und tranken Bier. Als wir gingen, roch die ganze Laubenkolonie nach dem ungarisch Gulasch. Wir aber mußten nach Hause, wo meine Großmutter mütterlicherseits mit irgendeinem der langweiligen Sonntagsessen wartete, die es gab, wenn Tante Lucie nicht kam und nicht kochte. Das eigentliche Sonntagsessen hatte ich verpaßt, denn das gab es hier, in der Laube von Onkel Koch. Und wie wir, mein Vater und ich, in den Goggo stiegen, was ich mit großem Genuß tat, denn wenn meine Mutter nicht mitfuhr, durfte ich vorne sitzen, fiel mir ein, warum diese Leute Koch hießen.

Auf der Tankstelle gab es Hallen mit großen, mehrflügeligen Türen, in denen die Autos gewaschen und repariert wurden. In diesen Hallen gab es in der Mitte eine lange, schmale Grube, in die die Tankwarte hinunterkletterten. Vorher wechselten sie ihre weißen Mützen gegen dunkelgraue Käppis aus. Dann fuhr ein Auto darüber, und man konnte nun, ungesehen von den anderen, in aller Ruhe unten am Auto herumschrauben. Die Tankwarte, die sich auf diese Weise an den Wagen zu schaffen machten, bekamen schwarze Gesichter und pechschwarze Hände. Wenn ich unter das Auto kuckte, das da gerade repariert wurde, lachte der Tankwart, der unten arbeitete, mit seinen weißen Zähnen aus dem schwarzen Gesicht. Wenn es Onkel Koch war, der in der Grube stand, blitzten aus seinem Lachen noch zusätzlich Goldzähne hervor. Schon weil man in aller Ruhe, ungesehen von den anderen, an den Unterseiten der Autos herumschrauben konnte, wollte ich Tankwart werden wie mein Vater.

Ein Tankwart, der schon morgens und eigentlich immer betrunken war, hieß Onkel Beude. Er war so dünn, daß die Kombi ihn umgab wie eine lose Hülle. Aus dem Kragen ragte der sehnige Hals heraus, als gehörte er gar nicht da hinein. Onkel Beude hielt sich beim Frühstückmachen auch nicht mit Stullen aus Aluminiumkästen auf. Er trank nur Bier und aß niemals etwas. Dafür hatte er in der oberen Brusttasche der Kombi, auf der das ESSO-Zeichen aufgenäht war, ein blau umrandetes Oval mit roter Schrift auf weißem Grund, eine kleine Schnapsflasche. Diese leerte er hin und wieder mit einem einzigen Schluck und warf sie dann weg. Erstaunlich war, daß er bei nächster Gelegenheit aus derselben Tasche wieder eine volle Flasche herauszog. Ich habe niemals beobachtet, wie er die neue Flasche in die Tasche hineinbekam. Als ich fragte, wieso er immer wieder neue, volle Flaschen aus der Brusttasche ziehen konnte, antwortete er lachend, er sei eben ein Zauberer. Das glaubte ich ihm sofort. Überhaupt mochte ich Onkel Beude sehr gern, denn er hatte während der Arbeit immer Zeit, mir etwas an den Autos zu erklären oder zu zeigen. Eines Tages schlug er auf der Fahrbahn vor den Tanksäulen lang hin und stand nicht wieder auf. Mein Vater zog mich schnell ins Büro, und ich konnte nicht sehen, wie er weggeschafft wurde. Er kam nicht wieder auf die Tankstelle. Niemand erwähnte mehr seinen Namen. Wahrscheinlich hatte er sich weggezaubert.

Was mich am Tankwartberuf störte, waren die schwarzen Hände. Die schwarzen Hände kamen vom Öl, das klar und golden glänzte, wenn man es in den Motor von oben einfüllte, das aber pechschwarz und schlammig war, wenn man es unten herauslaufen ließ. Von Zeit zu Zeit brauchte der Motor eines Autos einen Ölwechsel. Das schmutzige, pechschwarze Schlammöl mußte raus und durch frisches, goldglänzendes ersetzt werden. Obwohl das Öl sich innerhalb des Motors befand und nur zum Ölwechsel herausgelassen wurde, war der Motor an allen Stellen, an denen man ihn berührte, von einem schwarzen Ölfilm überzogen. Einmal die Hände an den Motor eines Autos gelegt, und sie waren pechschwarz. Das war ein Dreck, der durch kein Händewaschen abging. Das gröbste Schwarz kriegte man ab, wenn man statt der Seife eine eklige, krümelnde Handwaschpaste nahm, die sich im Waschraum der Tankstelle an den Handwaschbecken in großen, offenen Blechdosen befand. Das Händewaschen mit dieser Handwaschpaste war sehr unangenehm. Die Hände wurden rauh und rissig davon. Dagegen konnte man aus einer anderen Blechdose Atrix Handcreme nehmen, aber unter den Fingernägeln blieb der schwarze Dreck haften. Auf der Atrix-Handcreme-Dose war auf grünem Grund eine große schneeweiße Hand abgebildet. Bei den Händen meines Vaters und der anderen Tankwarte konnte davon keine Rede sein. Wenn mein Vater an Sonntagen ein weißes Hemd anzog, stachen die schwarzen Hände von den weißen Manschetten ab. Meine Mutter sagte vorwurfsvoll: »Das ist die Wagenschmiere.« Dieser Restschmutz an den Händen meines Vaters, der niemals abging, paßte irgendwie nicht zu einem kaufmännischen Angestellten. Aber was sollte man dagegen machen?

Dabei war Wagenschmiere neben Öl und Benzin für Autos das Wichtigste. Aber das konnte meine Mutter nicht wissen. Sie hatte ja auch gar keine Ahnung, was mein Vater auf der Tankstelle alles zu tun hatte. An den Wänden der Hallen, in denen die Autos gewaschen und repariert wurden, hingen Tafeln, auf denen verschiedene Motoren und Fahrgestelle abgebildet waren. Diese Tafeln hießen Schmierpläne. So, wie von Zeit zu Zeit das Motoröl gewechselt werden mußte, wurden die Wagen in gewissen Abständen geschmiert. Der Tankwart, der diesen Schmierdienst zu verrichten hatte, konnte auf dem Schmierplan sehen, wo der betreffende Motor und das betreffende Fahrgestell seine Schmierstellen hatte. Dann stieg er, bewaffnet mit einer Schmierspritze, in die Grube hinab und drückte mit einem Hebel in die Schmierstellen Wagenschmiere hinein. Die Wagenschmiere war in frischem Zustand eine rotglänzende Paste, die aussah wie Hagebuttenmarmelade. Drückte man mit der Schmierspritze die frische Schmiere in die Schmierstellen, kam auf der anderen Seite die alte Schmiere, zäh und pechschwarz, wie aus einer Tube heraus. Die Tankwarte nannten die Schmierstellen Nippel. Das war ein mir durch und durch unangenehmes, ja widerwärtiges Wort.

Am Rande der Fahrbahn stand auf der Tankstelle ein Motorroller. Ich stieg darauf und faßte die Griffe am Lenker an. Es waren richtige Motorrollergriffe und nicht der bastumwundene Griff der Wäschetruhe. Es war etwas ganz anderes. Es war die Wirklichkeit der Maschine und des Fahrens. Ich stand auf dem Trittbrett des Motorrollers, drehte an den Griffen und stellte mir vor zu fahren. Da kam mein Vater aus dem Tankstellenbüro. Ich dachte, ich kriegte jetzt ein paar hinter die Ohren, und duckte mich, faßte die Griffe des Motorrollers aber um so fester. Mein Vater gab mir aber keine paar hinter die Ohren. Er hob mich auf, setzte mich auf den hinteren Sitz des Motorrollers, setzte sich selbst vorn drauf, startete den Motor und fuhr mit mir über die ganze Fahrbahn der Tankstelle. Die anderen Tankwarte standen an der Fahrbahn und winkten. Ich winkte zurück, hinter meinem Vater auf dem Motorroller. So hätte ich immer weiterfahren wollen.

Ein Mann kam auf die Tankstelle und wollte ein Auto kaufen, das dort zum Verkauf stand. Es war ein Opel Olympia. Der Mann wollte mit meinem Vater in dem Opel Olympia eine Probefahrt machen. Sie nahmen mich mit. Ich durfte hinten in den Opel Olympia einsteigen, der Mann lenkte, und mein Vater saß daneben. Ich stand hinten in der Mitte auf dem Kardantunnel und hielt mich an den Rückenlehnen der Vordersitze fest. Wir fuhren durch die Straßen, und es fing an zu regnen. Aber wir fuhren nicht ins Krankenhaus. Wir fuhren, und die Scheibenwischer gingen geräuschvoll auf der geteilten Windschutzscheibe hin und her. Nach einer Weile kamen wir auf die Tankstelle zurück. Ich hätte immer so weiterfahren wollen durch den Regen hindurch.

Es kamen auch Lastwagen auf die Tankstelle. Am besten gefiel mir das Streuselauto. Es war ein Lastwagen der Firma Hanomag, dessen Motorgeräusch sich anhörte wie das Wort »Streusel«. Der Motor machte »streusel streusel streusel ...«, wenn der Lastwagen fuhr. Das Streuselauto fuhr Brot und Kuchen aus für die Firma Geschi. Die Firma Geschi stellte das Geschi-Brot her. Einmal machte der Fahrer, während das Streuselauto getankt wurde, die Tür des Laderaums auf. Es waren Regale darin mit Backblechen voller Streuselkuchen. Da wußte ich, daß der Lastwagen seinen Namen sagte.

Der Besitzer der Tankstelle war Onkel Thiel. Sein Name stand oben auf dem Tankstellengebäude: ESSO-Wagenpflege Otto Thiel. Onkel Thiel hatte nicht wie die Tankwarte eine Kombi an und eine Mütze auf, sondern nur einen weißen Kittel. Er hatte auch keine schwarzen Hände und Fingernägel, denn er arbeitete nicht an den Motoren. Onkel Thiel stand in seinem weißen Kittel im Büro oder auf der Fahrbahn und sprach mit den Kunden. Manchmal saß er auch hinter dem Schreibtisch. Meist aber saß Tante Thiel hinter dem Schreibtisch, denn sie machte die Büroarbeit. Tante Thiel sagte dazu »Bürokram«. Tante Thiel nannte Onkel Thiel »Otti«. Wenn meine Eltern zu Hause über Onkel und

Tante Thiel sprachen, sagten sie, wenn sie Onkel Thiel meinten, auch immer »Otti«. Mein Vater sagte: »Der Otti ist der Chef, und die Thiel macht nur den Bürokram.«

Wenn wenig Kunden auf die Tankstelle kamen, sagte mein Vater: »Heute ist kein Betrieb.« Dann durfte ich mich manchmal an den Schreibtisch von Tante Thiel setzen und Büro spielen. Ich schrieb mit dem Kugelschreiber, stempelte mit den Stempeln auf Papier und zog mit den Linealen lange Linien. Alle Papiere, die ich beschrieben, bestempelt oder liniert hatte, heftete ich mit Büroklammern zusammen. Als Tante Thiel sah, daß ich mit dem Kugelschreiber meinen Namen schrieb, sagte sie: »Donnerwetter, du kannst ja schon schreiben!«

Wenn mein Vater auf die Tankstelle ging, nahm er Stullen mit in einer Blechschachtel, die dieselbe Form hatte wie die Stullen darin. Auf den Stullen war harte Wurst oder Schmierwurst, je nachdem, und sie waren zusammengeklappt. Die Klappstullen, die er auf der Tankstelle nicht aufgegessen hatte, waren das Hasenbrot. Das Hasenbrot durfte ich essen. Wenn man die Blechschachtel aufmachte, verströmte das Hasenbrot einen guten Geruch nach Brot, Sanella und Wurst. Das Papier, in das die Klappstullen eingewickelt waren, war durchgefettet. Die Sanella hatte die Brotscheiben durchdrungen. Die Klappstullen faßten sich fettig an. Das Hasenbrot zerging auf der Zunge und schmeckte ein bißchen nach Bier und Benzin.

Das Benzin floß aus der Tanksäule durch den Schlauch in die Tanks der Autos und war nie zu sehen. Man konnte es nur riechen. Es roch frisch, herb und würzig. Neben den Tanksäulen für die Autos gab es noch eine kleine für Motorräder und Motorroller, die Zweitaktmotoren hatten und Zweitaktbenzin brauchten. Zweitaktbenzin war ein Gemisch aus Benzin und Öl. Es hinterließ beim Fahren eine bläuliche Rauchfahne. Die Tanksäule für das Zweitaktbenzin hatte einen Glaszylinder, in den man das Zweitaktbenzin mit einem Hebel nach oben pumpen mußte, bevor man es in den Tank des Motorrades oder Motorrollers füllen konnte. Hellrot sprudelte das Zweitaktbenzin in den Glaszylinder und sah aus wie Kirschsaft mit einem leichten Kupferglanz. Es war eine wunderbare klare Flüssigkeit, die ich gern gegen die Sonne betrachtete. Mein Vater erklärte mir, daß das Benzin aus Erdöl gemacht werde. Und das Erdöl wäre aus den zusammengepreßten Resten ausgestorbener Riesentiere, die lange vor den Menschen gelebt hätten und jetzt tief unten in der Erde lägen. Ich betrachtete das Zweitaktbenzin im Glaszylinder gegen die Sonne und versuchte mir die ausgestorbenen Riesentiere vorzustellen, die es nur gegeben hatte, damit wir fahren konnten.

6. Kapitel

Im Osten

Mein Vater hatte seine Familie im Osten. Seine Mutter hatte nur noch zwei vorstehende Zähne. Die waren pechschwarz. Einmal brachten wir Gurken mit aus dem Westen. Die jüngste Schwester meines Vaters, die noch bei der Mutter wohnte, wollte eine Gurke essen. Was aber aus dem Westen kam, war kostbar und konnte nicht einfach so gegessen werden. Die Gurken wurden aufgehoben und sollten abends in Scheiben geschnitten auf Brot gegessen werden. Da waren wir aber schon wieder zu Hause im Westen.

Wenn meine Großmutter väterlicherseits Zahnschmerzen hatte, und die hatte sie oft, weil die letzten beiden vorstehenden Zähne pechschwarz waren, ging sie nicht zum Zahnarzt. Der hätte ihr sicherlich diese letzten beiden vorstehenden pechschwarzen Zähne sofort gezogen. Statt dessen band sie sich ein schmutziges Küchentuch um den Kopf und schlug mit einem Feuerhaken auf den Herd. Vielleicht gab es im Osten keine Zahnärzte.

Den ersten Besuch meines Lebens bei meiner Großmutter väterlicherseits machte ich mit meiner Mutter allein. Meine Mutter zog mich an der Hand durch graue Straßen im Osten an einem rauhen, kalten Nachmittag. Ein eisiger Ostwind blies, der hier, im Osten, wo der Ostwind ja herkam, noch schlimmer war als im Westen, wo der Ostwind auch eisig und, wie meine Großmutter mütterlicherseits sagte, schneidend war. Wütend zog mich meine Mutter an ihrer Hand mit sich, denn sie wußte zwar den Namen der Straße, in der meine Großmutter väterlicherseits wohnte, aber sie wußte nicht, wo diese Straße war. Jedenfalls nicht genau, und einen Stadtplan hatte sie nicht. Womöglich gab es im Westen gar keinen Stadtplan vom Osten, und im Osten gab es wahrscheinlich überhaupt keine Stadtpläne. Vielleicht waren wir auch eine S-Bahnstation zu früh ausgestiegen oder eine zu spät. Die S-Bahnhöfe lagen weit auseinander, besonders im Osten, und wenn man da eine Station zu früh oder zu spät ausgestiegen war, hatte man einen endlosen Weg zu Fuß vor sich. Es waren wenige Leute auf der Straße. Nach langer Zeit des Umherirrens in Eiseskälte fragte meine Mutter einen Mann mit einem dunklen Mantel und einem dunklen, breitkrempigen Hut nach der Oppenstraße. So hieß die Straße, in der meine Großmutter väterlicherseits wohnte. Der Mann im dunklen Mantel zeigte mit seinem ausgestreckten Arm in eine Richtung, in der die Oppenstraße liegen sollte. Ich sah an dem dunklen Mantel hinauf, an drei oder vier grauen Mantelknöpfen entlang, konnte aber sein Gesicht nicht sehen, weil es vollständig im Schatten der breiten Hutkrempe verborgen war. Meine Mutter zog mich weiter durch den eisig schneidenden Ostwind an Häusern vorbei, von denen der Putz abbröckelte, an einem Platz entlang, auf dem Lastwagenanhänger abgestellt waren. Da kam uns auch schon krachend ein Lastwagen auf dem mit Kopfsteinen gepflasterten Fahrdamm entgegen, der ein wackelndes Dreieck auf seiner Fahrerkabine trug, um auf diesem Platz nicht einen, sondern gleich zwei Anhänger hintereinander anzuhängen. Das gab es im Westen nicht. Das gab es nur im Osten, daß Lastwagen mit einem wackelnden Dreieck auf der Fahrerkabine zwei Anhänger krachend hinter sich her über kopfsteingepflasterte Fahrdämme zogen. Daran erkannte man, daß man im Osten war, und am Geruch. Gern hätte ich zugekuckt, wie der Lastwagen nach dem ersten Anhänger noch den zweiten ankuppelte, aber meine Mutter zog mich, ungeachtet dieses hochinteressanten Lastwagenmanövers, weiter durch die grauen, menschenleeren Straßen, bis uns eine kleine, alte Frau entgegenkam, mit einem schwarzen Hut und einem Schleier davor, der ihr Gesicht verdeckte. Meine Mutter fragte die kleine, schwarze Frau nach der Oppenstraße. Und die kleine, schwarze Frau nickte lebhaft und lachte zu mir herunter, was ich trotz des Schleiers sehen konnte. Diese alte Frau hatte trotz des Schleiers, der ihr Gesicht verdeckte, eine gewisse Ähnlichkeit mit der alten Nagorsnyn, und ich spürte den Geschmack der Mürbchenkekse auf meiner Zunge und das Gemisch aus Orangengeschmack, Zigarettenrauch und Klogestank, sah aber, daß die alte, kleine Frau den Arm hob und in genau die entgegengesetzte Richtung zeigte als die, in die der Mann im dunklen Mantel mit dem dunklen Hut gezeigt hatte und in die wir bereits eine lange Zeit gegangen waren. Ratlos blieben wir stehen, während die kleine, alte Frau einfach weiterging. Wo war nur die Oppenstraße? War sie da, wo wir hergekommen waren, und hatte der Mann im dunklen Mantel uns in die Irre geschickt? Oder machte die kleine, alte Frau sich einen Spaß mit uns und lockte uns weg von der Oppenstraße, die womöglich schon unmittelbar vor uns lag? Oder gab es in diesem fast menschenleeren Osten niemanden, der wirklich wußte, wo die Oppenstraße oder überhaupt eine bestimmte Straße war? Meinem Vater, der, schon als er so alt war wie ich, nächtliche Märsche durch die unendlichen Wälder Ostpreußens gemacht und gelernt hatte, sich am Sternenhimmel und an den bemoosten Seiten der Baumrinden zu orientieren, hätte diese Situation nicht das geringste Problem bereitet. Aber meine Mutter war rat- und hilflos, und den Tränen nahe stand sie mit mir an der Hand, ausgesetzt dem eisig schneidenden Ostwind, mitten in den menschenleeren Straßen des Ostens und wußte nicht, wohin. Ich bekam Angst, denn hier, in den menschenleeren Straßen des Ostens, zwischen kaputten Häusern und leeren Lastwagenplätzen, hätte ich weder zurück in den Westen noch zu der gesuchten Oppenstraße gefunden. Das Auffinden der Oppenstraße hätte mir auch gar nichts genützt, denn ich wußte weder, wie meine Großmutter väterlicherseits hieß, noch, wie sie aussah. In der Oppenstraße wäre ich, hätte ich sie denn gefunden, genauso hilflos gewesen wie hier, an irgendeiner Stelle, in irgendeiner menschenleeren Straße mitten im Osten. Aber plötzlich kamen Kinder vorbei mit einem Bollerwagen, an dem einige Holzplanken fehlten. Da hellte sich das Gesicht meiner Mutter auf. In dem größten der Kinder, einem Mädchen mit rotem Pullover und blauem, zerschlissenem Faltenrock, erkannte sie ihre Schwägerin. Die wußte natürlich, wo die Oppenstraße war, denn sie war ja die Schwester meines Vaters und die Tochter meiner Großmutter väterlicherseits. Die Oppenstraße war nämlich gleich zwei Ecken weiter, ein kurzer Weg nur noch trennte uns von der Wohnung meiner Großmutter väterlicherseits. Wie aber konnte ein Mädchen, das nur wenig älter war als ich, die Schwägerin meiner Mutter, die Tochter meiner Großmutter väterlicherseits und somit logischerweise meine Tante sein? Waren denn Tanten im Osten, im Unterschied zu allen Tanten im Westen, Mädchen anstatt Frauen, wie es sich für Tanten gehörte? Offenbar war es im Osten nicht nur möglich, daß Lastwagen mit einem wackeligen Dreieck auf der Fahrerkabine zwei Anhänger hintereinander zogen, sondern es war auch eine unleugbare Tatsache, daß Tanten Mädchen im Kindesalter waren, die rote Pullover und blaue, zerschlissene Faltenröcke trugen.

In der Oppenstraße angekommen, stellte sich heraus, daß die Oppenstraße genauso menschenleer und trostlos grau war wie alle anderen Straßen, die wir auf unserem langen Irrweg gegangen waren. Endlos reihten sich Häuser aneinander, die alle gleich aussahen. Brauner, überall abgebröckelter Putz, kleine quadratische Fenster, die in sechs Fensterscheiben unterteilt waren, Vorgärten mit kahlen Sträuchern. Vor manchen Fenstern hing Wäsche auf vorgespannten Leinen, und auf dem Bürgersteig standen kaputte Motorräder oder Bollerwagen, denen die Räder fehlten. Autos am Straßenrand gab es nicht. Wenn manchmal ein Auto vorbeikam, zog es eine hellblaue Rauchfahne hinter sich her, die beißend nach Mopedbenzin stank. Aus den Schornsteinen auf den Hausdächern stieg gelber Qualm.

In der Wohnung meiner Großmutter väterlicherseits stank es abgestanden nach gekochten Kartoffeln. Hier wurde niemals das Fenster aufgemacht. Wozu auch? Draußen stank es beißend nach gelbem Qualm und hellblauem Rauch. Meine Großmutter väterlicherseits lachte mit ihren zwei schwarzen Zähne zu mir herunter, hob mich hoch und küßte mich ekelerregend. Auch meine Großmutter mütterlicherseits forderte, wenn auch selten und nur wenn Besuch da war, von mir einen Kuß. Dann sagte meine Großmutter mütterlicherseits: »Gib deiner Oma mal 'nen Süßen!« Dieser Kuß mußte auf den Mund meiner Großmutter mütterlicherseits verabreicht werden, sonst galt er nicht als »Süßer«. Meine Großmutter mütterlicherseits hatte dann allen Speichel, den zu produzieren ihr Mund für den Moment in der Lage war, auf ihren Lippen versammelt und belutschte und besabberte mich zwischen Nase und Kinn, während ich verzweifelt meine Lippen zusammenpreßte und mit aufsteigendem Ekel kämpfte. Meine Großmutter väterlicherseits dagegen forderte nicht lange mit umschreibenden Worten, sondern griff nach mir und preßte ihren mit Ausnahme der zwei pechschwarzen Vorderzähne zahnlosen Mund auf den meinen und stieß dabei eine widerliche Geruchswolke aus, die mich an verdorbene Wurst erinnerte. Bei der dabei nicht zu vermeidenden Körperberührung drang aus den Achselhöhlen meiner Großmutter väterlicherseits, die unter ihrer schwarzen Kittelschürze einen giftgrünen Wollpullover trug, ein scharfsaurer Dunst.

Im Gegensatz zu meiner Großmutter mütterlicherseits, die mich haßte, schien meine Großmutter väterlicherseits mich auf den ersten Blick zu lieben. Ich spürte das deutlich, wenn auch mit Widerwillen. Die Häßlichkeit meiner Großmutter väterlicherseits war einfach zu groß und ihr Geruch zu abstoßend, als daß ich darüber hätte hinwegsehen und die Zärtlichkeiten, die sie mir anbot, annehmen können. Die zwei pechschwarzen Vorderzähne, die weit vorstanden, der dahinter sich auftuende zahnlose Mund mit dem Geruch nach verdorbener Wurst verhinderten, daß ich ihren Annäherungen nachgab. Aus Enttäuschung darüber ließ meine Großmutter väterlicherseits mich schnell wieder herunter auf den Boden und von diesem ersten Versuch an links liegen. Bei folgenden Besuchen beachtete sie mich so gut wie gar nicht, nahm mich kaum wahr, ja tat so, als wäre ich gar nicht da. Daß meine Großmutter väterlicherseits meine Abneigung gegen sie so schnell und problemlos akzeptierte, ist mir immer das Sympathischste an ihr gewesen.

Meine Großmutter mütterlicherseits kam niemals mit, wenn meine Eltern mit mir in den Osten fuhren. Dafür nahm meine Mutter die Einkaufstasche meiner Großmutter mütterlicherseits mit, die vollgestopft wurde mit den Sachen, die es im Osten nicht gab. »Im Osten gibt's ja nichts«, sagte meine Mutter und stopfte die Einkaufstasche meiner Großmutter mütterlicherseits so voll, daß der Reißverschluß oben nicht mehr zuging. Was es im Osten nicht gab, waren Kaffeebohnen, Sanella, Kaba, Büchsenmilch, Schokoladentafeln und Scharlachberg. Die Einkaufstasche meiner Großmutter mütterlicherseits war von all diesen Sachen so schwer, daß mein Vater sie tragen mußte. Normalerweise trug mein Vater niemals eine Einkaufstasche, das kam gar nicht in Frage. Wenn wir über die Grenze gingen, mußten wir durch die Vopos, die uns anhielten und mit ihren Händen in die prall gefüllte Einkaufstasche meiner Großmutter mütterlicherseits hineinlangten. Manchmal mußte mein Vater auch die Einkaufstasche meiner Großmutter mütterlicherseits vollständig aus- und wieder einpacken. Wenn wir im Osten bei meinen Tanten väterlicherseits ankamen, sagten sie: »Bei uns im Osten jippt's ja nüscht!« und fielen über die mitgebrachten Sachen aus dem Westen her. Die Männer meiner Tanten väterlicherseits freuten sich über Scharlachberg und riefen, nachdem sie zusammen mit meinem Vater davon getrunken hatten: »Es gibt nur einen Sozialismus!«

Vorher aber gab es Kaffee und Kuchen und für die Kinder Muckefuck. Obwohl wir meinen Tanten väterlicherseits Kaba aus dem Westen mitbrachten, kriegten die Kinder Muckefuck, den es im Osten auch gab. Die Männer meiner Tanten väterlicherseits sagten: »Hier hat der Arbeiter was zu sagen.« Die Männer meiner Tanten väterlicherseits waren Arbeiter, und daß sie was zu sagen hatten, merkte man daran, daß am Tisch nur sie redeten. Meine Tanten väterlicherseits redeten nicht. Nur wenn sie in der Küche die aus dem Westen mitgebrachten Sachen auspackten, sagten sie zu meiner Mutter: »Bei uns im Osten jippt's ja nüscht.«

Meine Tanten väterlicherseits wohnten am Rande der Stadt, wo hinter manchen Straßen schon der Kiefernwald begann und eine trockene, mit strohigem Gras bewachsene Heide. An manchen Geburtstagen machten wir zwischen Kaffee und Abendbrot einen Spaziergang. Dann gingen wir um ein paar Straßenecken herum und waren schon mitten in dieser Heide, wo ein warmer Wind wehte und es nach trockenem Harz roch. »So geht das jetzt weiter«, sagte mein Vater und zeigte nach vorn, »bis zur Oder und durch ganz Polen hindurch und Rußland bis zum Ural.« Ich wußte nicht, was der Ural war. »Dahinter kommt Sibirien«, sagte meine Mutter, »wo sie alle hin verschleppen.« Mein Vater sagte: »Und da sieht es auch nicht viel anders aus. Endlose Steppe, und die Russen fahren mit dem Panje-Wagen.« Ich wußte nicht, was ein Panje-Wagen war.

Manchmal zeigten sich die Russen. Wenn man über die trockene Heide spazierte, dann konnte man auf zerbröckelnden Betonfahrbahnen Armeelastwagen mit russischen Soldaten sehen. Meine Mutter und meine Großmutter mütterlicherseits hatten ja immer Angst vor den Russen. Meine Großmutter mütterlicherseits sagte: »Einmal wacht man morgens auf, und der Russe steht vor der Tür.« Und tatsächlich: Hier im Osten auf der trockenen Heide fuhren die Russen auf Lastwagen herum und warteten auf den Tag, an dem sie morgens in aller Frühe vor unserer Tür stehen sollten. Es waren kleine, junge Männer mit asiatischen Gesichtern und schmuddeligen Uniformen. Sie saßen auf ihren Lastwagen und lachten. Und davor hatten meine Mutter und meine Großmutter mütterlicherseits Angst! Die flachen Helme, die aussahen wie Radkappen oder vielleicht wirklich Radkappen waren, die sich die Soldaten im Übermut auf die Köpfe gesetzt hatten, ließen sie irgendwie niedlich aussehen. Am liebsten hätte ich ihnen zugerufen: »Kommt doch morgen früh gleich vor unsere Tür. Ich bin nämlich aus dem Westen, und die einzigen, die mich vor meiner Mutter und meiner Großmutter mütterlicherseits retten könnten, seid ihr, denn vor euch haben sie Angst!« Aber zu schnell fuhren die Lastwagen vorbei. Meine Mutter zog mich an der Hand weiter, wenn ich zu lange den Lastwagen nachkuckte. Wahrscheinlich ahnte sie etwas.

Zu meinen Tanten väterlicherseits fuhren meine Eltern nicht mit dem Goggo. Im Osten hätten meine Tanten väterlicherseits und deren Männer und Kinder auch gern in den Goggo gewollt, um darin gefahren zu werden. Dazu aber war der Goggo zu klein oder die Familie zu groß. Die ältesten Kinder meiner Tanten väterlicherseits schickten sich auch schon an, Kinder zu kriegen. Das hätte der Goggo meines Vaters niemals verkraftet. Also fuhren wir zu den Tanten väterlicherseits mit der S-Bahn. Das war die einzige Gelegenheit, S-Bahn zu fahren, denn im Westen, wo die S-Bahn auch fuhr, wurde nur mit der Straßenbahn, der U-Bahn oder dem Bus gefahren, aber niemals mit der S-Bahn. Die S-Bahn gehörte dem Osten. Das merkte man, wenn man im Westen an einem S-Bahnhof vorbeikam. Da roch es nach Osten, denn den Osten erkannte man am Geruch.

Der Geruch des Ostens war eine Mischung aus den Gerüchen von trockenem Harz, Mottenkugeln und Bohnerwachs. Besonders stark rochen die Schienen der S-Bahn und die S-Bahn selbst. In den Straßen mischte sich darein noch der beißende Gestank des Ostbenzins, mit dem die Ostautos fuhren. Ging man wieder zurück in den Westen, dann hörte an der Grenze, sofort wenn man durch die Vopos durch war, der Geruch des Ostens auf. Im Westen roch es nach nichts Besonderem.

Das Schönste an der S-Bahn war, daß sie neben der richtigen Eisenbahn fuhr. Schon wenn man auf dem S-Bahnhof stand und auf die S-Bahn wartete, konnte man Glück haben, und es kamen Eisenbahnzüge vorbei, von Dampflokomotiven gezogen. Die Dampflokomotiven waren riesengroß, pechschwarz, stießen schneeweißen Dampf aus und hatten dunkelrote Räder, die durch ein bewegliches Gestänge miteinander verbunden waren. Beim Fahren ging das Gestänge vor den Rädern auf und ab. Das sah aus, als würde man mit dem Gesicht Grimassen machen. Ich machte oft vor dem Spiegel Grimassen, wenn ich allein war. Denn normalerweise durfte ich keine Grimassen machen. Wenn meine Mutter oder meine Großmutter mütterlicherseits sahen, daß ich Grimassen machte, schrien sie im Chor: »Der Bengel macht wieder Grimassen!«, und ich wurde eingesperrt. Die Dampflokomotiven aber machten Grimassen und durften das. Wenn ich von der S-Bahn aus die Dampflokomotiven Grimassen machen sah, wollte ich lieber eine Dampflokomotive sein.

Die richtige Eisenbahn fing eigentlich erst am Betriebsbahnhof Schöneweide an. Es gab einen S-Bahnhof Schöneweide und einen Betriebsbahnhof Schöneweide. Die S-Bahn hielt an beiden Bahnhöfen, und meist stiegen nur Leute am S-Bahnhof Schöneweide aus und am Betriebsbahnhof Schöneweide niemand. Ich dachte, daß der Betriebsbahnhof Schöneweide gar nicht für die Leute zum Ein- und Aussteigen da wäre, sondern nur für den Betrieb, für den Eisenbahnbetrieb, der Bahnhöfe braucht, die nur so für sich da sind, nur für die Bahn. Manchmal aber stiegen doch sehr viele Leute am Betriebsbahnhof Schöneweide aus. Das waren Leute, die beim Betriebsbahnhof Schöneweide oder direkt bei der Bahn arbeiteten. Daß sie zur Arbeit gingen, sah man an den Aktentaschen, Thermosflaschen und Stullenbüchsen, die sie trugen. Ich beneidete diese Leute. Die meisten waren Männer, aber es waren auch Frauen dabei. Ich wollte, wenn ich groß war, auch beim Betriebsbahnhof Schöneweide arbeiten. Aber das ging natürlich nicht. Wenn man im Westen wohnte, konnte man nicht im Osten arbeiten. Wozu auch? Wer im Osten arbeitete, wollte viel lieber im Westen arbeiten. Manche hatten das geschafft, wie mein Vater zum Beispiel. Wenn da jemand aus dem Westen gekommen wäre, der im Osten, am Betriebsbahnhof Schöneweide zum Beispiel, hätte arbeiten wollen, den hätten sie schön ausgelacht. Wenn mein Vater bei der Geburtstagsfeier meiner Tanten väterlicherseits bei Kaffee und Kuchen sagte, daß alle im Osten ja doch viel lieber im Westen arbeiten würden so wie er, dann sagten die Männer meiner Tanten väterlicherseits: »Aber bei uns hat der Arbeiter was zu sagen!« Die Leute, die mit ihren Aktentaschen, Thermosflaschen und Stullenbüchsen am Betriebsbahnhof Schöneweide ausstiegen, um da zu arbeiten, sagten nichts. Bestimmt waren sie froh, daß sie am Betriebsbahnhof Schöneweide arbeiten durften, und wollten als einzige im Osten nicht im Westen arbeiten.

Im Osten war meist schlechtes Wetter, und der Betriebsbahnhof Schöneweide stand dann voll unter Dampf. Die Schienen glänzten vom Regen, und zwischen ihnen leuchtete schwarz der Schotter. Durch das Gemisch aus Regen, Rauch und Dampf schoben sich die Lokomotiven und machten Grimassen, und dazwischen fuhren grüne Diesellokomotiven mit endlosen Güterzügen. Aus den Fenstern der Lokomotiven kuckten Männer mit schwarzen Mützen, die blanke Schirme hatten, und gaben einander Zeichen mit der Hand. Dann gellten Pfiffe über das Gelände des Betriebsbahnhofes Schöneweide. Oder Männer, die zwischen den Gleisen standen, bliesen mit langen Hörnern klagende Töne. Die Räder der Züge kreischten und quietschten, die Lokomotiven tuteten und stampften, die Waggons rumpelten gegeneinander und wurden polternd von Männern mit riesigen Handschuhen verkuppelt. Viel zu schnell fuhr die S-Bahn da vorbei. Wie gern hätte ich angehalten, um in Ruhe das Treiben auf dem Betriebsbahnhof Schöneweide zu betrachten. Noch lieber hätte ich einen ganzen Tag auf dem Betriebsbahnhof Schöneweide verbracht, nur um den Lokomotiven und Bahnen zuzukucken. Aber das ging ja alles nicht.

Wenn wir aus dem Osten zurück in den Westen fuhren, war es Nacht. Dann standen wir in tiefer Dunkelheit auf dem S-Bahnhof Adlershof und warteten auf die S-Bahn. Und dann geschah es manchmal, daß einer dieser unendlich langen Güterzüge durch den S-Bahnhof Adlershof fuhr, rumpelnd und polternd nach Osten, also noch weiter und tiefer in den Osten hinein, als wir hier auf dem S-Bahnhof Adlershof schon waren. Dieser unendlich lange Güterzug fuhr bis zur Oder und durch ganz Polen hindurch nach Rußland bis zum Ural, und dahinter lag schon Sibirien, wo sie alle hin verschleppten in die endlose Steppe. Braune Güterwagen an braunen Güterwagen, holzverschalt, und dazwischen flache Waggons mit rasselnden Ketten und lose auf den Ladeflächen herumliegenden Holzbohlen und graue Tankwagen an grauen Tankwagen mit russischen Schriftzeichen und schmalen Leitern an den Seiten zum Hinaufklettern und dann wieder braune Güterwagen an braunen Güterwagen und dazwischen auch ein paar grüne. Hätte ich da mitfahren können! Und wenn der unendlich scheinende Zug dann doch vorbei war, leuchteten hinten die roten Lampen, und ich sah ihnen lange nach. Wenn die Schlußlichter des Zuges im Dunkeln verschwanden, war die Lokomotive vielleicht schon in Polen oder am Ural.

Am Betriebsbahnhof Schöneweide war in der Nacht an Schlaf nicht zu denken. Scheinwerfer an hohen, geschwungenen Masten, Karbidlampen an über die Gleise gespannten Drähten tauchten den nächtlichen Betriebsbahnhof Schöneweide in dunstiges, geheimnisvolles Licht. Im gelben Gleißen der Laternen sahen die Lokomotiven noch schwärzer aus, und die Männer, die zwischen den Gleisen hin und her gingen, sahen aus wie Scherenschnittfiguren, und sie bliesen auf ihren Trillerpfeifen, bliesen in ihre Hörner, und ungeachtet der Nacht rangierten die Lokomotiven die Waggons rumpelnd und polternd. Hier wurde niemals geschlafen, hier mußte man nicht ins Bett, hier durfte niemand ins Bett, denn jeder wurde gebraucht, jeder an seinem Ort, und der Tag war wie die Nacht und die Nacht wie der Tag, und viel zu schnell war die S-Bahn am Betriebsbahnhof Schöneweide vorbei, wo ich doch noch so viel hätte sehen wollen.

Am Tisch bei meinen Tanten väterlicherseits und ihren Männern saßen alle bei Bier und Schnaps. Einer der Männer meiner Tanten väterlicherseits schlug mit der Faust auf den Tisch und sagte: »Jetzt erzähle ich einen Witz.« Alle waren plötzlich still. Der Mann sagte zu meinem Vater: »Soll dein Sohn raus?« Alle sahen mich an. Ich erschrak. Mein Vater schüttelte den Kopf. Dann erzählte der Mann einen Witz, den ich nicht verstand. Alle lachten grölend. Meine Mutter hielt den Kopf gesenkt. Ich kriegte einen roten Kopf. Ich schämte mich für die ganze Familie.

7. Kapitel

Besuch

Wenn es unerwartet an der Tür klingelte, riß meine Großmutter mütterlicherseits die Arme hoch und schrie: »Na wat denn nu?« Dann wartete sie, ob es noch einmal klingelte, und sagte zu meiner Mutter: »Wer kommt denn jetzt?« Beide standen starr, bis es zum zweiten Mal klingelte. Dann ging meine Großmutter mütterlicherseits so leise wie möglich zur Tür und kuckte durch den Spion. Wenn derjenige, der vor der Tür stand, unbekannt war, kam sie auf Zehenspitzen wieder zurück, legte den Finger an den Mund und flüsterte: »Das ist jemand Wildfremdes.« Klingelte es ein drittes Mal, ging meine Mutter zur Tür, öffnete, klärte, wer der Wildfremde war, und ließ ihn herein oder nicht.

Wenn jemand zu Besuch kam, der nicht erwartet wurde, sagte meine Großmutter mütterlicherseits, er käme »unverhofft«. Für meine Großmutter mütterlicherseits war es das schlimmste, wenn jemand unverhofft kam. Obwohl meine Mutter und meine Großmutter mütterlicherseits immer dafür sorgten, daß die Wohnung sauber und aufgeräumt war – sie machten ja den ganzen Tag nichts anderes als sauber –, hatten sie doch immer Angst davor, daß derjenige, der da unverhofft kam, die Wohnung weder sauber noch aufgeräumt finden würde. Immer wurden Dinge weggeräumt oder ordentlich zusammengelegt mit der Begründung: »Es kann ja mal einer unverhofft kommen.«

Um so gründlicher waren die Vorbereitungen, die getroffen wurden, wenn Besuch kam, von dem man wußte, daß er käme. Meist kam Besuch zum Geburtstag. Wenn mein Vater Geburtstag hatte, kamen die Ostler, wenn meine Mutter Geburtstag hatte, kamen Tante Ilse und Onkel Emil, wenn meine Großmutter mütterlicherseits Geburtstag hatte, kamen Tante Käthe und Onkel Fritz, wenn ich Geburtstag, kam Tante Lucie. Das war so eingeteilt, nicht weil die Ostler nicht auch gern zu meinem Geburtstag oder zu dem meiner Mutter gekommen wären, sondern weil, wenn zu allen Geburtstagen alle gekommen wären, sie in der Stube nicht alle Platz gefunden hätten. Wenn mein Vater Geburtstag hatte und die Ostler kamen, war es in der Stube so voll, daß noch die zwei Stühle aus der Küche und der Hocker, auf den meine Großmutter mütterlicherseits nachts, wenn sie sich ausgezogen hatte, ihre Sachen legte, in die Stube gestellt werden mußten. Dann saßen die Ostler auf der Couch dicht an dicht, und die auf den Sesseln saßen, mußten ihre Kinder auf den Schoß nehmen, und die größeren Kinder saßen auf den Küchenstühlen und auf dem Hocker. Meine Großmutter mütterlicherseits saß nicht, denn sie mußte immer zwischen der Stube und der Küche hin- und hergehen, um Geschirr auf- und abzutragen, Kaffee zu kochen oder Stullen zu schmieren.

Wenn Besuch kam, kam der Besuch am Nachmittag und blieb bis zum Abend. Wenn Tante Lucie kam, blieb sie bis zum späten Abend, und ich durfte aufbleiben, bis sie ging. Wenn am Nachmittag der Besuch da war, sagten alle »Guten Tag« und »Herzlichen Glückwunsch«, und ich mußte einen Diener machen. Dann gab es in der Stube Kaffee und Kuchen und für die Kinder Muckefuck. Danach wurde alles abgeräumt, und die Frauen tranken Likör und die Männer Bier und Schnaps. Wenn Tante Lucie kam, brachte sie Asbach mit oder Scharlachberg, den sie dann mit meinem Vater trank. Während in der Stube Likör, Bier und Schnaps getrunken wurde, wusch meine Großmutter mütterlicherseits in der Küche das Kaffeegeschirr ab. Danach schmierte sie Stullen für das Abendbrot. Zum Abendbrot gab es Stullen mit Wurst und Käse. Dazu tranken alle Bier, und für die Kinder gab es Malzbier. Nach dem Abendbrot wusch meine Großmutter mütterlicherseits in der Küche das Abendbrotgeschirr ab, während in der Stube weiter Bier, Schnaps und Likör getrunken wurde. Wenn das Bier ausgetrunken und die Schnaps- und Likörflaschen leer waren, ging der Besuch. Alle sagten »Auf Wiedersehen«, ich mußte keinen Diener mehr machen, und meine Großmutter mütterlicherseits schlug hinter dem Besuch, der die Treppe runterging, die Wohnungstür zu und sagte so laut, daß es der Besuch draußen auf der Treppe noch hören mußte: »So, die sind raus!«

Die Vorbereitungen für den Besuch bestanden aus gründlichem Saubermachen, Kuchenbacken und Stullenschmieren. Zwischen dem gründlichen Saubermachen und dem Kuchenbacken seiften sich zuerst meine Großmutter mütterlicherseits und danach meine Mutter gründlich ab. Dann wurde ich von beiden gründlich abgeseift, und anschließend begann das Stullenschmieren. Mein Vater kam, wenn er nicht Nachtdienst hatte, erst abends von der Tankstelle nach Hause, wenn der Besuch schon da war. Deshalb mußte er weder beim gründlichen Saubermachen helfen noch sich gründlich abseifen. Die Stullen wurden aus einem großen Brotlaib geschnitten. Dazu war am Küchenschrank eine Brotschneidemaschine festgeschraubt. Man schob den Brotlaib an einem runden Messer entlang, das man mit einer Kurbel drehen konnte, und auf der anderen Seite stapelten sich die Stullen, eine nach der anderen. Währenddessen wurden Eier hartgekocht, die man abgepellt in einen Eierschneider legte. Der Eierschneider sah aus wie eine Harfe und gab auch zarte Töne von sich, wenn man über die metallenen Saiten strich. Der Eierschneider war aber kein Spielzeug. Deshalb nahm mir meine Mutter den Eierschneider weg und drohte mir mit einer verkehrten Hand. Das abgepellte harte Ei wurde in den Eierschneider gelegt, und die metallenen Saiten, die silberhell klingen konnten, schnitten das Ei in Scheiben. Diese Scheiben wurden auf die Stullen gelegt, nachdem sie mit Sanella beschmiert worden waren. Das Schmieren der Stullen mit Sanella machte meine Großmutter mütterlicherseits, das Belegen der geschmierten Stullen meine Mutter. Meine Mutter schnitt auch mit einem kleinen Sägemesser, das Tante Lucie einmal mitgebracht hatte, Tomaten. Die Tomatenscheiben wurden auf die geschmierten Stullen gelegt und mit kleingehackten

Zwiebeln bestreut. Das Schneiden der Zwiebeln machte meine Großmutter mütterlicherseits, während meine Mutter die noch leeren Sanellastullen mit Jagd- und Schlackwurst belegte oder mit Leberwurst und Velveta-Käse beschmierte. Zum Schluß wurden alle Stullen in zwei Hälften geschnitten und locker übereinander auf flache Eßteller gelegt.

Alle diese Zutaten hatte meine Großmutter mütterlicherseits am Tag vorher in der Halle eingeholt. Dabei hatte sie auch zwei oder drei eingelegte Gurken mitgebracht, die man in der Halle aus einem Holzfaß kaufen konnte. Wenn ich meine Großmutter mütterlicherseits bei diesem Einholen begleitete, bekam ich manchmal von dem Fischhändler, der die Gurken verkaufte, eine geschenkt, die ich sofort aufessen durfte. Aus diesen eingelegten Gurken spritzte das Wasser, wenn man hineinbiß, und ich mußte aufpassen, daß ich mich nicht bekleckerte. Diese Gurken hießen Delikateßgurken. Tante Lucie, die ich fragte, warum die Delikateßgurken Delikateßgurken hießen, sagte mir, eine Delikatesse wäre etwas sehr Teures zum Essen. Deshalb war ich immer sehr stolz, wenn der Fischhändler mir eine Delikateßgurke schenkte. Etwas so Teures bekam ich sonst nicht geschenkt. Ich aß die Delikateßgurke, paßte auf, daß ich mich nicht bespritzte, und fand, daß mir die Delikateßgurke nach der ersten Hälfte eigentlich gar nicht mehr schmeckte. Weil man aber Eßware grundsätzlich nicht wegschmeißen durfte und schon gar nicht eine so teure Delikatesse, aß ich die Delikateßgurke auf, auch wenn ich mir am Schluß dabei Mühe geben mußte.

Meine Mutter schnitt die zwei oder drei Delikateßgurken in kleine Scheiben und legte sie zwischen die Stullenhälften. Manchmal schnitt sie auch von Petersilie, die normalerweise gehackt wurde, kleine Sträuße ab und legte die zwischen die Käsestullenhälften. Meine Mutter nannte das »garnieren«. Dennoch war da ein Unterschied. Während die Gurkenscheiben vom Besuch aufgegessen wurden, blieben die Petersiliensträuße auf den leeren Tellern liegen. Diese zurückgelassenen Petersiliensträuße durfte ich in der Küche, wenn die Abendbrotteller zum Abwaschen rausgebracht worden waren, aufessen. Ich mochte diese Petersiliensträuße viel lieber als die Delikateßgurken.

Wenn meine Großmutter mütterlicherseits Geburtstag hatte, kamen Onkel Fritz und Tante Käthe. Onkel Fritz und Tante Käthe kamen immer genau zur selben Zeit, nämlich um vier zum Kaffee. Schon bevor es überhaupt an der Klingel reißen konnte, stand meine Großmutter mütterlicherseits an der Tür, um sie sofort aufzumachen, wenn Onkel Fritz und Tante Käthe endlich oben waren. Man hörte Tante Käthe auf der Treppe ächzen und stöhnen. Sie kam nur ganz langsam die Treppen hoch, weil sie ziemlich dick und schwerfällig war. Tante Käthe war keine Maschine wie Tante Lucie, aber sie konnte sich kaum bewegen. Sie hatte hochgeschnürte Stiefel, mit denen sie nur mühsam gehen konnte. An ihrem ganzen Körper quietschte und knarzte es bei jeder Bewegung. Wenn Onkel Fritz und Tante Käthe oben waren, machte meine Großmutter mütterlicherseits die Tür auf. Onkel Fritz stand da und sagte: »Pünktlich wie die Maurer!« Tante Käthe rang nach Luft und trug ein Kuchenpaket in der Hand. Sie japste: »Ich muß mich erstmal verpusten.« Meine Großmutter mütterlicherseits sagte: »Immer rein in die gute Stube, es gibt Bohnenkaffee.«

In dem Kuchenpaket waren Napoleonschnitten. Napoleonschnitten waren mit einem Pudding gefüllte Kuchenstücke aus Blätterteig. Oben war eine Schicht Zuckerguß, der aussah wie Marmor. Napoleonschnitten aß meine Großmutter mütterlicherseits am liebsten. Zum Bohnenkaffee wurden die Napoleonschnitten verzehrt, und ich bekam Muckefuck.

Onkel Fritz hatte immer Watte in den Ohren und sprach furchtbar laut. Eigentlich schrie er. Meine Mutter sagte: »Onkel Fritz redet so laut, weil er schwerhörig ist.« Ich dachte, Onkel Fritz ist selbst schuld, daß er schwerhörig ist. Mit Watte in den Ohren würde ich auch schwerhörig sein.

Onkel Fritz erzählte vom Turnfest. Onkel Fritz war in einem Turnverein. Vielleicht hat er da geturnt. Ich wunderte mich, warum man als Erwachsener in einen Turnverein ging, wo doch Turnen das Schlimmste war, was man in der Schule machen mußte. Ich wollte als Erwachsener nie mehr freiwillig turnen. Vielleicht hat Onkel Fritz im Turnverein aber auch gar nicht geturnt. Er erzählte jedenfalls nie vom Turnen, sondern immer nur vom Turnfest. Onkel Fritz brüllte: »Und dann wurde aufmarschiert!« Dabei schlug er mit der Faust auf die Armlehne des Sessels, auf dem er saß, und wiederholte noch lauter: »Aufmarschiert!« Tante Käthe aß ein Stück von der Napoleonschnitte, japste nach Luft und sagte: »Fritzchen, reg dich doch nicht so auf.«

Tante Käthe erzählte vom Katholikentag. Ich wußte nicht, was der Katholikentag war, aber es mußte so etwas Ähnliches sein wie das Turnfest. Denn Onkel Fritz brüllte, wenn Tante Käthe vom Katholikentag erzählte: »Und dann wurde aufmarschiert!« Tante Käthe trank einen Schluck Kaffee, japste nach Luft und sagte: »Jaja.« Dann brüllte Onkel Fritz noch lauter: »Aufmarschiert!« und ließ seine Faust krachend auf die Armlehne des Sessels fallen, auf dem er saß. Tante Käthe aß ein Stück von der Napoleonschnitte, japste nach Luft und sagte: »Fritzchen, reg dich doch nicht so auf.«

Wenn Onkel Fritz Geburtstag hatte, gingen meine Mutter und meine Großmutter mütterlicherseits mit mir zu Onkel Fritz und Tante Käthe. Dann waren sie nicht bei uns zu Besuch, sondern wir waren selbst der Besuch. Onkel Fritz und Tante Käthe wohnten in einer kleinen Wohnung am Rand der Stadt, wohin man lange mit der Straßenbahn fahren mußte. Die Fahrten mit der Straßenbahn waren das Beste an den Besuchen bei Onkel Fritz und Tante Käthe. In der Wohnung von Onkel Fritz und Tante Käthe roch es nach Rauch, denn Onkel Fritz rauchte Zigarren. Dann saßen meine Mutter, meine Großmutter mütterlicherseits, Onkel Fritz und Tante Käthe auf hohen Stühlen an einem noch höheren Tisch, auf den ich gerade draufkucken konnte. Es gab

Napoleonschnitten und Bohnenkaffee und für mich Muckefuck. Onkel Fritz erzählte vom Turnfest und Tante Käthe vom Katholikentag. Wenn er dann brüllte: »Und dann wurde aufmarschiert!« und wieder brüllte: »Aufmarschiert!«, schlug er mit der Faust auf den Tisch, daß die Kaffeetassen auf den Untertassen wackelten.

Manchmal hatten Onkel Fritz und Tante Käthe auch noch mehr Besuch als nur mich, meine Mutter und meine Großmutter mütterlicherseits. Da war zum Beispiel die Tante Füllgraf, die so dicke Brillengläser hatte, daß man ihre Augen gar nicht sehen konnte. Wenn ich ihr die Hand geben und einen Diener machen mußte, kuckte Tante Füllgraf nicht zu mir herunter, sondern ganz weit neben mich, wo niemand war. Ich kuckte dann auch dorthin, wo Tante Füllgraf hinkuckte, sah aber nichts außer dem Fußboden. Tante Füllgraf war das aber ganz egal, denn sie nickte und lachte und sprach genau in die Richtung, wo nichts war außer dem Fußboden, meinte aber mich dabei. Ich wunderte mich, daß die Erwachsenen es sich immer so schwer machten. Sie stopften sich Watte in die Ohren, damit sie schlecht hören konnten, wie Onkel Fritz oder setzten sich so dicke Brillengläser auf, daß sie nicht sehen konnten, wo derjenige war, mit dem sie redeten, wie die Tante Füllgraf.

Onkel Fritz und Tante Käthe erzählten von ihrem Sohn. Tante Käthe japste nach Luft und sagte: »Der Max ist ja gefallen.« In der Straßenbahn auf dem Weg nach Hause fragte ich meine Großmutter mütterlicherseits: »Was war mit dem Max?« Meine Großmutter mütterlicherseits sagte: »Der Max ist gefallen.« Ich fragte: »Ja, aber wo ist er denn jetzt?« Meine Großmutter mütterlicherseits sagte: »Der Max ist im Krieg gefallen.« Und meine Mutter sagte: »Der Max ist tot.« Ich dachte, wahrscheinlich war er im Krieg so blöd hingefallen, daß er daran gestorben ist. Ich war ganz froh, daß ich zwar schon oft gefallen, aber doch immer wieder aufgestanden war.

Weil ich mich bei Onkel Fritz und Tante Käthe langweilte, gaben sie mir ein Buch. Es war immer dasselbe Buch. Es war ein grünes Buch, auf dem ein Ritter abgebildet war mit einem riesigen Schwert, der auf einem Felsen stand und in die untergehende Sonne kuckte. Tante Käthe gab mir das Buch, japste nach Luft und sagte: »Das Buch gehört Max, und der Max ist ja gefallen.« Das Buch hieß: »Unser Blut für den Führer«. Es waren viele Soldaten darin abgebildet, die mit Gewehren schossen oder in Flugzeugen saßen, aus denen Feuerstöße kamen. Unter einem dieser Bilder stand: »Ein Obersturmbannführer kämpft bis zum letzten Tropfen Blut.« Mir gefielen diese Bilder irgendwie nicht, obwohl ich mich für Soldaten interessierte. Die Soldaten auf den Bildern hatte grimmige Gesichter. Wahrscheinlich ärgerten sie sich darüber, daß sie nicht so schön aussahen wie der Ritter auf dem Umschlag des Buches. Meine Mutter nahm mir das Buch aus der Hand, klappte es zu und legte es auf den Tisch. Sie sagte: »Das ist noch nichts für dich.« Tante Käthe sagte: »Der Junge kann doch noch gar nicht lesen.«

Manchmal gingen mein Vater und meine Mutter zu Onkel und Tante Thiel zu Besuch, und einmal nahmen sie mich mit. Onkel und Tante Thiel wohnten in einer riesigen Wohnung mit Bad und Balkon. Im Bad waren das Klo, eine große Badewanne und ein Badeofen. Wenn man sich nach dem Klo die Hände wusch, kam aus dem Hahn über der Badewanne warmes Wasser. Das Wasser wurde immer heißer. Ich drehte den Hahn wieder zu und den anderen auf, den es auch noch gab. Aus dem anderen Hahn kam kaltes Wasser. Fast hätte ich mir die Hände verbrüht. Auf dem Balkon waren Blumenkästen mit Blumen, und man konnte runterkucken auf die Straße, wo die Autos über schwarzglänzendes Kopfsteinpflaster fuhren. Meine Mutter rief von drinnen: »Lehn dich nicht so raus!« Onkel und Tante Thiel hatten ein großes Wohnzimmer, auf dessen Fußboden Teppiche lagen, so ähnlich wie bei den Bockstallers. Nur waren die Teppiche bei Onkel und Tante Thiel nicht so weich wie die bei den Bockstallers und waren auch nicht so bunt gemustert, sondern hatten nur eine Farbe. Im

Wohnzimmer von Onkel und Tante Thiel stand ein Bücherschrank. Hinter Glastüren standen viele Bücher, die aber ganz anders aussahen als die Bücher vom Bertelsmann Lesering. Es standen viele Bücher nebeneinander, die alle gleich aussahen. Es stand auch immer nur ein Name auf den Buchrücken, und zwar auf den Büchern, die genau gleich aussahen, immer derselbe. Zum Beispiel »Schiller« oder »Goethe« oder »Eichendorff«. Der Name Eichendorff war, weil er länger war als die anderen, so eng gedruckt, daß ich ihn kaum lesen konnte. Onkel Thiel machte den Schrank auf und gab mir ein Buch in die Hand. Es war eins von den vielen, auf denen »Goethe« stand. Ich schlug das Buch auf und las: »Johann Wolfgang von Goethe: FAUST.« Und darunter: »Der Tragödie erster und zweiter Teil. Urfaust.« Onkel Thiel stand vor mir, hob eine Hand und sagte: »Habe nun, ach, Philosophie ...« Weiter kam er nicht, denn Tante Thiel mußte furchtbar lachen und rief: »Fest gemauert in der Erden ...« Und meine Mutter mußte auch lachen und rief mit Tante Thiel im Chor: »Steht die Form aus Lehm gebrannt!« Alle lachten, und Onkel Thiel goß meinem Vater Bier aus einer Bierflasche in sein Glas. Zu Hause und auf der Tankstelle trank mein Vater das Bier immer aus der Flasche.

Onkel Thiel fragte mich, was ich trinken wollte, und meine Mutter sagte: »Himbeersaft.« Onkel Thiel nahm ein Glas und tat mit einer Zange aus einem kleinen Eimer Eiswürfel hinein. Darüber goß er aus einem gläsernen Krug einen Schuß Himbeersirup. Dann nahm er eine mattblau glänzende Metallflasche mit einem kleinen Hebel. Er drückte auf den Hebel, und aus einer Düse an der Seite der Flasche kam zischend sprudelndes Wasser. Er steckte er einen Strohhalm hinein und reichte mir das Glas. Onkel und Tante Thiel hoben ihre Gläser und sagten: »Chin-chin!« Mein Vater sagte: »Na, denn Prost!« Ich habe niemals einen so köstlichen Himbeersaft getrunken wie den bei Onkel und Tante Thiel.

Plötzlich riß es bei Onkel und Tante Thiel an der Klingel. Es klingelte nicht nur einmal, sondern mehrmals hintereinander. Es klingelte auch nicht an der Wohnungstür. Im Wohnzimmer stand ein Telephon wie auf der Tankstelle. Onkel Thiel ging ans Telephon und sagte: »Thiel.« Dann telephonierte er eine Weile. Tante Thiel sagte: »Das Geschäft.« Weil Onkel Thiel der Chef war und Tante Thiel den Bürokram machte, mußten sie auch zu Hause ein Telephon haben. Es war schwarz und glänzend und sah genauso aus wie das auf der Tankstelle.

Im Wohnzimmer von Onkel und Tante Thiel stand auch eine Musiktruhe. Die Musiktruhe bestand aus einem Radio, einem Plattenspieler und zwei Lautsprechern. Der Plattenspieler war hinter einer Tür, so daß man ihn nicht sehen konnte. Onkel Thiel nahm eine runde schwarze Scheibe, auf der in der Mitte ein Etikett war. In der Mitte des Etiketts war ein Loch. Auf dem Etikett war ein Hund abgebildet, der vor einem großen Trichter saß. Onkel Thiel legte die Schallplatte auf einen runden Gummiteller und drückte auf eine weiße Taste. Dann bewegte sich ein geschwungener Arm von rechts nach links auf den Rand der Schallplatte. Man hörte ein Knistern und dann Musik. Es war eine Musik, wie ich sie im Radio noch nie gehört hatte. Ein Orchester spielte, offenbar mit ganz vielen Instrumenten, und Onkel Thiel zeigte auf den linken Lautsprecher und sagte: »Das sind die Violinen.« Und dann zeigte er auf den rechten Lautsprecher und sagte. » Das sind die Celli und die Bässe.« Und mein Vater trank sein Bier aus dem Glas, und meine Mutter verzog das Gesicht. Ich dachte, vielleicht ist das ja die Trauermusik, bei der zu Hause das Radio immer sofort ausgemacht wurde. Jetzt konnte meine Mutter nicht sagen: »Mach die Trauermusik aus!« Es war ja nicht mal das Radio, das die Trauermusik brachte, sondern der Plattenspieler mit der Schallplatte von Onkel Thiel. »Das ist Stereo!« rief Onkel Thiel und summte die Melodie mit: »Dadadamm, dadadamm, dadadamm damm damm ...« Es war ein mitreißender Rhythmus, als würde man auf einem Pferd reiten. »Wilhelm Tell!« rief Onkel Thiel, und Tante Thiel sagte: »Rossini«. Und ich verstand nicht, was an dieser Musik eigentlich so traurig sein sollte.

Meine Mutter hatte eine Freundin, die spielte Akkordeon. Sie hieß Burglind und war sehr dünn. Meine Großmutter mütterlicherseits sagte: »Die Burglind ist nur Haut und Knochen.« Wenn die Burglind meine Mutter besuchte, brachte sie ihr Akkordeon mit. Das Akkordeon war in einem großen schwarzen Koffer, der genau die Form des Akkordeons hatte. Der Koffer war schwer wie Blei. Im Sommer hatte die Burglind ein ärmelloses Kleid an mit dunkelroten Blumen darauf. Wie konnte die Burglind, deren nackte Arme auch nur Haut und Knochen waren, das schwere Akkordeon tragen? Wenn die Burglind das Akkordeon aus dem Koffer packte, brachte meine Mutter einen Küchenstuhl in die Stube. Das Akkordeon konnte man nur im Stehen oder auf einem Stuhl sitzend spielen. Das Akkordeon hatte auf der einen Seite schwarze und weiße Tasten und auf der anderen Seite kleine runde Knöpfe, die aussahen wie Perlen. Das Akkordeon war rot und glitzerte und funkelte. Die Burglind setzte sich auf den Stuhl, schlug ein Bein über das andere und hielt das Akkordeon auf ihrem Schoß. Sie trug Sandalen mit dünnen Riemchen an den Füßen und hatte rotlackierte Fußnägel. Das Akkordeon, das Kleid und die Fußnägel gaben der ganzen Burglind etwas Rotes. Dann spielte sie. Es war ein Sausen und Brausen in dieser Musik, wenn die Burglind die Falten des Akkordeons auseinanderzog und wieder zusammenpreßte. Ihre nackten Arme wogten hin und her, und ihre dünnen Finger arbeiteten sich durch die Tasten und Knöpfe, während der eine Fuß im Takt der Musik zuckte. Während des ganzen Spiels sah ich immer nur auf diesen nackten Fuß und auf die nackten Arme der Burglind.

In der Zeit, wo die Burglind meine Mutter besuchte, stand in allen Zeitungen jeden Tag etwas über einen Mordfall. Dazu war eine Frau abgebildet, die hieß »die Burg«. Die Burg war ermordet worden oder hatte jemanden ermordet. Ich kuckte mir immer lange die Bilder von der Burg an und suchte nach einer Ähnlichkeit zwischen dem Gesicht der Burglind und dem der Burg auf den Zeitungsphotos. Aber die Burglind hatte ein schmales, knochiges Gesicht und die Burg ein breites, fleischiges. Aber es mußte doch irgendeine Verbindung geben zwischen der Burg und der Burglind!

Meine Mutter nahm mich einmal mit zur Burglind auf Besuch. Die Burglind wohnte in der Nostitzstraße. Das war die Straße aus dem Lied der chinesischen Seeräuber, das die Kinder bei Onkel Tobias im Radio sangen:

> Tschung quai
> quanne manne denne manne
> nostiz tschung quai qua
> tschung quai qua.

Ich fragte die Burglind, ob sie das Lied auf dem Akkordeon spielen könnte. Die Burglind sagte, ja, das könnte sie. Sie sagte: »Du mußt aber mitsingen.« Ich wurde ganz rot. Aber die Burglind fing schon an zu spielen. Sie sang ganz laut den Text und wälzte das Akkordeon auf ihrem Schoß wogend auseinander und zusammen. Dann sang ich auch mit und sah dabei auf die nackten Arme der Burglind und auf ihre rotlackierten Fußnägel. Die Burglind spielte brausend, und wir beide sangen laut das Lied der chinesischen Seeräuber. Meine Mutter lachte und hielt sich die Hand vor den Mund. Als wir fertig waren, fragte meine Mutter: »Und was sagen deine Nachbarn dazu?«

Auch meine Großmutter mütterlicherseits hatte eine Freundin. Die hieß Tante Erna. Meine Großmutter mütterlicherseits haßte Tante Erna. Dennoch besuchte meine Großmutter mütterlicherseits Tante Erna ab und zu. Wenn sie von einem Besuch bei Tante Erna zurückkam, sagte meine Großmutter mütterlicherseits: »Die Erna war wieder ausverschämt.«

Tante Erna hatte einen Sohn. Der hieß Onkel Günter. Onkel Günter hatte eine Schraubenfabrik. Tante Erna sagte zu meiner Großmutter mütterlicherseits: »Wir haben ja unser Geschäft.« Onkel

Günter hatte auch ein Auto. Tante Erna sagte zu meiner Großmutter mütterlicherseits: »Wir haben ja unseren Opel Olympia.« Danach sagte meine Großmutter mütterlicherseits zu meiner Mutter: »Die Erna war wieder ausverschämt.«

Tante Erna hatte auch einen Mann. Der hieß Onkel Willi. Onkel Willi hatte ein kleines Motorboot. Damit fuhr er im Sommer auf der Havel herum und angelte. Tante Erna sagte zu meiner Großmutter mütterlicherseits: »Wir waren ja den ganzen Sonntag auf dem Wasser. Wir sind immer so lufthungrig.« Danach sagte meine Großmutter mütterlicherseits zu meiner Mutter: »Die Erna war wieder furchtbar ausverschämt.«

Wie eine große Zwiebelhälfte lag auf dem Kachelofen in der Stube von Onkel Willi und Tante Erna eine Mandoline. Ich habe so lange hochgeschaut zu der Mandoline, bis Onkel Willi sie herunterholte. Dann nahm er sie auf den Schoß, zupfte mit einem Plättchen die Saiten an und sang dazu: »Kauf dir einen bunten Luftballon ...« Dabei sah er mich durch seine dicken Brillengläser an und lächelte. Tante Erna sagte zu meiner Großmutter mütterlicherseits: »Der Willi musiziert.« Danach sagte meine Großmutter mütterlicherseits zu meiner Mutter: »Der hat gezuppt, und die Erna war wieder ausverschämt.«

Wenn Besuch da war und ich mich langweilte, ging ich in die Küche und zeichnete am Küchentisch mit Buntstiften. Ich setzte Linien und Farben in einem kreisförmigen Wirbel gegeneinander, daß auf dem Blatt Papier ein bunter Strudel entstand. Es sah aus, als ob sich die Farben zur Mitte hin bewegten und dort von einer unsichtbaren Kraft in das Blatt Papier eingesaugt wurden. Ich mußte stundenlang gezeichnet haben, denn das Blatt Papier war an einigen Stellen ganz dünn und fast brüchig geworden. Ich starrte auf das, was ich gezeichnet hatte, und die Bewegung, die mir da zu zeichnen gelungen war, nahm mir fast den Atem. Ich wollte das Bild allen zeigen und ging damit in die Stube. Alle saßen um den Tisch herum. Mein Vater, meine Mutter, meine

Großmutter mütterlicherseits und der ganze Besuch. Ich hielt das Blatt Papier hoch. Alle waren still. Meine Mutter sagte: »Da kann man ja gar nichts drauf erkennen.« Und der Besuch brüllte vor Lachen. Dann lachten auch mein Vater, meine Mutter und meine Großmutter mütterlicherseits. Als ich wieder in der Küche war, lachten sie immer noch. Ich hörte meine Großmutter mütterlicherseits sagen: »Der Bengel ist doch nicht normal.« Ich sah das Bild an. Die Farben verschwammen.

8. Kapitel

Verreist

Wenn mein Vater im Urlaub renoviert hatte und nach dem Renovieren noch Zeit war, sind wir verreist. Mein Vater und meine Mutter sagten: »Wir fahren in Urlaub.« In den Urlaub kam meine Großmutter mütterlicherseits nicht mit. Meine Großmutter mütterlicherseits kuckte aus dem Fenster, wenn wir abfuhren. Und wenn wir wieder zurückkamen, kuckte sie immer noch aus dem Fenster. Solange wir in Urlaub waren, hatte meine Großmutter mütterlicherseits ununterbrochen aus dem Fenster gekuckt.

In den Urlaub fuhren wir mit dem Goggo, und zwar mitten in der Nacht. Meine Großmutter mütterlicherseits sagte: »In aller Herrgottsfrühe.« Meine Großmutter mütterlicherseits stand jeden Tag in aller Herrgottsfrühe auf und mußte dann leise sein, bis alle anderen auch aufgestanden waren. Wenn wir in Urlaub fuhren, konnte meine Großmutter mütterlicherseits in aller Herrgottsfrühe aufstehen und Krach machen. Meine Großmutter mütterlicherseits machte für die Urlaubsfahrt die Stullen. Es waren Stullen mit harter Wurst, mit Schmierwurst und Velveta-Käse. Dazu kochte meine Großmutter mütterlicherseits Kaffee, der in eine Thermosflasche gefüllt wurde. Für mich gab es Muckefuck in einer verschließbaren Bierflasche.

Koffer und Taschen waren schon am Abend gepackt worden. Ich mußte bereits am Nachmittag ins Bett, damit ich in aller Herrgottsfrühe aufstehen konnte. Ich wäre auch in aller Herrgottsfrühe aufgestanden, wenn ich nicht schon am Nachmittag ins Bett gemußt hätte, aber das konnten sich mein Vater und meine Mutter nicht vorstellen. Ich ging also im Hellen ins Bett und stand im

Dunkeln auf. Es war auch noch dunkel, wenn mein Vater Koffer und Taschen hinuntertrug und in dem Goggo verstaute. Was nicht mehr in den Kofferraum paßte, kam auf den Rücksitz. Mein Vater sagte: »Du kannst dich ja dann irgendwie dazwischenquetschen.« Es war auch noch dunkel, als wir losfuhren. Meine Großmutter mütterlicherseits drohte mit dem Finger und sagte: »Paßt bloß auf, wenn ihr durch den Osten fahrt!«

Zuerst fuhren wir über die Avus zur Grenze. Die Avus war eine Autobahn, die schnurgerade durch den Grunewald zur Grenze führte. Am Anfang der Avus war eine hohe rote Wand um eine große, runde Rasenfläche. Mein Vater sagte: »Das ist die Nordkurve. Hier fahren die Autos die Wand hoch.« Die Avus war nämlich auch Rennstrecke für Rennautos. Ich glaubte nicht, was mein Vater sagte. Denn wenn die Autos die Wand hochfahren würden, müßten sie ja herunterfallen. Wir fuhren an den leeren Zuschauertribünen für die Zuschauer der Autorennen vorbei. Dann kam die Südkurve. Mein Vater sagte: »Das ist eine Haarnadelkurve.« Ich wußte nicht, was eine Haarnadel war, hatte aber bei der Vorstellung einer Nadel ein leichtes Gefühl der Angst. Dann kam die Grenze.

An der Grenze fuhren wir auf einen Parkplatz. Mein Vater stieg aus, und meine Mutter fragte: »Hast du auch die Ausweise?« Mit den Ausweisen mußte sich mein Vater nacheinander an verschiedenen Holzbuden anstellen. Der Parkplatz stand voller Autos, und vor jeder Bude wartete eine Schlange. Meine Mutter sagte, daß in den Holzbuden die Vopos säßen, die Ausweise kontrollierten, und daß mein Vater überall was bezahlen müßte. Meine Mutter sagte: »Ein falsches Wort, und sie schaffen dich nach Sibirien.« Ich hatte es mir auf dem Rücksitz zwischen den Taschen gemütlich gemacht. Ich war eingeklemmt, fand die Enge aber angenehm, weil ich zwischen dem Gepäck wie verschwunden war. Meine Mutter packte die Stullen aus, und ich aß eine Klappstulle mit Schmierwurst. Dabei wurde es langsam hell.

Nach einer guten Stunde kam mein Vater zurück mit einem Haufen Zettel, die zwischen den Ausweisen steckten. Wir fuhren von dem Parkplatz auf die Autobahn zurück. Aber sofort kam eine Schranke, die war zu, und wir mußten wieder anhalten. Eine Menge Vopos standen da herum. Ein Vopo kam an das Auto. Mein Vater kurbelte die Fensterscheibe herunter. Der Vopo nahm meinem Vater alle Zettel und die Ausweise ab. Der Vopo sagte, daß wir alle aussteigen müßten. Während meine Mutter und ich ausstiegen, mußte mein Vater die Motorhaube vorn und die Kofferklappe hinten aufmachen. Die Vopos stocherten mit einer Stange im Motor. Einer der Vopos kroch in den Goggo hinein und wühlte darin herum. Er kam wieder heraus und gab meinem Vater die Ausweise mit den Zetteln zurück. Die Schranke ging auf. Wir durften wieder einsteigen und weiterfahren. Im ganzen Goggo roch es nach Osten von dem Vopo, der darin herumgewühlt hatte.

Sofort kam aber wieder eine Schranke, die wiederum zu war. Wieder mußte mein Vater das Fenster herunterkurbeln und einem Vopo sämtliche Zettel und Ausweise herausgeben. Der Vopo sah mich an und fragte: »Ein Kind?« Mein Vater und meine Mutter riefen gleichzeitig wie aus der Pistole geschossen: »Ein Kind!« Der Vopo kuckte sich die Bilder von meinem Vater und meiner Mutter auf den Ausweisen genau an. Dann kuckte er meinen Vater und meine Mutter genau an. Er sagte zu meiner Mutter: »Machen Sie mal das linke Ohr frei.« Meine Mutter schob ihre Dauerwelle über das Ohr. Der Vopo kuckte zwischen dem Bild von meiner Mutter auf dem Ausweis und dem Ohr meiner Mutter immer hin und her. Dann sagte er: »Ja, ist gut.« Der Vopo hatte einen Bauchladen mit Stempeln. Er legte jeden der Zettel einzeln auf den Bauchladen und stempelte ihn mit den verschiedenen Stempeln. Dann gab er alles meinem Vater zurück, öffnete die Schranke, und wir konnten fahren. Mein Vater sagte: »Jetzt sind wir im Osten.« Meine Mutter hielt sich die Hand vor den Mund, stieß auf und sagte: »Da ist mir immer ganz blümerant.«

Beim Verreisen mußten wir erstmal durch die Zone. Der Himmel über der Zone war grau. Links und rechts von der Autobahn war flaches Land mit grauer Erde. Die Fahrt dauerte lange. Ich saß hinten, kuckte aus dem Fenster und las die Namen der Abfahrten auf den blauen Autobahnschildern. Wir durften aber nur geradeaus fahren. Das Verlassen der Autobahn war in der Zone verboten. Meine Mutter sagte: »Ehe man sich versieht, ist man in Sibirien.« An Brücken, die über die Autobahn führten, hingen rote Schilder mit gelber Schrift. Ich las: »Hand in Hand mit der ruhmreichen Sowjetarmee vorwärts zum Sieg.« Oder: »Rationalisieren, modernisieren, optimieren!« Dann mußte mein Vater wieder ganz langsam fahren, denn es kam wieder die Grenze.

Hier standen die Autos in mehreren Schlangen und warteten darauf, an einer Holzbude vorbei durch eine Schranke gelassen zu werden. An der Bude angekommen, kam ein Vopo ans Auto und sagte etwas, das ich nicht verstand. Meine Mutter sagte: »Das ist Sächsisch.« Wir mußten wieder alle aussteigen, mein Vater wieder alle Klappen öffnen. Verschiedene Vopos wühlten in dem Auto herum und schoben einen auf zwei Rädern fahrenden Spiegel darunter. Danach nahmen sie meinem Vater alle Zettel ab, gaben ihm die Ausweise zurück und machten die Schranke auf. Wir fuhren, aber gleich kam wieder eine Schranke, die zu war. Ein Vopo ließ sich wieder die Ausweise zeigen und fragte: »Äin Gind?« Jetzt brüllten wir alle wie aus der Pistole geschossen: »Ein Kind!« Meine Mutter drehte sich nach hinten zu mir um und machte: »Pscht!« Doch gleich mußte sie wieder ihr linkes Ohr frei machen, was die Dauerwelle normalerweise verdeckte. Dann starrte der Vopo meine Mutter lange an, kuckte sich das Bild auf dem Ausweis an, gab die Ausweise meinem Vater zurück, und wir konnten durch die Schranke fahren.

Mein Vater sagte: »Jetzt kommt nur noch der Westzoll.« Das waren wieder Buden und Schranken, aber die Schranken waren alle auf. Wir mußten nur kurz anhalten, damit der Mann, der aussah wie ein Schupo, nur mit hellgrüner Uniform, noch ein letztes Mal unsere Ausweise ankucken konnte. Das linke Ohr mußte meine Mutter aber nicht frei machen. Aber vielleicht nur deshalb, weil die Dauerwelle noch nicht wieder über das Ohr gerutscht war. Wir fuhren, und mein Vater sagte: »Jetzt sind wir im Westen!« Und meine Mutter holte tief Luft und sagte: »Gott sei Dank!«

Im Westen war der Himmel blau. Wir fuhren den ganzen Tag und kamen abends im Bayerischen Wald an. Der Bayerische Wald war ein Gebirge mit dichtem, dunklem Wald aus hohen Tannenbäumen. Solche Tannenbäume gab es im Grunewald nicht und die Berge natürlich auch nicht. Deshalb waren wir verreist.

Wir kamen in ein winziges Dorf. Vor einem Bauernhof hielten wir an. Aus dem Kuhstall kam ein völlig verdreckter Mann mit Gummistiefeln und einer Mütze auf dem Kopf. Er lachte, schüttelte meinem Vater die Hand und reichte danach meiner Mutter den rechten Unterarm. Das machten die Tankwarte auch so, wenn sie jemandem die Hand nicht geben wollten, weil die voller schwarzer Schmiere war. Zu mir beugte sich der Mann herunter, lachte mich an und sagte etwas, das ich nicht verstand.

Der Mann sprach mit meinem Vater. Ich verstand nichts davon, mein Vater verstand alles. Meine Mutter sagte leise zu mir: »Das ist Bayerisch.« Ich hatte gar nicht gewußt, daß mein Vater Bayerisch konnte. Mein Vater sagte zu meiner Mutter und mir: »Das ist der Bürgermeister. Wir wohnen beim Bürgermeister.« Ich war fassungslos. Ich hatte mir einen Bürgermeister mindestens mit Anzug und Krawatte vorgestellt oder mit einem Zylinder auf dem Kopf. Dieser Mann aber sah aus wie einer von den Irren aus Tante Lucies Kuhstall.

Wir packten die Sachen aus dem Goggo und schleppten alles über eine schmale, steile Stiege, die eher wie eine Leiter aussah als eine Treppe, nach oben in das Bauernhaus. Oben war ein Flur, wo auf dem Boden drei Strohsäcke lagen. Zwei große und ein kleiner. Ich dachte, daß wir darauf schlafen müßten. Dann machte aber der Bürgermeister, der die Gummistiefel unten an der Stiege ausgezogen hatte, eine Tür auf. Es war ein großes Zimmer mit winzig kleinen Fenstern. Obwohl die Vorhänge nicht vorgezogen waren, war das Zimmer fast vollständig dunkel. Es waren große dunkle Möbel darin. Ein riesiges Bett mit enormen Bettdecken und Kopfkissen an einer Seite des Zimmers und auf der anderen Seite ein kleines Bett mit einer ebenso riesigen Bettdecke. Diese riesigen Bettengebirge machten mir sofort entsetzliche Angst.

In der dunkelsten Ecke des Zimmers hing an der Wand ein Kreuz, an das ein dünner, nackter Mann aus Holz mit Händen und Füßen festgenagelt war. Auf dem Kopf, den er traurig hängen ließ, trug er eine Krone aus lauter Stacheln. Mich packte ein Grauen, das die Angst vor den Bettenbergen verschwinden ließ. Meine Mutter sagte: »Kuck da nicht hin. Das ist ein Kruzifix.« Unter dem Kreuz war ein Sträußchen vertrockneter Blumen. Über dem großen Bett, in dem meine Eltern schlafen sollten, hing ein großes buntes Bild an der Wand, auf dem eine Frau abgebildet war, die aussah wie die Nonnen im Bethanien. Nur hatte sie vorn auf der Brust ein Loch, durch das man ihr Herz sehen konnte. Meine Mutter sagte: »Kuck da bloß nicht hin.« Ich sollte also in einem Zimmer schlafen, wo in der Ecke ein Mann angenagelt war und an der Wand eine Frau hing mit einer kaputten Brust. Aber meine Eltern mußten da ja auch schlafen. Es roch im ganzen Zimmer nach Heu.

Jeden Tag marschierten wir viele Stunden durch den Wald und das Gebirge. Überall an den Wegrändern standen diese an Kreuze genagelten dünnen, traurigen Männer. Außer einem zerknüllten Tuch, das sie so umgeschlungen hatten, daß man den Penis nicht sehen konnte, waren sie nackt. Manchmal standen statt der Kruzifixe auch kleine Häuschen am Weg. Drinnen stank es scharf nach verbranntem Wachs. An den Wänden waren Bilder von der Frau mit dem offenen Herzen. Diese Frau und der nackte Mann waren im Bayerischen Wald also völlig normal.

Mein Vater trug einen Campingbeutel mit Stullen und Regenmänteln. So hatten wir den ganzen Tag zu essen und konnten die Regenmäntel anziehen, wenn es regnete. Es regnete aber gar nicht, sondern es war irrsinnig heiß. Je höher wir die Berge hinaufstiegen, desto heißer wurde es.

Wenn wir mal mußten, suchte mein Vater einen dicken Knüppel und eine Stelle, wo zwei Steine so nebeneinander standen, daß er den Knüppel darüberlegen konnte. Dann konnte man die Hosen herunterziehen, sich auf den Knüppel setzen und kacken. Mein Vater sagte: »Junge, als ich so alt war wie du, da waren wir in der Tschechei im Kinderverschickungslager. In der Tschechei sind wir den ganzen Tag marschiert.« Von dem Kinderverschickungslager wußte mein Vater immer, wo im Wald Norden war. Norden war nämlich immer da, wo die Rinde an den Bäumen grün war. Aber geschwommen ist er in der Tschechei nicht.

Im Bayerischen Wald gab es große schwarze Fliegen, die stachen. Die Stiche bluteten ein bißchen und hinterließen juckende Quaddeln auf der Haut. Mein Vater sagte, das seien Bremsen. Ich hatte gedacht, daß es Bremsen nur bei Autos gäbe. Je heißer es wurde, desto mehr Bremsen fielen über uns her. Mein Vater klatschte sie mit der flachen Hand auf der Haut tot. Meine Mutter jammerte und fuchtelte mit den Armen. Ich hatte mir einen Zweig abgebrochen und wedelte damit um mich herum.

Es gab im Bayerischen Wald aber nicht nur Bremsen, sondern auch Wespen. Ich wurde von einer Wespe in die Kniekehle gestochen. Die Wespe hatte sich mir beim Gehen in die Kniekehle gesetzt, und als ich mich hinhockte, um irgend etwas auf der Erde anzukucken, stach sie zu. Meine Mutter schrie: »Den Jungen hat eine Wespe gestochen!« Mein Vater warf mich sofort zu Boden. Ich machte die Kniekehle auf und sah, daß die Wespe da noch feststeckte. Mein Vater riß die Wespe heraus und biß sich an ihrer Stelle in meiner Kniekehle fest. Meine Mutter schrie: »Man muß das Gift aussaugen!« Mein Vater saugte an meiner Kniekehle. Ich spürte seine Zunge und seinen Speichel zwischen seinen Zähnen. Es war peinlich und ekelhaft. Tagelang tat mir die Kniekehle weh. Aber war es von dem Wespenstich oder von dem heftigen Saugen meines Vaters?

Am liebsten lag ich auf dem Waldboden und kuckte zwischen den Spitzen der Tannenbäume hindurch in das Blau des Himmels. Das Blau des Himmel über dem Bayerischen Wald war ein so kräftiges, tiefes Dunkelblau, wie man es in Berlin niemals sehen konnte. Und die Ameisen auf dem Waldboden waren doppelt so groß wie die im Grunewald. Auch gab es im Bayerischen Wald weder Soldaten noch andere Leute. Bei den täglichen stundenlangen Märschen sind mein Vater, meine Mutter und ich niemals einem anderen Menschen begegnet.

Nur auf dem Arber waren noch andere Menschen. Der Arber war der höchste Berg im Bayerischen Wald. Auf ihn konnte man mit einem Sessellift fahren, und das wollten viele andere Menschen auch. Der Sessellift war eine Seilbahn mit kleinen Sitzen. Mein Vater und meine Mutter stellten sich unter das Seil, warteten, bis der Sitz sie hinten anstieß, setzten sich und fuhren nach oben. Mich hob der Mann vom Sessellift auf den Sitz. Ich saß, baumelte mit den Beinen hoch über dem Erdboden und fuhr hinter meinem Vater und meiner Mutter auf den Arber hinauf. Auf dem Arber stand ein riesiges Kreuz. Mein Vater sagte, das sei das Gipfelkreuz. Ich war verwundert, aber auch erleichtert, als ich sah, daß an dieses Kreuz kein nackter Mann genagelt war.

Auf dem Arber war es plötzlich sehr kalt. Meine Mutter holte aus dem Campingbeutel, den mein Vater trug, einen Anorak und zog ihn mir an. Sie zog mir die Kapuze über den Kopf und zurrte die Schnüre unter meinem Kinn so fest, daß ich den Kopf nicht mehr richtig bewegen konnte. Sie selbst zog sich ihre Bolerostrickjacke an, die auch in dem Campingbeutel war. Mein Vater blieb im kurzärmeligen Hemd, so wie er war. Um den Arber herum waren graue Wolken, so daß man vom Arber herab nichts sehen konnte.

Hier und da standen Fernrohre zum Drehen, in die man einen Groschen einwerfen und durchkucken konnte. Mein Vater kuckte durch eins durch und sagte: »Da ist die Tschechei.« Mein Vater hob mich hoch. Ich kuckte auch durch das Fernrohr, konnte aber nichts sehen. »Siehst du«, sagte mein Vater, »das ist die Tschechei, wo ich war, als ich so alt war wie du.« Ich sah nichts, aber auch gar nichts.

Vom Blau des Himmels über dem Bayerischen Wald schossen zwei Nadeln blitzend auf mich herab. Der Waldboden unter mir tat sich auf, und ich stürzte rückwärts in die Tiefe, den Nadeln voraus. Ich kriegte keine Luft mehr. Die schwarze Tiefe der Erde, das dunkle Grün des Waldes und das strahlende Blau des Himmels darüber rundeten sich zu einem unermeßlichen Kugelhorizont. Inmitten dieser Kugel war ich allein den Nadeln ausgesetzt, die unerbittlich und unaufhaltsam auf mich zustürzten. Schweißgebadet wachte ich auf. Holz knarrte in der dunkelsten Ecke des Zimmers. Der nackte Mann am Kreuz hatte sich bewegt.

Andere Kinder aus meiner Klasse wurden in den Ferien verschickt. Ich durfte dagegen zu Tante Lene und Onkel Paul nach Hechthausen. Onkel Paul war ein Großonkel väterlicherseits und wohnte mit Tante Lene, seiner Frau, auf einem Bauernhof. Hechthausen war ein Dorf in Niedersachsen zwischen Stade und Cuxhaven. Auf den Ansichtskarten, die Tante Lene aus Hechthausen geschrieben hatte, war eine Windmühle zu sehen an einem Fluß. Der Fluß war die Oste und die Windmühle die Hechthausener Mühle.

Am Bahnhof in Stade warteten Tante Lene und Onkel Paul. Sie hatten einen Goliath. Onkel Paul sagte: »Den Lütten nach achtern.« Ich stieg hinten ein und stellte mich in die Mitte auf den Kardantunnel. Onkel Paul fuhr. Der Goliath machte ein grunzendes Geräusch. Tante Lene sagte: »To Hus gefft dat erstmol frische Suppe. Machst das leiden?« Wir fuhren an Weiden vorbei mit schwarzweißen Kühen. Die Bauernhäuser waren aus roten Ziegelsteinen. Darüber war ein dunkelblauer Himmel mit schneeweißen Wolken.

In dem Bauernhaus von Tante Lene und Onkel Paul war eine riesige Küche. Am Küchentisch saß man auf einem roten Sofa. Es roch nach Kaffee und warmer Milch. In einem großen Topf auf dem Herd war frische Suppe. Tante Lene füllte einen Suppenteller damit und stellte ihn vor mir auf den Tisch. Tante Lene sagte: »Machst das leiden?« Ich probierte die Suppe. Die Suppe war aus Hühnerfleisch, mit Gemüse und Nudeln. Sie schmeckte würzig und frisch. Frische Suppe eben. »No mien Jong«, sagte Tante Lene, »machst das leiden?« Ich wußte nicht, ob ich die Suppe leiden mochte, aber sie schmeckte besser als alles, was ich von meiner Großmutter mütterlicherseits an Essen kannte.

Das Bauernhaus hatte einen riesigen Dachboden. Von den schweren Balken hingen gelbe Fransen herab und Spinnweben. Darüber konnte man die roten Ziegel des Daches sehen. So sahen also Ziegel von unten aus. An der Giebelwand war ein kleines Fenster. Das konnte ich aufmachen und rauskucken über den Deich und die vielen Apfelbäume dahinter bis zur Mühle. Als eines Abends dunkle Gewitterwolken aufzogen, stieg ich hinauf auf den Dachboden und beobachtete von dem kleinen Fenster aus das Gewitter. Es sah aus, als würden die Blitze herunterschlagen bis auf den Boden. Der Donner krachte, als würde das Dach über mir einstürzen. Ich holte tief Luft. Der Sturm rüttelte an den Balken. Wieder gleißende Helligkeit und Donnerdröhnen. Ich hörte einen langen schrillen Schrei. Und noch einen. Dann erkannte ich die Stimme von Tante Lene. Es war mein Name, den sie schrie. Aber das war kein Schreien aus Wut. Das war ein Angstschrei. Ich hatte keine Angst vor dem Gewitter. Aber Tante Lene hatte Angst um mich. Ich lief die Stiege hinunter. Tante Lene stand in der Küche. Das Licht war aus. Auf dem Küchentisch brannte eine Kerze. Auf dem roten Sofa saß geduckt Onkel Paul. Tante Lene preßte mich sofort an sich. Ich roch ihren Bauch. Draußen Blitze und Krachen. Tante Lene setzte sich an den Küchentisch und nahm mich auf den Schoß. Ich roch an den Achselhaaren, die aus Tante Lenes ärmellosem Kleid hervorkuckten. Sie rochen nach Kaffee und warmer Milch. Draußen begann der Regen zu rauschen.

An der Oste war ein Deich. Auf dem Deich wehte der Wind. Stundenlang lief ich den Deich entlang, immer dem Wind entgegen. Die Arme weit ausgebreitet. Es war, als könnte ich fliegen.

Tante Lene und Onkel Paul hatten einen Schafbock. Der graste auf der Wiese hinter dem Bauernhaus. Ich griff ihm in die Wolle. Sie war hart und fettig. Ich nahm seinen Kopf in meine Arme. Er stieß mich mit seinen Hörnern sanft in den Bauch. Ich spürte seine Wärme in meinem Magen und atmete seinen Geruch tief ein.

Vor der Windmühle waren in die Oste mächtige Holzbalken gerammt. Onkel Paul sagte: »Duckdalben. Daran machen die Schuten fest.« Ich kuckte auf die Duckdalben und sah an der hohen Windmühle hinauf mit ihren ausladenden Flügeln. Ich dachte, ich müßte davor Angst haben, weil ich immer vor allen großen, mächtigen Dingen Angst hatte. Ich hatte aber keine Angst. Auch nicht, als die Flügel der Windmühle sich zu drehen begannen.

Wir stiegen in den Goliath und fuhren nach Krautsand. Krautsand war ein Strand an der Elbe. Die Elbe war dort so breit wie das Meer. Frachtschiffe und Tanker fuhren herauf und herunter. Onkel Paul saß in einem Klappstuhl, hatte eine Mütze auf und kuckte durch sein Fernglas. »Panama«, sagte Onkel Paul. Dann kam ein kleines Schiff. »Ein Kümo«, sagte Onkel Paul, »ein Küstenmotorschiff.« Dann kam ein Passagierschiff. Onkel Paul kuckte durch sein Fernglas und sagte: »Ein Musikdampfer.« Tante Lene sagte: »Der fährt nach Helgoland.« Und Onkel Paul sagte: »Nach Helgoland fahren wir am Sonntag.« Tante Lene legte ihren Arm um mich. Sie roch nach Kaffee und warmer Milch. Tante Lene sagte: »Machst das leiden?« Ja, ich mochte das leiden. Ich mochte das gern leiden. Onkel Paul sagte: »Jo.«

9. Kapitel

Brechen und Ferne

Der weiße Kleiderschrank hatte zwei Türen und dazwischen einen Spiegel. Weil er in der Küche stand, mußte er weiß sein. Wenn ich abends allein im Bett lag, hörte ich das schrille Gezänk meiner Mutter und meiner Großmutter mütterlicherseits aus der Stube. Manchmal kamen das Geheule der Henne von nebenan und das dumpfe Schimpfen des Pampels dazu. Wenn die Wohnungstür aufgeschlossen wurde, kam mein Vater nach Hause. Er war umgeben von einer Wolke aus Alkohol und Benzin, deren Duft bis zu mir ans Bett wehte. Dann wurde in der Stube das Radio angemacht, und meine Großmutter mütterlicherseits mußte den Mund halten. Im Lauschen auf die Geräusche aus der Stube und von den Nachbarn schlief ich ein. Manchmal aber wurde ich plötzlich hellwach und sah, wie der weiße Kleiderschrank immer kleiner wurde, immer weiter weg in unendliche Ferne sauste. Gleichzeitig wurden meine Hände immer größer. Kalter Schweiß brach am ganzen Körper aus mir heraus, ich hatte entsetzliche Angst, begann zu schreien und zu husten und mußte brechen.

Dann stürmten mein Vater, meine Mutter und meine Großmutter mütterlicherseits in die Küche und machten das Licht an. Sie riefen: »Der Bengel zaubert wieder!« Mein Vater riß mich aus dem Bett, während meine Großmutter mütterlicherseits Wasser in die Zinkwanne laufen ließ. Meine Mutter riß das vollgekotzte Laken und den vollgekotzten Bettbezug auseinander. Mein Vater stellte mich mit dem Ruf: »Jetzt gibt's gleich ein paar hinter die Ohren!« in die Zinkwanne mit kaltem Wasser, und meine Großmutter mütterlicherseits schrubbte mich von oben bis unten ab. Dann wurde ich mit einem harten Handtuch, das an den Schmalseiten kurze weiße Fransen hatte, abgetrocknet und von meinem Vater in das inzwischen von meiner Mutter frisch bezogene Bett geschmissen. Meine Großmutter mütterlicherseits goß das Wasser aus der Zinkwanne in den Ausguß und verließ als letzte die Küche. So fand sich die ganze Familie an manchen Abenden zu einer gemeinsamen Handlung in der Küche zusammen.

Wieder allein, starrte ich den weißen Kleiderschrank an. Er stand da, als wäre nichts geschehen. Er stand da, als wäre er unverrückbar und nicht vor einer Viertelstunde in unendliche Ferne davongezogen, mir aus der Weite seinen Spiegel vorhaltend und sich höhnisch immer kleiner werden lassend. Ich befühlte meine Hände und fand sie in normaler Größe. Ich spürte weder Schweiß noch Brechreiz. Nur die Angst war immer noch da. Nicht so stark, nicht so panisch, nicht so jäh aufbrechend wie vorher, aber gleichbleibend und sicher, als wollte sie mir sagen: »Ich bin deine ganz persönliche Angst, die dich dein ganzes Leben lang nicht mehr verlassen wird.«

Tagsüber sah ich den weißen Kleiderschrank an und versuchte sein Wesen zu erforschen. Was war darin verborgen? Zunächst mal nichts weiter als die Kleidungsstücke meiner Großmutter mütterlicherseits. Wenn meine Großmutter mütterlicherseits sich an dem weißen Kleiderschrank zu schaffen machte, ließ ich weder sie noch den Schrank aus den Augen. Besonders fesselte meinen Blick eine Tasche mit gesteppten Karos, die aus vielen Fächern bestand. Darin bewahrte meine Großmutter mütterlicherseits ihre Strümpfe auf. Es war ein Strumpfetui. Nichts im weißen Kleiderschrank hat mich so interessiert wie das Strumpfetui meiner Großmutter mütterlicherseits. Nicht die schlappen Gebinde ihrer Hüfthalter, nicht die glänzenden Atlaskorsagen, die meine Großmutter mütterlicherseits ebenfalls im weißen Kleiderschrank aufbewahrte, haben mich so fasziniert wie das goldfarbene, karogesteppte Strumpfetui, das mit einem Druckknopf zu verschließen war. Ich wartete immer auf den leisen, weichen Klick, mit dem meine Großmutter mütterlicherseits das Strumpfetui, nachdem sie lange darin herumgewühlt hatte, wieder verschloß.

Die Unterwäsche meiner Großmutter mütterlicherseits in dem weißen Kleiderschrank war vielleicht deshalb so reizlos für mich, weil ich ja wußte, wie sie damit aussah. Ich beobachtete jeden Abend, wie sich meine Großmutter mütterlicherseits neben dem Bett in der Küche, in dem wir beide schliefen, auszog, nachdem sie eine kleine Nähmaschinenlampe mit einer 15-Watt-Birne eingeschaltet hatte. Natürlich dachte sie, daß ich schlief. Unter der geblümten Kittelschürze, die sie immer trug, kam ein blaßrosa Unterrock zum Vorschein. Dessen Träger ließ sie links und rechts über die Schultern gleiten, so daß er von allein zu Boden fiel. Die flachen Brüste hingen tief bis zum Bauch in einem mattgrauen Büstenhalter, dessen sie sich auf dieselbe Weise entledigte wie des Unterrocks. Die ausgeleierten Gummibänder, die die Strümpfe am Hüfthalter festhielten, wurden abgeknöpft. Dann rollte sie die Strümpfe nach unten und zog sie von den Füßen. Der Hüfthalter flog, nachdem er abgeschnallt war, auf den Stuhl zu den anderen Sachen. Sie zog sich vollständig aus, und ich betrachtete blinzelnd den weißen Körper meiner Großmutter mütterlicherseits, der einige Sekunden völlig nackt war, bevor sie sich das lange Nachthemd überstreifte. Angesichts des nackten, weißen Körpers meiner Großmutter mütterlicherseits mußte ich immer an Käse denken, an weißen, kleinporigen Käse, den man in Scheiben in der Markthalle kaufen konnte. Wenn sich meine Großmutter mütterlicherseits dann zu mir ins Bett legte und ihr vom Stoff des Nachthemds überspannter Hintern meinen Körper berührte, roch sie nach diesem Käse.

Wenn das Bett meiner Großmutter mütterlicherseits, das in der Küche hinter dem Vorhang stand und in dem ich mit ihr schlafen mußte, frisch bezogen wurde, zum Beispiel wenn ich gezaubert hatte, dann sah ich das Bett in seiner Konstruktion als reines Bettgestell mit dreiteiliger Strohmatratze und dem Rahmen, der mit Metallfedern bespannt war. Es war eigentlich ein Krankenhausbett. Und als ich das erste Mal ins Krankenhaus kam, erkannte ich das Bett meiner Großmutter mütterlicherseits sofort wieder. Nur durfte ich im Krankenhaus allein darin schlafen.

Das Wasser in der Zinkwanne machte mir angst. Weniger nachts, wenn ich nach dem Zaubern darin abgeschrubbt wurde, als tagsüber, wenn in dieser Zinkwanne Wäsche gewaschen wurde. Die Wanne war leer schon schwer genug, und mit Wasser gefüllt mußten meine Mutter und meine Großmutter mütterlicherseits zu zweit die Wanne vom Fußboden aufheben, um nach dem Waschen das Wasser in den Ausguß zu schütten. Die schwere Zinkwanne mit dem darin schwappenden Wasser war mir immer ein Greuel. Warum konnte ich mich nicht einfach davon abwenden und mußte, obwohl mir der Angstschweiß auf die Stirn trat, unentwegt da hinstarren?

Wenn wir sonntags im Tiergarten spazierengingen, kamen wir an die Tiergartenschleuse. Neben der Tiergartenschleuse war ein Kanal mit einem Wasserfall. In dem Wasserfall tobten und tanzten immer irgendwelche Abfälle: leere Dosen, Holzstücke, ein ins Wasser gefallener Ball. Das Wasser fiel ungefähr einen Meter herab und rauschte dabei so laut, daß man fast sein eigenes Wort nicht verstehen konnte. Ich dachte an die Robben und an die Decken und das Bettenmachen mit der Doppelbettcouch und hielt mich mit beiden Händen am Brückengeländer fest und hatte Schweiß auf der Stirn vor Angst und konnte doch nicht wegkucken von diesen ungeheuren Wassermassen, die da mit ihrem furchtbaren Getöse einen Meter herunterstürzten.

Die braunkarierten Decken, die meine Mutter zusammengelegt übereinanderstapelte, machten mir angst, weil ich in ihnen viele Stecknadeln vermutete. Aber was machten diese vielen winzigen Stecknadeln in diesen großen Decken, die übereinandergestapelt aussahen wir riesige Knoten? Das Winzige im Großen, das war der eigentliche Schrecken.

Was machten die Möbel, wenn die Tür geschlossen und niemand in der Stube war? Ich stand in der Küche und blickte über den kleinen Korridor auf die Stubentür, unter der ein Lichtstreifen zeigte, daß draußen die Sonne schien. Es war nachmittag, und durch das geöffnete Küchenfenster hörte man nichts. Die Nachbarn waren nicht da, und auf dem Flur ging niemand aufs Klo. Es war eine ungewöhnliche Stille. Plötzlich hörte ich aus der Stube ein Knarren. Ein Geräusch wie ein Lachen. Ein Tapsen. Es war doch niemand da. Spielten die Möbel verrückt? Tanzten die Sessel um den Couchtisch, oder flog der Traubenspüler um die Stehlampe herum? Natürlich! Wer sagte denn, daß die Gegenstände einfach nur so herumstanden, wenn niemand da war, der sie benutzte oder auf sie aufpaßte? Hätte ich in dem Moment die Tür geöffnet, hätte alles im Nu an seinem Platz gestanden. Schlau waren sie, die Dinge, unberechenbar und durchtrieben. Wenn sie allein waren, hatten die Möbel die Stube für sich, und kein Mensch wußte, was sie trieben.

Manchen Abend habe ich es, bevor ich brechen mußte, noch aus dem Bett und der Küche in die Stube geschafft. Da saßen mein Vater und meine Großmutter mütterlicherseits auf den Sesseln und meine Mutter mit hochgelegten Beinen auf der Doppelbettcouch um den Couchtisch herum. Das Radio lief, und alles war weit, weit weg. Auch der Klang des Radios kam aus anderen Welten, von weiter her, als man sich vorstellen konnte. Hallend waren die Stimmen meiner Eltern und die meiner Großmutter mütterlicherseits, wenn sie sagten: »Hol den Eimer, der Bengel zaubert, der Bengel zaubert wieder!« Ich wollte zu meiner Mutter auf die Doppelbettcouch, doch der Weg schien mir unendlich lang und meine Mutter ganz klein in der Ferne. Winzig waren meine Hände, und wenn ich hinabsah auf meine Füße, dann waren sie so weit unten, daß mir schwindlig wurde. Spätestens jetzt kam der Brechreiz. Aber da hielt man mir schon den Eimer vor das Gesicht. Der roch innen streng nach Scheuerlappen und Abwaschwasser, und meine Großmutter mütterlicherseits drückte meinen Kopf in den Eimer, und ich mußte husten und heulen und kotzte alles aus mir heraus.

Das Küchenfenster ging zum Hof raus. Hinter dem Hof war ein Schulhof. Im Sommer kuckte ich gern aus dem Küchenfenster, wenn in der Schule große Pause war. Dann rannten die Schüler schreiend durcheinander und versuchten einander zu verprügeln. Noch aufregender fand ich, wenn sich eine Klasse auf dem Schulhof aufstellte, um zu singen. Vor den Schülern stand ein Lehrer auf einem Stuhl und bewegte die Arme im Takt der Lieder. Ich fragte, was der Lehrer da machte, und meine Großmutter mütterlicherseits sagte: »Der macht Fisematenten.« Meine Mutter sagte: »Der regiert.« Fisematenten, das leuchtete mir ein. Wenn ich am Tisch beim Essen so herumhampelte wie der Lehrer da auf dem Stuhl vor seiner singenden Klasse, dann sagte mein Vater: »Hör auf mit den Fisematenten!« Aber was regieren war, wußte ich nicht. Ich hörte zu, wie die Schüler sangen, und die Lieder mischten sich mit dem Zwitschern der Vögel und dem Rascheln des Baums auf dem Schulhof. Und ich sah zu, wie der Lehrer regierte. So wollte ich auch einmal regieren, und dann sollten auch solche Lieder dazu erklingen. Ich stand auf dem Fensterspind, hielt mich am Fensterkreuz fest und lehnte mich weit nach draußen, damit mir nichts entging von dem Gesang der Schüler und dem Regieren des Lehrers. Und ich blickte vom dritten Stock nach unten in den Hof, wo klein die Müllkästen standen und die Lehmhöfern mit der vollen Einkaufstasche nach Hause kam. Ganz weit lehnte ich mich hinaus, den Liedern, die sich mischten mit dem Gesang der Vögel und dem Rascheln des Baums auf dem Schulhof, entgegen, und hatte keine Spur von Schwindel oder Angst.

Auf einem hohen Pult mit fast senkrecht gestellter Fläche lag jede Nacht ein pechschwarzes Buch. Das Pult war so hoch, daß meine Großmutter mütterlicherseits gerade hinauflangen konnte, um die Seiten des Buches zu wenden. Verbrannt war das Buch, denn jede Seite, die meine Großmutter mütterlicherseits umwendete, zerfiel ihr unter den Händen. Auf jeder Seite des Buches saß eine pechschwarz glänzende Fliege, die so groß war wie die Hand meiner Großmutter mütterlicherseits. Und meine Großmutter mütterlicherseits nahm jede Fliege und warf sie in die Luft, daß sie mit ohrenbetäubendem Brummen davonflog. Und auf der nächsten Seite des Buches saß wieder eine Fliege, manchmal schienen sie von Seite zu Seite größer zu werden, und während meine Großmutter mütterlicherseits mit dem Arm weit nach hinten ausholte, um die Fliege ja nur recht weit werfen zu können, zerfiel die Seite, von der sie die Fliege genommen hatte, zu Ruß und Asche. Niemals habe ich in dem verbrannten Buch auch nur eine Zeile lesen können. Es war alles verbrannt. Der ganze Text war verdorben und nicht mehr zu heilen.

Plötzlich machte meine Großmutter mütterlicherseits mitten in der Nacht die kleine Lampe an. Sie stand auf, stellte sich neben das Bett und hob das Nachthemd über ihren großen, käsigen Hintern. Dann beugte sie sich nach vorn und holte unter dem Bett den gläsernen Nachttopf hervor. Meine Großmutter mütterlicherseits hielt sich den gläsernen Nachttopf vor ihren nackten Hintern und pinkelte hinein. Danach stellte sie den Nachttopf wieder unter das Bett und legte sich neben mich, ohne das Nachthemd wieder herunterzuziehen. Im Bett preßte meine Großmutter mütterlicherseits ihren nackten, käsigen, eiskalten Hintern an meinen Bauch.

Wenn ich Husten hatte, kam meine Mutter abends an das Bett in der Küche, um mir das Fieber zu messen. Dabei trug sie ein durchsichtiges Nachthemd mit einem weiten Ausschnitt. Wenn sich meine Mutter über mich beugte, um mir das Fieberthermometer unter den Arm zu schieben, sah ich die riesigen Brüste meiner Mutter in ihrem Nachthemd herabhängen. Ich wartete darauf, daß sie wiederkam, um mir das Fieberthermometer wieder unter dem Arm herauszuziehen. Wenn sie wiederkam, hielt sie sich mit der einen Hand den Ausschnitt des Nachthemdes zu. Sie zog das Fieberthermometer unter meinem Arm hervor, sah auf die Temperatur und schüttelte das Fieberthermometer aus. Dabei sah ich ihre riesigen Brüste in dem durchsichtigen Nachthemd hüpfen.

Ich war noch nicht eingeschlafen, da stand in der Küche ein Mann mit einem weißen Regenmantel und einem Hut auf. Ich hatte ihn nicht kommen gehört. Er stand einfach da und sah zum Küchenfenster. Ich wußte nicht, wer dieser Mann war und wie und warum er hereingekommen war. Aber ich hatte keine Angst. Dann sagte er, sehr langsam und mit einer warmen, ruhigen Stimme: »Du kannst dich töten, wenn du willst.« Er drehte sich langsam zu mir um. Er hatte kein Gesicht. Unter der Hutkrempe sah ich nur eine weiße Fläche und einen Mund. Der Mund lachte mich an. Dann war der Mann verschwunden. Lautlos und plötzlich. Mir war ganz warm. Dann schlief ich aber auch schon ein.

Auf dem Linoleum des Küchenfußbodens waren bunte Ornamente wie auf einem Perserteppich. Zwischen Ausguß und Herd lag meine Großmutter mütterlicherseits in ihrer geblümten Kittelschürze auf dem Rücken, zappelte mit Armen und Beinen und wurde immer kleiner. Das beobachtete ich staunend, ohne mich zu rühren. Je kleiner meine Großmutter mütterlicherseits geworden war, desto schneller ging das Schrumpfen. Immer schneller wurde meine Großmutter mütterlicherseits kleiner und kleiner, war schon nur noch so groß wie ein Käfer, ein kleiner geblümter Käfer, der mit den Beinen zappelte. Dann war meine kleine Großmutter mütterlicherseits nur noch so groß wie eine Ameise, dann wie ein Stecknadelkopf, wie ein Punkt und aus. Verschwunden. Weg. Von den bunten Ornamenten des Linoleums auf dem Küchenfußboden verschluckt. Das war ganz schnell gegangen und ganz still. Auch draußen hörte man nichts. Jetzt war ich ganz allein in Stube und Küche.

Lizenzausgabe für die Büchergilde Gutenberg
Frankfurt am Main, Berlin und Zürich
mit freundlicher Genehmigung des Weidle Verlages.
Die Arbeit an diesem Roman
wurde durch ein Stipendium des Landes
Niedersachsen gefördert.

Typographie: Friedrich Forssman
Druck und Bindung: GGP Media, Pößneck
Printed in Germany 2001
ISBN 3-7632-5188-X

www.buechergilde.de